Über das Buch:

Karoline braucht dringend ein Mittel gegen Katastrophen: Ihr Beinahe-Verlobter Vinzenz schwängert eine andere und läßt Karoline sitzen – mit einer baufälligen Villa, einer Riesenhypothek und einer handfesten Schreibblockade. Während die junge Autorin ihren Frust in Prosecco ertränkt, zieht kurzerhand ihr schwuler Exfreund Roland bei ihr ein. Als dann auch noch dessen Liebhaber Fabian mit einem Schlafsack anrückt und Karolines männergeschädigte Freundin Anke in der Villa Zuflucht sucht, ist das Chaos aus Bau- und Beziehungslärm komplett. Zum Glück gibt es noch Konrad mit dem Waschbrettbauch und den betörend blauen Augen, doch leider scheint er nur eines von Karoline zu wollen: Sex und das am liebsten täglich ...

Über die Autorin:

Eva Völler, Jahrgang 1956, war Richterin beim Landgericht Darmstadt. Heute arbeitet sie als selbstständige Rechtsanwältin – wenn sie nicht gerade Bücher oder Drehbücher schreibt. Ihr viel gelobter Roman *Wenn der Postmann nicht mehr klingelt* erhielt den FRAUEN-GESCHICHTENPREIS 1996.
Von Eva Völler sind bei BASTEI LÜBBE u.a. *Neulich im Bett* (16195), *Schade, daß du ein Monster bist* (16205), *Vollweib sucht Halbtagsmann* (16211) und *Beiß mich* (16216) erschienen.

Eva Völler

Das Chaosweib

FRAUEN

BASTEI LÜBBE TASCHENBUCH
Band 16221

1. Auflage: Juni 2001

Vollständige Taschenbuchausgabe

Bastei Lübbe Taschenbücher ist ein Imprint
der Verlagsgruppe Lübbe

Originalausgabe
© 2001 by Verlagsgruppe Lübbe GmbH & Co. KG,
Bergisch Gladbach
Umschlaggestaltung: Tanja Diekmann
Titelillustration: Getty One Stone, München
Satz: Kremerdruck GmbH, Lindlar
Druck und Verarbeitung: Ebner, Ulm
Printed in Germany
ISBN: 3-404-16221-8

Sie finden uns im Internet unter
http://www.luebbe.de

Der Preis dieses Bandes versteht sich einschließlich
der gesetzlichen Mehrwertsteuer.

1

Im Traum war ich eine hochbezahlte, weltberühmte Filmschauspielerin. Mein wundervoll schimmerndes Blondhaar wallte um meine Schultern und streifte über meine perfekten Brüste, die sich über der Korsage meines trägerlosen Abendkleides wölbten und die Blicke aller Anwesenden magisch auf sich zogen.

Ich lächelte strahlend in die Runde, während ich durch die Räume meiner riesigen, kostbar eingerichteten Villa schwebte, um meine Gäste zu begrüßen.

»Hello, Darling«, sagte ich beispielsweise zu dem attraktiven, steinreichen Hollywoodproduzenten, mit dem ich schon seit Jahren liiert war.

Darling lächelte mit schneeweißen Zähnen zurück, und seine Blicke verhießen mir exquisite Freuden für die kommende Nacht.

»Oh, how nice to see you«, säuselte ich anschließend in Richtung von Bill Clinton, der mir heute ebenfalls die Ehre gab. Er winkte mir fröhlich zu, bevor er sich inmitten eines Gefolges von Praktikantinnen nach nebenan ans Büfett begab.

Kim Basinger war auch da. Normalerweise verstanden wir uns sehr gut, doch heute würdigte sie mich keines Blickes, weil mein Kleid viel schöner war als ihres. Ich ließ sie einfach links liegen und ging weiter.

»I'm very happy to have you here on my party!« rief ich

dann beglückt aus, als ich Arnold Schwarzenegger und Tom Cruise in meiner Nähe ausmachte.

Die beiden waren auch sehr happy und prosteten mir mit schäumendem Dom Pérignon zu. Ich merkte, daß mein eigenes Glas leer war, doch das war überhaupt nicht tragisch, denn schon nahte Leonardo di Caprio, artig im Frack, ein bewunderndes Leuchten in den seelenvollen Augen, um mir frischen Champagner zu bringen. Schon zum dritten Mal an diesem Abend versicherte er mir, daß ich die schönste Lady sei, die er jemals zu erblicken das Vergnügen gehabt hätte.

Soweit mein Traum. Als ich aufwachte, hatte ich Tränen der Vorfreude in den Augen. Ich bin zwar nicht blond, sondern braunhaarig, und meine Traum-Partygäste kannte ich nur aus den Medien, aber eine kleine Villa nannte ich bereits mein eigen – jedenfalls, soweit sie nicht der Bank gehörte –, und eine tolle Fete wollte ich auch feiern. Seit Tagen konnte ich an nichts anderes mehr denken.

Unsere Housewarming- und Verlobungsfete fand am Samstag, dem 20. November 1999 statt, in besagter Villa, die Vinzenz und ich erst kurz vorher bezogen hatten.

Ich erfreute mich an dem Anblick meiner gut gelaunten Gäste. Ausgelassen bewegten sie sich auf dem frisch versiegelten Parkett zu der fetzigen Siebziger-Jahre-Musik, die ich für diesen Abend zusammengestellt hatte. Aus den Boxen in den Zimmerecken dröhnte Creedence Clearwater Revival's *Run Through The Jungle*. Genau so hatte ich es mir vorgestellt.

»Jetzt sieh dir das an«, sagte ich fröhlich zu Vinzenz.

»Was denn?«

»Die Leute tanzen. Du hast gesagt, sie würden garantiert nicht tanzen. Wer hatte jetzt recht, du oder ich?«

»Du, mein Schatz, wie immer.« Er lächelte und drückte mich an sich.

»Du hast wohl keine Lust, mich aufzufordern?«

»Ach Karo, doch nicht zu *der* Musik.«

»Das ist guter alter Rock'n Roll«, erklärte ich.

»Ich weiß. Ein paar Takte zu schnell für mich.«

Damit konnte ich leben. Später würden ein paar langsamere Stücke kommen, dann würde er mich sanft und zärtlich in die Arme schließen und mich im Takt der Musik wiegen. Ich betrachtete ihn liebevoll, sein strahlendes, markantes Gesicht, die klugen grauen Augen. Er sah umwerfend gut aus in seinem Freizeitanzug aus edler, anthrazitfarbener Knitterseide und dem dazu passenden hellen Stehkragenhemd.

Obwohl wir uns schon seit drei Jahren kannten und seit fast einem Jahr eine feste Beziehung unterhielten, konnte ich immer noch nicht fassen, daß ich mir diesen tollen Mann geangelt hatte.

Vinzenz Weberknecht war Geschäftsführer in dem Verlag, der meine Bücher herausbrachte, ein großes Tier in der Branche, ein Verleger von Format, dem der Ruf vorauseilte, mit seinem Team immer den Finger am Puls der Zeit zu haben. Vor etwa einem Dutzend Jahren hatte er als Lektoratsassistent begonnen. Sieben Jahre später saß er auf dem Stuhl des Cheflektors, und heute, mit zweiundvierzig Jahren, war er geschäftsführender Gesellschafter – alles in allem eine beispiellos steile Karriere.

Nach einem Galadinner anläßlich der letztjährigen Buchmesse waren wir uns in meinem Hotelzimmer nähergekommen, und obwohl damals gerade die Scheidung von seiner ersten Frau in die heiße Phase trat, war er einer neuen Beziehung nicht abgeneigt, zumal seine Ex ihn just zu dieser Zeit nicht nur bis aufs letzte Hemd auf Zugewinnausgleich verklagt, sondern ihm soeben eröffnet hatte, daß sie von ihrem Fitneßtrainer schwanger war. In seinem tiefsten Inneren schwer angeschlagen, war dieser kapitale Hecht und frischgebackene Junggeselle mir, der kleinen, subalternen Autorin seichter Frauenromane, als willenlose Beute in den Schoß gefallen. Doch was dieses Wunder erst komplett machte, war die erstaunliche Tatsache, daß es nicht bei dieser einen Liebesnacht blieb, sondern daß er sich dabei ebenso in mich verliebte wie ich mich in ihn. Der Mann, den ich seit Jahren aus der Ferne angehimmelt hatte, war für mich entflammt!

Es sprach sich rasch herum, daß wir ein Paar waren. Wir trafen uns entweder in seiner oder meiner Wohnung und verbrachten gemeinsam die Wochenenden, bis wir die ewige Pendelei satt hatten und beschlossen, uns ein Haus anzuschaffen und im folgenden Jahr zu heiraten, schon der enormen Steuervorteile wegen. Vinzenz hatte sogar spontan darauf bestanden, meinen Namen anzunehmen und wollte künftig Vinzenz Weberknecht-Valentin heißen.

Im August hatte sich dann die einmalige Gelegenheit zum Erwerb dieses Kleinods von Villa ergeben. Da Vinzenz gerade mitten in besagtem scheußlichen Unterhalts- und Zugewinnausgleichskrieg mit seiner Ex steckte, verstand es sich von selbst, daß ich fürs erste finanziell einsprang. Leider verschlang der Grundstückskauf meine gesamten Ersparnisse, die ich im Laufe der letzten Jahre mit Hilfe meiner Buchtantiemen angehäuft hatte und auf

8

die ich ziemlich stolz gewesen war. Da wir schlecht in einer Ruine leben konnten, war ich außerdem genötigt, für die notwendigen Sanierungsarbeiten zusätzlich eine Hypothek von rund dreihunderttausend Mark aufzunehmen. Die Tatsache, daß ich zum ersten Mal in meinem Leben Schulden hatte – und was für welche! –, ließ mich nachts häufig schweißgebadet hochfahren, aus Alpträumen, in denen ein brutaler Gerichtsvollzieher mich an den Haaren über den Kiesweg vor dem Haus zur Straße schleifte.

Vinzenz lachte über meine Ängste, doch er tat es auf seine unnachahmlich liebenswürdige, nachsichtige Art. »Wenn meine Scheidung durch ist, löst sich das alles in Wohlgefallen auf, mein Liebes!«

Letzten Monat war endlich das Urteil ergangen, ein Grund mehr für uns, richtig zu feiern. Seine Frau bekam zwar von allem, was er besaß, die Hälfte, was nicht wenig war. Doch Vinzenz hatte mich beruhigt; es sei immer noch genug da, um uns beiden ein sorgenfreies Leben zu ermöglichen. Dann hatte er gewitzelt, daß wir selbst dann ausgezeichnet zurechtkämen, wenn ich ab sofort unter der schlimmsten Schreibblockade aller Zeiten leiden sollte. Damit hatte er mich zum Lachen gebracht. Hätte ich geahnt, was bald darauf passieren würde, hätte ich es sicher nicht so komisch gefunden.

Meine Freundin Anke gesellte sich zu mir und Vinzenz.

»Habe ich dir schon gesagt, daß du phantastisch aussiehst?«

Vinzenz lächelte geschmeichelt. »Nein, noch nicht.«

»Ich meinte eigentlich Karoline. Karo, du siehst aus wie ein Filmstar. Das Kleid ist eine Wucht.«

Das war es. Es hatte über fünfhundert Mark gekostet, eine ganze Menge für dieses bißchen feuerroten Stoff, das als schlauchförmige Elastikhülle meine derzeitige Idealfigur umspannte. Mein gutes Aussehen an diesem Abend war selbstverständlich kein Zufall, sondern das Ergebnis langer, harter Entbehrungen. Schließlich war dies ja auch ein besonderer Anlaß, für den es sich lohnte, drei Wochen Diät- und Fitneßmartern, fünf Sitzungen bei der Kosmetikerin und einen dreistündigen Marathon beim ersten Starfigaro der Stadt auf sich zu nehmen.

Die vielen bewundernden Blicke und Komplimente bewiesen mir, daß die Mühe sich gelohnt hatte. An diesem wundervollen Novemberabend hatte ich mein Idealgewicht und trug das göttlichste Stretchkleid aller Zeiten. Mein sonst langweilig glattes Haar fiel in großzügigen Wellen über meine nackten Schultern. Mein Make-up machte mich zur schönen Frau. Wäre ich fünfundzwanzig Zentimeter größer und eine Idee blonder gewesen, hätte ich mir fast einbilden können, Claudia Schiffer zu sein. Kein Pickel verunzierte mein Kinn, keine Cellulite meine Oberschenkel, und mein Gang war trotz etlicher Gläser Prosecco und zehn Zentimeter hoher Absätze sicher und fest. Ja, dies war ein Abend, den keine Frau so schnell in ihrem Leben vergaß. Noch in zwanzig Jahren würde ich wehmutsvoll daran zurückdenken, wie herrlich schlank ich war, wie makellos glatt mein Teint, wie glänzend mein Haar, wie strahlend mein Lächeln.

Leider war nicht abzusehen, ob ich das tolle Kleid nach diesem Abend jemals wieder würde anziehen können, da es nur nach wochenlanger, radikaler Diät tragbar war. Sobald ich mehr als einen Löffel Kaviar aß, würde ich dick darin aussehen. Ich hoffte, daß morgen noch genug von Ankes Büfett übrig war, um mich für den heutigen Verzicht zu entschädigen. Ihre Kreationen schmeckten kalt meist genau so gut wie warm, und ich hatte vor, jeden Krümel aufzuessen, den ich morgen noch vorfand.

Anke hatte sich mit ihrem Beitrag zu unserem Fest selbst übertroffen. Seit einem halben Jahr betrieb sie ein kleines aber feines Cateringunternehmen im Einfraubetrieb, unterstützt von ihrem Freund Hannes, einem Weinhändler, der für die passenden Getränke sorgte. Auch heute hatte Hannes dankenswerterweise für unser Fest eine beachtliche Auswahl ausgefallener und köstlicher Weine bereitgestellt, doch wie immer war es Ankes Partyservice, der von allen Seiten höchstes Lob einheimste. Ihr Lachssalat war legendär, ihr Muschelragout riß die Leute zu Begeisterungsstürmen hin, ihr Gemüsegratin brachte den Gourmet zum Taumeln. Ihre Vanillemousse war vom Feinsten, ihre Stachelbeertörtchen trieben dem Feinschmecker Tränen der Verzückung in die Augen, ihr Erdbeerparfait brachte die Gäste an den Rand des Orgasmus. Kurz: Ein von Anke ausgerichtetes Büfett ließ jedes Fest zum glänzenden gesellschaftlichen Erfolg werden.

Anke drückte mir ein Glas in die Hand. »Ich weiß ja, daß du nichts essen kannst. Aber trinken ist nicht verboten. Hier, probier den mal. Hannes interessiert sich für dein Urteil. Er hat ihn erst letzte Woche aus Italien mitgebracht.«

Während ich nippte und den Prosecco für superb befand, winkte Anke Hannes zu, der zusammen mit Dagmar an einem der Stehtische beim Kamin stand, wo die beiden anscheinend gerade eine gemeinsame Roséverkostung durchführten. Hannes winkte flüchtig zurück und vertiefte sich dann wieder in ein angeregtes Gespräch mit Dagmar.

Vinzenz schien davon leicht befremdet. »Kennen die beiden sich?« wandte er sich an Anke.

»Wer?«

Er wies mit dem Kinn auf Dagmar, die sich soeben von Hannes nachschenken ließ, mit Kennerblick ein paar Schlucke schlürfte und dann ein perlendes Lachen hören ließ. Als hätte sie gespürt, daß wir sie beobachteten, wandte sie sich zu uns um und lächelte in ihrer affektierten, wimpernklimpernden Art. Ich konnte sie nicht ausstehen. Nicht nur, weil sie fünf Jahre jünger und zehn Pfund leichter war als ich und mit ihrem Schmollmund, ihrer Oberweite und der blondierten Mähne aussah wie eine gelungene Kopie von Pamela Anderson, sondern vor allem, weil sie Vinzenz' Sekretärin und rechte Hand im Verlag war und ihn dort, wovon ich überzeugt war, ständig umschwirrte wie die Motte das Licht.

»Keine Ahnung, ob sie sich kennen«, sagte Anke. »Ich geh sie mal fragen.«

Doch Hannes und Dagmar kamen ihr zuvor. Sie setzten sich in Bewegung und schlängelten sich durch das Gedränge der tanzenden Gäste.

»Na, schmeckt der Prosecco?« wollte Hannes von mir wissen, das jungenhafte Gesicht zu seinem erwartungsvollen Grinsen verzogen.

»Köstlich.« Ich trank mein Glas bis auf den letzten Tropfen leer.

»Ich persönlich fahre voll auf den Rosé ab«, erklärte Dagmar mit ihrer rauchigen Stimme. Schwungvoll warf sie die lange blonde Mähne zurück und schürzte die Lippen zu einem dunkelroten Herz.

»Kennt ihr beiden euch?« wollte Vinzenz wissen.

Dagmar kicherte unkontrolliert. »Kennen wir uns, Hannes?« Sie hatte definitiv zuviel Rosé intus.

»Sie war meine Musterschülerin in dem Weinseminar, das ich vorletzten Monat im *Roten Fuchs* veranstaltet habe«, erklärte Hannes lächelnd.

»Das Verkosten von Wein sollte die Laune heben, nicht völlig enthemmen«, meinte Vinzenz tadelnd.

Mir gefiel nicht, wie er den Chef herauskehrte, doch noch weniger gefiel mir die Art, wie Dagmar ihn daraufhin musterte, dieser schräge Blick unter leicht gesenkten Lidern hervor, der etwas Laszives hatte.

»Entschuldigt mich«, sagte sie gedehnt. »Ich hab noch was Wichtiges zu erledigen. Ist die Toilette schon renoviert oder habt ihr für die Übergangszeit im Garten ein Plumpsklo?«

»Dagmar, ich bitte dich«, sagte Vinzenz indigniert.

»Wohin?« fragte sie liebenswürdig. »Auf die Toilette? Gern.« Sie schwankte leicht und lehnte sich dabei mit der Schulter gegen Vinzenz. Er wich einen Schritt zur Seite und faßte sie beim Arm. »Komm, ich bring dich hin. Danach solltest du dir vielleicht besser ein Taxi rufen.«

Ich sah den beiden zähneknirschend nach, wild entschlossen, mir nicht die Laune verderben zu lassen.

»Die hat Haare auf den Zähnen«, stellte Anke fest.

»Ach, die Dagmar kann ganz nett sein«, meinte Hannes.

»Du findest doch alle Leute nett, die deinen Wein mögen«, meinte Anke leichthin.

Sie küßte ihn aufs Kinn und kicherte, als er daraufhin so tat, als wolle er ihr die Nase abbeißen. »Komm, wir tanzen!«

»Verschone einen alten Mann!« stöhnte Hannes, doch

Anke lachte nur und packte ihn bei der Hand. Hannes verdrehte die Augen und drückte sich die Hand ins Kreuz. »Ich krieg einen Bandscheibenvorfall! Karo, sag ihr, sie soll damit aufhören!«

»Wenn du im Rollstuhl sitzt, schieb ich dich«, versprach Anke und zerrte Hannes mitten in das Gewühl auf der Tanzfläche.

Nach Creedence Clearwater Revival war jetzt Elton John mit *Crocodile Rock* zu hören. Ich summte glücklich die Melodie mit und wippte im Takt auf den hohen Absätzen meiner funkelnagelneuen roten Wildlederpumps. Bis auf den kleinen Mißklang durch Dagmars unerfreulichen Auftritt ließ die Stimmung auf unserer Housewarmingfete nichts zu wünschen übrig. Das Haus war zwar noch weit davon entfernt, fertiggestellt und eingerichtet zu sein, doch für eine Feier reichte es allemal.

Vinzenz und ich hatten das Haus – oder besser, was davon fertig war – erst Anfang des Monats bezogen. Wir hätten zwar noch ein paar Monate damit warten können, doch wir waren der Meinung gewesen, daß wir ein bißchen Baulärm vertragen konnten, vor allem, wenn wir dabei die Miete für unsere bisherigen Wohnungen sparen konnten, alles in allem eine beträchtliche Summe, da Vinzenz bis »zum Schluß noch in dem sündhaft teuren Penthouse gelebt hatte, das er seinerzeit für sich und seine Ex gemietet hatte.

Vorerst bewohnten wir nur zwei Räume im Erdgeschoß, nämlich Wohnzimmer und Schlafzimmer. Unser künftiges Eßzimmer diente vorläufig der Aufbewahrung unserer Umzugskisten, die zum größten Teil noch gar nicht ausgepackt waren.

In der Küche herrschte ebenfalls noch das reinste

Tohuwabohu, weil dort außer dem Herd, der Spüle und dem Kühlschrank noch nichts angeschlossen war. Im Grunde war das Badezimmer der einzige Raum im Erdgeschoß, der ganz und gar bestimmungsgemäß nutzbar war, denn unser Wohnzimmer und auch das Schlafzimmer verdienten genau genommen ihre Namen noch nicht; im Schlafzimmer gab es außer Unmengen von weiteren Umzugskisten nur zwei nebeneinanderliegende Matratzen und einen großen Spiegel an der Wand; im Wohnzimmer befand sich eine bunte Mischung aus meiner und Vinzenz' vormaliger Einrichtung, ein seltsames Stildurcheinander, bestehend aus Vinzenz' weißen Ledersofas, meinem heißgeliebten wackligen Rattanschaukelstuhl, Vinzenz' ererbten Seidenbrücken, meiner aus rohgezimmerten Brettern und Ziegeln selbst errichteten Arbeitsecke mit PC-Tisch und Bücherregal, Vinzenz' Mahagonischreibtisch, meiner riesigen Gummibären-Plastikleuchte, Vinzenz' Tiffanyhängeschirm, meiner Plattensammlung aus den Siebzigern, Vinzenz' kostbarer Erstausgabe der *Encyclopaedia Britannica*. Der Betrachter konnte sich unmöglich entscheiden, ob er sich in dem eleganten Salon eines Bonvivants befand oder in der Bude einer ewigen Studentin.

Heute abend fiel das eigenartige Sammelsurium allerdings nicht weiter auf, da wir alle Möbel an die Wände geschoben und dafür ein paar weiß lackierte Partytische aufgestellt hatten.

An einem der Tische sah ich meine Eltern stehen, in eine Debatte mit dem Architekten vertieft, einem Freund von Vinzenz, der das Sanierungskonzept erstellt hatte und die laufenden Arbeiten überwachte. Mein Vater gestikulierte heftig. Als pensionierter Altphilologe hatte er von der Heimwerkerei im Grunde keine Ahnung, doch wie jeder klassisch gebildete Humanist bestand er darauf, bei allen Themen mitreden zu können.

Meine Mutter beargwöhnte meine Schwester Melanie, die hüftschwingend auf der Tanzfläche herumhopste und sich dabei mehr als einmal scheinbar versehentlich an Konrad rieb. Melanie war süße sechzehn und das späte Glück meiner Eltern. Mit zweiundvierzig war Mama noch einmal schwanger geworden, obwohl ihr die Ärzte nach meiner Geburt, die zu jener Zeit fünfzehn Jahre zurücklag, erklärt hatten, sie könne keine Kinder mehr bekommen. Melanie war der schlagende Beweis des Gegenteils, und seit diese schwarzhaarige kleine Nixe mit den giftgrünen Augen auf der Welt war, hatten meine Eltern keine ruhige Minute mehr. Zur Zeit war es besonders schlimm, denn Melanie hatte entdeckt, welchen Effekt ein Wonderbra in Kombination mit einem ausgeschnittenen Top auf Männer jeden Alters ausüben kann. Wenn mich nicht alles täuschte, fand Konrad den Anblick durchaus bemerkenswert. Als Melanie sich vorbeugte, um ihm irgend etwas zuzurufen, linste er auf ihr Dekolleté. Anscheinend hatte sie eine witzige Bemerkung gemacht, denn er lachte schallend und verschaffte damit allen Umstehenden einen guten Ausblick auf seine makellos weißen Zähne.

Ich bezeichnete Konrad im stillen immer als Mister-Diät-Cola – nicht weil er welche trank, sondern weil er genauso aussah wie der knackige junge Mann aus der Werbung. Konrad war einer der Arbeiter, die täglich in mehr oder weniger großen Kolonnen hier anrückten, um das Haus zu sanieren. Mir war nicht ganz klar, wer ihn eingeladen hatte (ich jedenfalls nicht), doch ich hegte den Verdacht, daß Melanie, die mir beim Schreiben der Einladungskarten geholfen hatte, hier ihre Hand im Spiel gehabt haben dürfte. Ich konnte es ihr nicht verübeln, denn Konrad war wirklich ein Bild von einem Mann. Groß und kräftig gebaut, besaß er mit seinen breiten, schwieligen Händen, dem immer leicht zerzaust wirkenden dunklen Haar und den dicht bewimperten, unglaublich blauen Augen einen gewissen rüden proletarischen Charme, der vermutlich sogar ganze weibliche Bürobelegschaften willenlos dahinschmelzen lassen würde, sollte er je in die Verlegenheit kommen, sich in einem Großraumbüro das Hemd auszuziehen und dort ein paar Nägel in die Wand zu schlagen.

Ich selbst schaute ihm auch recht gern beim Bedienen der Zementmischmaschine zu, doch dabei hielt sich meine gesunde weibliche Schwäche für einen verschwitzten, nackten Brustkorb, schwellende Bizepse und den Inhalt einer stramm sitzenden, mörtelverschmierten Jeans die Waage mit meinem ausgeprägten Interesse am zügigen Fortgang der Arbeiten, die schließlich niemand anderer bezahlen mußte als ich. Für sexy Cola-Pausenshows war nicht genug Geld da, und ich betrachtete es deshalb als meine erste und wichtigste Pflicht, dafür zu sorgen, daß bei den Arbeitern, inklusive Konrad, erst gar keine laxe Stimmung aufkam. Nicht etwa, daß einer von ihnen schlampig oder langsam gewesen wäre; sie schienen sich im Gegenteil sogar redlich Mühe zu geben, voranzukommen.

Doch auch so schien die Arbeit einfach kein Ende zu nehmen.

Das Haus war sehr groß, sehr alt und vor allem sehr

heruntergekommen. Seit dem letzten Krieg war an dem ganzen Anwesen praktisch kein Handschlag getan worden, und entsprechend umfangreich würde die Sanierung dieses fast vollständig im Original erhaltenen Juwels ausfallen, für das ich mich in solche Schulden gestürzt hatte. Die Stuckdecken waren noch nicht ausgemalt und die Wände nicht tapeziert, ein Großteil der Elektroleitungen war auch noch nicht verlegt.

Doch dafür waren inzwischen die Dachschindeln erneuert und die Außenmauern generalüberholt worden. Außerdem waren im ganzen Erdgeschoß die Sanitär- und Heizungsanlagen installiert und – ganz wichtig für die Optik – der Fußboden fertig saniert. In der Halle hatten wir für horrendes Geld die alten Steinfliesen aufarbeiten lassen, die jetzt wie zur vergangenen Jahrhundertwende in neuem Glanz erstrahlten. Im Salon und dem angrenzenden Eßzimmer sowie den beiden anderen – noch nicht bewohnten Räumen – hatten wir das erhaltene Intarsienparkett für noch mehr Geld restaurieren und neu versiegeln lassen. Es wäre uns billiger gekommen, wenn wir alles hätten herausreißen und neu verlegen lassen, doch dann wäre die einmalige Originalität dieser Räume dahin gewesen, wie Vinzenz ohne zu zögern kategorisch erklärt hatte. Nach einigem Zaudern hatte ich ihm zugestimmt.

Auch die übrigen Holzarbeiten im Erdgeschoß waren bereits ausgeführt. Die Treppe sowie die Schnitzereien an Türen, Geländern und Täfelungen glänzten in frischer Pracht. Fenster und Terrassentüren waren ebenfalls neu, bis ins Detail den Originalen nachempfunden – zu einem Preis, der bei mir um ein Haar einen Ohnmachtsanfall ausgelöst hätte. Das Bad, ebenfalls originalgetreu restauriert, war ein wahrer Traum: Freistehende Wanne mit Klauenfüßen, Armaturen mit Goldauflage, klassischen Jugendstilmosaiken an den Wänden und – besonderer Blickfang – einem herrlichen runden Buntglasfenster mit elegant verschlungenen, stilisierten Blütenmustern in zarter Bleieinfassung, ein Kunstwerk, das all die Jahrzehnte unbeschadet überstanden hatte. Ein ähnliches, nur doppelt so großes Fenster gab es in der Halle. Das Tageslicht fing sich darin wie in einem kostbaren Juwel und zeichnete Muster in allen Edelsteinfarben auf die Bodenfliesen und die mit Schnitzereien verzierten Paneele an den Wänden.

Das Obergeschoß würden wir dann nächstes oder übernächstes Jahr in Angriff nehmen, sobald mein Konto dank der künftigen Verlagsverträge wieder flüssig war, beziehungsweise dann, wenn Vinzenz eine vollständige Übersicht über die ihm verbliebenen Finanzen gewonnen hätte – was sich unerwartet schwierig anließ, da sich alle wichtigen Unterlagen immer noch entweder bei seinem Steuerberater oder bei seinem Anwalt befanden. Irgendwann in nicht allzu ferner Zukunft, so malte ich mir aus, sollte der erste Stock zwei oder auch drei Kinderzimmer beherbergen. Vinzenz hatte es zwar nicht allzu eilig mit Familienzuwachs und bestand eisern auf Kondomen – (*»Ich möchte dich schrecklich gern die nächsten Jahre ganz für mich alleine haben, Liebling!«*) –, doch inzwischen hatte ich ihm immerhin eine zeitliche Begrenzung der Verhütung von maximal zwei Jahren abgetrotzt, denn ich hatte nicht vor, erst jenseits der Fünfunddreißig mit dem Kinderkriegen anzufangen.

Zumindest hätten wir bis dahin ausreichend Zeit, ein hübsches Nest zu bauen. Vorerst herrschte in der oberen

Etage ein Chaos aus Zementsäcken, zerborstenen Täfelungen, morschen Holzverschalungen, faulenden Dielen-
brettern und bröckelnden Türstürzen. Im Keller sah es
ähnlich aus, nur wesentlich feuchter. Als ich das letzte
Mal unten gewesen war, um eine Ladung Wäsche aus
dem Trockner zu holen, hatte ich durch mindestens drei
Pfützen waten müssen.

Doch darüber wollte ich jetzt nicht nachdenken. Nicht
an diesem besonderen Tag.

Ganz offiziell und herrlich altmodisch wollten wir im
Beisein aller die Ringe tauschen, die wir uns eigens für
diesen Abend gekauft hatten. Sie lagen sicher verpackt in
ihrem weichen hellblauen Wattebett, in dem kleinen
Juwelierskästchen, ganz oben auf Vinzenz' antikem Sekretär. Die Ankündigung unserer Verlobung und das Präsentieren der Ringe sollte sozusagen der dramatische
Höhepunkt des Abends werden. Ich konnte es kaum
erwarten.

Melanie und Konrad verließen die Tanzfläche und ver-
schwanden durch die offenstehenden Flügel der Doppel-
tür nach nebenan, wo Anke in dem Raum, der später unser Eßzimmer werden sollte, das Büfett aufgebaut hatte.

Meine Mutter ging ihnen sofort nach. »Ich kann sie
nicht aus den Augen lassen«, beklagte sie sich im Vorbeigehen bei mir.

»Mama, sie ist sechzehn.«

»Eben. Hast du diesen Kerl gesehen? Der ist doch mindestens zehn Jahre älter als sie!«

War er das? Über Konrads Alter hatte ich mir noch
keine Gedanken gemacht. Es konnte mir schließlich auch
egal sein. Ob er nun fünf oder zehn Jahre älter als meine

Schwester war – in jedem Fall war er damit Äonen Jahre jünger als ich. Eine andere Generation.

»Laß doch die jungen Leute«, rief ich, doch Mama war schon mit grimmig verkniffener Miene und wehendem Rock nach nebenan verschwunden.

Ich überließ sie ihren eingebildeten Mutterpflichten und schob mich unauffällig seitlich an den alten Sekretär heran, wo ich mich reckte und mit raschem Griff das Kästchen herunterholte. Nach meinem Dafürhalten war der richtige Zeitpunkt für die große Ankündigung gekommen. Die Fete hatte ihren Höhepunkt erreicht. Wohin ich auch blickte, überall herrschte allerbeste Partystimmung. Die Leute tanzten und bedienten sich ausgiebig am Büfett; sie tranken und schwatzten und lachten und veranstalteten auch sonst den üblichen Lärm, der zu einer gelungenen Feier gehörte wie die Champagnerschale zum Dom Pérignon.

Fehlte nur noch mein Zukünftiger. Wieso brauchte er so lange, um seine angetrunkene Sekretärin ins Bad und danach ins Taxi zu verfrachten?

Dann strahlte ich erlöst, denn eben kam er herein, schob sich durch das Gedränge vor den offenen Flügeltüren und kam lächelnd auf mich zu. Mein Herz wurde sofort ganz weit vor Liebe, wie immer, wenn er mich auf diese Art ansah, so gütig, so voller inniger Herzlichkeit und aufrichtiger Zuneigung, gemischt mit Nervosität.

Sehr viel Nervosität, wie ich fand. Warum war Vinzenz nervös? Schreckte ihn etwa die Aussicht, offiziell zu verkünden, was sowieso schon jeder wußte? Lag es daran, daß er nach einer verpatzten Ehe Angst vor der Möglichkeit eines erneuten Scheiterns hatte?

Ich faßte seinen Arm und zog ihn an meine Seite.

»Keine Sorge«, raunte ich ihm zu. »Ich werde dich nie mit dem Fitneßtrainer betrügen!«

Er zuckte ein wenig zusammen, nahm aber widerspruchslos das Kästchen, das ich ihm in die Hand drückte.

Draußen in der Diele – eigentlich war es von den Ausmaßen her eher eine Halle, die eine frappierende Ähnlichkeit mit der von *Tara* aus *Vom Winde verweht* hatte – schien es einen leichten Tumult zu geben. Eine erregte Männerstimme war zu hören, daraufhin eine schrille, verärgert klingende Frauenstimme. Konnte das Dagmar sein?

»Hast du ihr denn kein Taxi gerufen?«

Vinzenz zuckte unbehaglich mit den Schultern. »Doch. Aber sie wollte nicht fahren.«

»Egal. Fangen wir an.« Ich hob die Stimme. »Liebe Gäste! Dürften Vinzenz und ich kurz um eure geschätzte Aufmerksamkeit bitten? Er hat euch allen etwas Wichtiges mitzuteilen!«

Die meisten wußten natürlich längst Bescheid, vor allem Anke, Hannes und meine Familie. Anke grinste von einem Ohr bis zum anderen und zwinkerte mir zu. Hannes, der den Arm um sie gelegt hatte, machte mit Daumen und Zeigefinger das Okay-Zeichen.

Melanie, die mit einem Teller voller Häppchen von nebenan hereinkam, kicherte albern. Mama stand andächtig neben ihr, das Taschentuch schon gezückt. Mit der freien Hand faßte sie Papa beim Arm, auf daß er ihr in dieser herzzerreißenden Minute Halt und Beistand gewähre.

Vinzenz machte mit bebenden Fingern das Kästchen auf und nestelte einen der beiden Ringe aus der Watte. Prompt fiel ihm der andere auf den Boden. Wir bückten uns gleichzeitig danach und stießen mit den Köpfen zusammen.

Ich rieb mir die Stirn. »Autsch.«

Vinzenz lachte. Es klang zittrig.

Er ist ganz aufgeregt, dachte ich gerührt. Spontan beugte ich mich vor und küßte ihn vor aller Augen. Ein Teil der Gäste applaudierte, ein paar andere prosteten uns zu.

»Wag es endlich, Vinzenz!« rief sein Freund, der Architekt.

Vinzenz hielt mit flatternden Fingern den Ring hoch, der für mich vorgesehen war. »Leute, ihr könnt euch denken, was ich euch zu sagen habe. Ihr seht ja, was ich in der Hand halte. Und ihr merkt sicher auch, daß Karo aussieht wie auf Wolke sieben!«

In der Halle wurde es immer lauter. Dagmar schien einen richtigen Aufstand zu veranstalten. Durch die offenen Flügeltüren war Konrad zu sehen, der Dagmar beim Arm gepackt hielt und sie allem Anschein nach daran hindern wollte, den Raum zu betreten.

»Laß mich los! Alle sollen es hören!« Und in der nächsten Sekunde riß sie sich los und kam in den Salon marschiert, wo sie sich vor mir und Vinzenz aufbaute.

Vinzenz stand da wie ein Ölgötze und starrte sie an, immer noch den Ring in der erhobenen Hand. Wie bei einem verrückten Spiegelbild hob Dagmar ebenfalls die Hand, um einen kleinen Gegenstand für alle sichtbar hochzuhalten.

»Für alle diejenigen, die nicht wissen, was das hier ist«, trompetete sie, »teile ich mit, daß es sich um ein Teststäbchen handelt. Für einen Schwangerschaftstest, um genau zu sein.« Ein Schluckauf unterbrach ihre Worte,

doch sie redete sofort weiter. »Einen positiven, wohlgemerkt. Siehst du die rosa Stelle, Vinzenz? Rosa heißt
positiv. Positiv bedeutete Baby. Ein Baby, ein klitzeklei-
nes, niedliches Baby, Vinzenz!«

Vinzenz? Wieso Vinzenz?

In meinen Ohren brauste das Blut, während ich langsam, wie in Zeitlupe, den Kopf herumdrehte, um Vinzenz
ins Gesicht sehen zu können.

Er war immer noch damit beschäftigt, Dagmar anzu-
starren wie das Kaninchen die Schlange.

»Vinzenz«, flüsterte ich.

»Jawohl!« schrie Dagmar triumphierend. »Vinzenz!«

»Dagmar«, sagte Vinzenz kläglich.

Irgend jemand machte die Stereoanlage aus, und Oli-
via Newton-John's *You're The One That I Want* endete in
einem quietschenden Mißton.

In meinem Hirn herrschte gähnende Leere, bis auf
merkwürdige, stroboskopartig aufblitzende Bilder von
Personen und Gegenständen in den unterschiedlichsten
Konfigurationen. Vinzenz und Dagmar. Dagmar und Vinzenz. Vinzenz und Dagmar und ein Baby. Ein Baby von
Dagmar für Vinzenz. Oder von Vinzenz für Dagmar. Ein
Baby ein Baby ein Baby. Ein Verlobungsring und ein
rosa Teststäbchen. Ein Sektglas, das jemand fallen läßt
und das in der Stille auf dem Parkett in einem Schauer
von Scherben und Champagner zerspringt. Ein weißes
Taschentuch, das langsam zu Boden schwebt und wie ein
toter Vogel liegenbleibt.

»Das glaub ich nicht«, sagte meine Mutter. Sie schwankte
und griff sich ans Herz.

»Ich werd verrückt«, erklärte Melanie inbrünstig.

»Gib mir den Ring«, forderte Dagmar den Mann an meiner Seite auf. »Er steht *mir* zu, das mußt du doch jetzt einsehen, Schatz!«

»Mein Gott«, sagte Anke. »Bring sie hier raus, Hannes!«

»Ich will nicht raus«, kreischte Dagmar. »Faß mich ja nicht an! Ich bin *schwanger*!«

Doch Hannes sollte nicht Dagmar, sondern mich rausbringen, wie mir als nächstes klar wurde. Er und Konrad halfen mir hoch – irgendwie war mir entgangen, daß ich dort, wo ich gestanden hatte, zu Boden gesackt war und auf dem Parkett hockte – und brachten mich nach nebenan ins Schlafzimmer, wo sie mich auf einer der beiden Matratzen verstauten.

Die Geräusche aus dem Nebenraum drangen wie durch Watte an mein Ohr.

»Die Fete ist vorbei, Leute«, hörte ich Anke im Wohnzimmer rufen. »Kommt, marsch, marsch, alle raus! Entschuldigung, aber ihr versteht das sicher!«

Ein lautes Schluchzen erklang. Es kam von meiner Mutter.

Dann ertönte Melanies Stimme. »Aber die Geschenke behält Karo. Seid ihr alle dafür?«

Allgemeines Raunen. Noch lauteres Schluchzen.

Mein Vater: »Geh und nimm dein kleines Verhältnis mit und komm mir nie wieder unter die Augen, mein Junge. Ich habe ein Gewehr und kann damit umgehen.«

Vinzenz: »Ich kann euch gar nicht sagen, wie sehr mich das erschüttert. Mein Gott, Dagmar, wie konntest du nur! Vor allen Leuten!«

Dagmar, nuschelnd: »Ich liebe dich halt.«

Papa: »Ich sage nur: Ein Gewehr.«

Vinzenz: »Keine Sorge. Ich bin schon weg. Komm, Dagmar.«

Dann Anke: »Meine Güte, macht die Tür zu, sie hört doch alles!«

Türenknallen, dann Stille.

Jemand beugte sich über mich.

»Karo?« fragte Hannes besorgt.

»Sie kollabiert gleich«, hörte ich Konrads Stimme, wobei ich mich vage wunderte, daß ein Bauhandwerker ein solches Fremdwort verwendete. Doch mein Hauptgedanke galt nur dem einen brennenden Wunsch, der mein Inneres völlig ausfüllte.

Ich wollte tot sein. Sofort und auf der Stelle wollte ich meinem Leben ein Ende setzen. Keine Frau konnte nach dieser öffentlichen Demütigung weiterleben. Hatte ich bisher Begriffe wie Schmach oder Schande oder Pein oder Elend für bloße Worthülsen gehalten, die ich an passender Stelle in meinen Romanen unterbrachte, war mir jetzt klar, was damit gemeint war. Ich fühlte alles gleichzeitig und noch viel mehr, ohne dafür die richtigen Ausdrücke zu kennen. Vielleicht würden sie mir später noch einfallen, sobald ich wieder in der Lage wäre, darüber nachzudenken. Falls ich dann noch lebte, was ich ernstlich bezweifelte. Soweit ich es beurteilen konnte, waren meine Tage gezählt. Mein Dasein hatte nicht mehr den geringsten Sinn. Höchstens noch den einen: Vorher Dagmar und Vinzenz zu töten.

»Gebt mir ein Messer«, krächzte ich.

Konrad: »Das hat Zeit bis morgen.«

Hannes, ratlos: »Was will sie mit einem Messer?«

Konrad, sarkastisch: »Blöde Frage.«

Hannes, väterlich: »Sie sollte eine Valium nehmen.«

Konrad: »Nicht nötig. Sieh dir ihre grüne Nase an. Sie fällt gleich in Ohnmacht.«

»Meine Nase ist nicht grün«, widersprach ich. »Und ich falle nie in Ohnmacht. Ich muß mir das doch sehr verbitten.« War das meine Stimme, dieses rostige, schwankende Flüstern? Nein, unmöglich, jemand anders mußte das gesagt haben.

Ich preßte meine Nase in das Kopfkissen unter mir und roch Vinzenz' Rasierwasser. »Falsche Seite«, konnte ich gerade noch röcheln, dann löschte eine gnädige Bewußtlosigkeit alles aus.

Aus Karos Tagebuch

Sonntag, 21. November, 10.00 Uhr morgens

Heute ist Totensonntag, und der Name dieses Tages könnte nicht besser passen. Ich bin ganz allein, alle sind weg. Ich will nicht mehr leben. Leider hat Anke alle Tabletten mitgenommen. Vielleicht war es aber auch Vinzenz, das Arschloch (doppelt unterstrichen). Ich habe lange überlegt, ob ich es mit dem Messer machen soll, aber von dem Blut würde mir garantiert schlecht. Der Mensch hat im Durchschnitt 4,5 bis 6 Liter, ich müßte mir also eine Menge davon ansehen, bevor es vorbei ist. Außerdem habe ich gelesen, daß es Glückssache ist, die Pulsadern richtig zu treffen. Ich überlege es mir lieber noch mal.

Das Essen vom Büfett ist auch weg. Zum Glück ist Mandelschokolade im Kühlschrank.

Sonntag, 21. November, 10.30 Uhr morgens

Die drei Tafeln liegen mir schwer im Magen. Außerdem habe ich über Nacht drei Riesenpickel gekriegt und merke, wie es von der Schokolade noch mehr werden, von der Gewichtszunahme ganz zu schweigen. Ich bin ins Bad gegangen, um mich zu wiegen. Wer immer die Tabletten mitgenommen hat, hat die Waage dagelassen. Seit gestern abend habe ich vier Pfund zugenommen. Können drei Tafeln Schokolade soviel wiegen? Kann Vinzenz seiner Sekretärin mit Kondomen ein Kind machen?

Alles ist möglich.

Ich ziehe das Kleid aus, in dem ich gepennt habe, und wiege mich erneut. Auf dem Display leuchtet immer noch dasselbe Gewicht wie vorhin.

Soll das ein Zeichen sein?

Sonntag, 21. November, 13.00 mittags

Anke ist gekommen, um mich aufzuheitern und um mir mitzuteilen, was für ein grandioses Arschloch (dreimal dick unterstrichen) Vinzenz ist, und daß sie es sowieso schon immer gewußt hat.

Er hat sie angerufen, damit sie mich darauf vorbereiten kann, daß er heute nachmittag mit einem Umzugswagen anrückt, um seinen ganzen Kram abzuholen. Wo er wohl am Sonntag einen Umzugswagen herbekommen hat? Vielleicht hat er sich einen der Lieferwagen aus dem Verlagsvertrieb geholt. Anke sagt, wenn er die Frechheit besitzen würde, nachher sein blondes Gift mitzubringen, würde sie ihn persönlich ermorden. Leider kann sie nicht lange bleiben, weil ihre Mutter heute Geburtstag hat und sie für das Essen zuständig ist.

Ich fühle mich nicht gut und lege mich hin. Anke findet, ich soll nicht in der Unterwäsche herumgammeln, und sucht mir aus einer meiner Kisten einen Trainingsanzug heraus.

Dann kocht sie Kaffee für mich und räumt anschließend die Stehtische von der Fete zusammen. Hannes will sie morgen abtransportieren.

Anke meint, ich soll mir alles von der Seele schreiben, das würde mit Sicherheit mein bisher bestes Buch.

Ich weise sie darauf hin, daß ich normalerweise nette, heitere, romantische kleine Geschichten schreibe, in denen die Menschen glücklich sind und sich bis ans Ende ihrer Tage lieben, wenn sie sich erst mal gekriegt haben.

Sie meint, vielleicht wäre die Zeit gekommen, daß ich mich an einem Drama versuche.

Die Idee sagt mir zu. Als sie gegangen ist, setze ich mich an den PC. Dort halte ich es keine zwei Sekunden aus, denn mir wird schon beim Anblick der Tasten schlecht. Ich schiebe es auf die Schokolade. Ich renne zum Klo, um zu kotzen, aber leider kommt nichts.

Sonntag, 21. November, 16.00 Uhr

Vinzenz erscheint, um seine Sachen abzuholen. Obwohl ich mir geschworen habe, stark und gelassen zu sein, breche ich sofort mit einem Heulkrampf zusammen, als er reinkommt.

Er sieht mich ganz hilflos an. »Mach es uns doch nicht so schwer, Schatz!«

»Nenn mich nicht Schatz!« kreische ich ihn an.

»Entschuldige. Ich bitte für alles um Entschuldigung. Das hier muß so schrecklich für dich sein, Karo. Ich hoffe, du wirst mir irgendwann vergeben können, daß ich dir das angetan habe.«

»Warum hast du es mir nicht vorher gesagt?«

»Weil ich es selbst erst gestern abend erfahren habe.«

»Daß du mit ihr im Bett warst?«

»Äh … nein, die Sache mit dem Test.«

»Ich hasse dich!«

»Das ist dein gutes Recht«, versichert er mir mitfühlend.

»Ich verstehe das vollkommen. Mir würde es umgekehrt genauso gehen.«

»Ziehst du jetzt zu ihr?«

»Ich weiß noch nicht.«

Ich weiß noch nicht bedeutet natürlich *ja*.

Er ist ein Mann schneller Entschlüsse. Wie eine Honigbiene, die von Blüte zu Blüte schwebt. Von der einen zur anderen, praktisch innerhalb von ein paar Sekunden. Länger hat auch Dagmar nicht gebraucht, um das Stäbchen zu schwenken.

Sie hatte das Stäbchen, ich bloß den Ring. Es ist wie bei Schere, Stein, Papier.

Stäbchen sticht Ring. Pech gehabt, Karo.

Meine Vernichtung ist erst jetzt wirklich komplett. Von diesem Schlag werde ich mich nie wieder erholen, ich weiß es genau.

»Sag mir bitte eins, bevor du für immer gehst«, schluchze ich.

»Was denn?«

»Hast du bei ihr ein Kondom benutzt oder nicht?«

Er starrt mich nur blöde an, und ich falle mit markerschütterndem Geheul auf meiner Matratze nieder. Während er seine eigene Matratze nach draußen zerrt und danach seine Bücher in Kisten packt, verliere ich vor lauter Kummer fast die Besinnung. Bei mir hat er nie das Kondom vergessen, niemals!

Seine Möbel werden von irgendwelchen Leuten rausgetragen, die ich mir nicht ansehe. Ich will nicht wissen, wer die Verräter sind.

Sonntag, 21. November, 20.00 Uhr

Ich sitze auf meiner Matratze und glotze die Wand an. Mein Haß auf Vinzenz (ich werde ihn ab sofort nur noch V. nennen) ist grenzenlos, nicht nur wegen Dagmar, sondern weil ich seinetwegen jetzt nicht fernsehen kann. Ich habe den Fernseher vor meinem Umzug in einem Anfall von Hirnlosigkeit meiner Schwester geschenkt, weil V. der Meinung ist, Fernsehen macht blöde.

Ich will so blöd sein, wie es mir paßt. Morgen muß Melanie mir den Fernseher zurückgeben. Wenn ich schon nicht schreiben kann, will ich wenigstens rund um die Uhr fernsehen. Vielleicht werde ich dann so blöd wie Dagmar und finde einen Mann, der es ohne Kondom mit mir treibt.

Sonntag, 21. November, 22.00 Uhr

Warum schlägt mir der Kummer nicht auf den Magen? In meinem Bauch brüllt ein wildes Tier nach Futter. Ich gehe in die Küche und esse alles, was mir in die Hände fällt. Anschließend versuche ich es mit Schreiben, damit mir schlecht wird.

Die Übelkeit reicht leider nicht zum Erbrechen. Der PC steht zu weit weg vom Bad. Vielleicht sollte ich ihn in der Halle aufbauen? Oder einen Eimer mit ins Wohnzimmer nehmen? Ich knie vor dem Klo und würge, aber es kommt nichts, und ruckzuck ist der Anfall auch schon wieder vorbei.

Ich weigere mich, den Finger in den Hals zu stecken. Das wäre Bulimie. Diesen Luxus kann ich mir momentan nicht leisten. Bulimiker brauchen mindestens zwanzigtausend Kalorien täglich, was ungefähr dem Inhalt eines randvollen Einkaufswagens entspricht. Kein Mensch kann so was bezahlen, und ich schon gar nicht.

Ich wanke aus dem Bad und setze mich in der Halle auf die frisch restaurierten Bodenfliesen. Mir wird soeben klar, daß ich dreihunderttausend Mark Schulden habe, einen Riesenklotz von halbfertigem Haus am Hals und monatliche Hypothekenbelastungen, die so hoch sind, daß ich mich vielleicht doch besser umbringen sollte. Ich bemühe mich, logisch zu denken, was mir schwerfällt, weil die Fliesen unter meinem Hintern so kalt sind. Nach einer Weile kapiere ich, was los ist.

Ich kann nicht mehr schreiben (die Tagebucheinträge in meiner zerfledderten alten Kladde zählen nicht, sie sind kein Roman). Ich muß einen Roman schreiben, doch dazu bin ich nicht in der Lage. Wenn ich keinen Roman schreiben kann, verdiene ich kein Geld. Verdiene ich kein Geld, kann ich die Hypothek nicht bezahlen. Kann ich die Hypothek nicht bezahlen, kommt der Gerichtsvollzieher und schleift mich an den Haaren über den Kiesweg zur Straße.

In der Küche steht noch eine Kiste mit Sekt. Hannes wird mir sicher eine Flasche davon gönnen. Ich köpfe auf der Stelle eine und trinke auf Ex.

Bevor ich bewußtlos niedersinke, erkenne ich noch, daß ich jetzt wahrscheinlich auch ein Alkoholproblem habe.

2

Am darauffolgenden Montagmorgen lag ich auf meiner Matratze in der Mitte meines Schlafzimmers und schnarchte meinen Rausch aus, als die Bauarbeiter kamen. Die meisten polterten gleich die Treppe hoch, um da weiterzumachen, wo sie am Freitag aufgehört hatten, nämlich beim Aufstemmen der bröckelnden Wände zum Verlegen diverser Leitungen und zur Vergrößerung der Räumlichkeiten.

Konrad kam in mein Schlafzimmer. Falls er geklopft haben sollte, so hatte ich es nicht gehört.

»Alles in Ordnung mit dir, Karoline?«

Ich öffnete mühsam ein Auge und fixierte einen strammen Männerschenkel, der in der Luft auf und ab zu tanzen schien. »Raus hier.«

»Ich wollte nur Bescheid sagen, daß wir oben sind und arbeiten.«

Eine große, schmutzige Hand erschien und hob die leere Sektflasche auf, die irgendein Witzbold neben mir aufs Kopfkissen gelegt haben mußte. »Hast du die alleine gekillt?«

»Raus hier.«

»Ich bin schon weg. Doch es wird laut.«

Er machte seine Drohung wahr. Sie setzten den Preßlufthammer ein, um im Obergeschoß eine Zwischenwand wegzustemmen, dort, wo Vinzenz' und mein gemeinsames Arbeitszimmer hätte entstehen sollen. Wir hatten es uns nett vorgestellt, nur durch eine breite Regalwand voneinander getrennt zu arbeiten. Ich war nicht der Typ, der sich zum Romaneschreiben zwanghaft in ein Mauseloch verkriechen mußte und keinen störenden Einfluß von außen vertragen konnte.

O Gott! Vinzenz! Dagmar! Die Fete! Der Ring! Das Stäbchen!

Jetzt erst fiel mir alles mit grausamer Klarheit wieder ein. Ich kämpfte mich aus den klammen Kissen und taumelte in die Küche, wo ich mir drei Scheiben Toast, ein halbes Pfund Aufschnitt, drei hartgekochte Eier und drei Becher Schokomousse zum Frühstück einverleibte. Ich hätte noch mehr gegessen, doch der Kühlschrank war leer. Benommen spülte ich alles mit einem ordentlichen Schluck Cognac runter und tappte zurück zu meiner Matratze. Vielleicht, so überlegte ich trübe, würde ich von ganz allein sterben, auch ohne Schlaftabletten oder Küchenmesser. Wie lange konnte es dauern, bis ein Mensch an Völlerei starb? Sicher nicht allzu lange.

Doch dann erinnerte ich mich mit Schaudern an eine Fernsehreportage über einen Typen, der an krankhafter Freßsucht litt – natürlich ein Amerikaner; dieses Volk bestand praktisch nur aus Experten in allen Fragen der Fett- und Magersucht. Besagter freßsüchtige Typ mußte den ganzen lieben langen Tag auf einem Spezialbett liegend zubringen, weil er vierhundertfünfzig Pfund wog und nicht mehr in der Lage war, sich außerhalb seiner Matratze aufzuhalten. Dort lag er also tagein, tagaus, ein gewaltiger, wabbelnder Fettberg, dem eine fürstlich bezahlte Helferin zum Anbringen einer Urinflasche jedesmal in schweißtreibender Schinderei die Lenden zur Seite

35

rollen mußte, wenn er ein menschliches Bedürfnis verspürte. Als er einmal ein Magenproblem bekam (!), mußte ein Kran herbeigeordert werden, der ihn aus dem Fenster über den Balkon auf die Straße hievte, wo ihn sodann ein Schwertransporter aufnahm, um ihn ins Krankenhaus zu bringen.

Dumpf dachte ich darüber nach, daß dieser Ausweg vielleicht nicht der schlechteste für mich war. Wenn ich erst fett wie eine Riesenamöbe war und eine halbe Tonne oder so wog, hätte der Gerichtsvollzieher schwer an mir zu schleppen.

Das Donnern von oben schmerzte in den Ohren. Putz rieselte von der Decke und legte sich als sandiger Puder auf meine Lippen. Ich dachte kurz darüber nach, ob ich sterben würde, wenn ich es einatmete, entschied dann aber, daß ich mir das nicht bieten lassen mußte. Ich schleppte mich ins Bad und richtete mich notdürftig her, dann stürmte ich nach oben, wo inmitten einer Wolke aus Zementstaub soeben einer Wand der Garaus gemacht wurde. Ich stolperte über ein paar Sandsäcke und einen Berg Werkzeuge und fuchtelte mit den Armen.

»Aufhören«, brüllte ich.

Konrad gab dem hammerschwingenden Arbeiter ein Zeichen. Der Typ stellte das ohrenbetäubende Geratter ein, schob die Kopfhörer zur Seite und griente fragend in die Gegend. »Ist schon Pause?«

»Ja«, schrie ich. »Ab sofort und für immer!«

Konrad nahm mich beim Arm. »Ich kümmer mich drum«, sagte er zu seinen Kollegen, dann führte er mich die Treppe runter wie eine arme kaputte Greisin.

»Schau«, sagte er und schenkte mir dabei ein mörtelverstaubtes Lächeln, das indessen den blendenden Glanz seiner Zähne nicht zu beeinträchtigen vermochte, »ich weiß, daß es schwer für dich ist. Aber die Sache ist die: Es wäre ein großer Fehler, die Arbeiten Knall auf Fall einzustellen.«

Ich ließ den Kopf hängen und lehnte mich ans Geländer. Oben röhrte derweil der Bohrer wieder los. Konrad nahm abermals meinen Arm und führte mich fürsorglich wie ein Altenpfleger ins Wohnzimmer, wo der Lärm nicht ganz so durchdringend war wie in der Halle. Ärgerlich riß ich mich los. »Ich könnte vielleicht deine Mutter sein, aber nicht deine Oma. Also laß den Scheiß.«

Er wirkte überrascht. »Ich wollte nicht aufdringlich sein.«

»Bist du aber. Daß du mit Melanie gehst, gibt dir nicht das Recht, dich hier als Macker aufzuspielen. Und jetzt hör mal zu. Du hast gestern abend mitgekriegt, was hier abgelaufen ist. Den Hausherrn gibt's nicht mehr. Ab sofort bin ich allein für diesen Kasten hier verantwortlich. Im Prinzip wäre das kein Problem, schließlich ist das Haus auf meinen Namen eingetragen und von meinem Geld gekauft. Nur läuft leider die Hypothek auch auf mich alleine, verstehst du? Und ich habe keine müde Mark, um sie zu bedienen. Und ich wüßte keinen vernünftigen Grund, warum Vinzenz auf einmal anfangen sollte, sich an den Raten zu beteiligen. Also ist hier Schluß mit lustig. Baustellenmäßig betrachtet, meine ich. Finito. Ende Gelände. Aus. Vorbei. Sense.«

Während ich noch nach weiteren aussagekräftigen Synonymen suchte, die dieser Klotz von Zementstemmer verstand, meinte er: »Du bist doch Karoline Valentin«, gerade so, als würde diese Tatsache alles ins Lot bringen. »Die Autorin von *Der Mann auf meinem Sofa* und von *Der Mann in meinem Kleiderschrank*.«

Es überraschte mich, daß er überhaupt welche von meinen Romanen kannte.

»Willst du ein Autogramm?« fragte ich, wider Willen geschmeichelt.

»Nein, eine persönliche Widmung. Morgen bring ich ein Buch von dir mit.«

Vermutlich wollte er die Widmung nicht für sich, sondern für seine Mutter oder seine Tante, die gehörten eher zu der Zielgruppe, die der Verlag mit meinen Büchern anpeilte. Wahrscheinlich glaubte er, daß ich einen Bestseller nach dem anderen schrieb und längst Millionärin war.

»Du schreibst doch einen Bestseller nach dem anderen. Du müßtest längst Millionärin sein.«

»Das war ich«, sagte ich dumpf. »Das Haus hat einskommafünf Millionen gekostet. Mein ganzes Geld. Das waren die Tantiemen von allen zwölf Büchern, inklusive Film- und sonstige Lizenzen. Die Sanierung kostet noch mal dreihunderttausend. Dafür war die Hypothek. Dafür muß ich noch mal drei bis vier Bücher schreiben. Mindestens.«

»Wo ist dann das Problem?«

»Erstens, ich kann nicht mehr schreiben, und zweitens, ich bin pleite«, erklärte ich mit Grabesstimme. Ich überlegte kurz, ob ich ihm von meinen gestrigen Sprints zwischen PC und Klo erzählen sollte, ließ es dann aber. Wieso redete ich überhaupt auf diese Weise mit ihm, gerade so, als wäre er mein Manager oder mein Therapeut? Was ging ihn meine Hypothek und meine Schreibblockade an? Er war bloß der Freund meiner kleinen Schwester!

»Wissen das meine Eltern überhaupt?«

»Eh … was?« fragte er verdutzt.

»Daß du mit Melanie gehst.«

»Keine Ahnung. Ich wußte es bis jetzt ja selber nicht.«

»Sie ist erst sechzehn.«

»Ich weiß.«

»Ich hoffe, du nimmst Rücksicht darauf. Sie sieht vielleicht aus wie ein scharfer Feger, aber sie liest noch BRAVO und spielt mit Barbiepuppen.«

»Ich werde dran denken, wenn ich sie das nächste Mal sehe.«

Der Typ ging mir auf den Geist. Ich preßte die Fingerspitzen an die Schläfen.

»Du siehst schlecht aus«, sagte Konrad.

»Warum auch nicht? Ich *fühle* mich schlecht.«

Ich fühlte mich krank, müde, ausgelaugt, verkatert, unnütz, verschmäht, verbraucht, und das waren nur die erstbesten Beschreibungen, die mir durch den Sinn schossen. Als ich mich im Wohnzimmer umschaute, bemerkte ich, daß kaum noch Möbel da waren. Richtig, Vinzenz hatte ja alles wegschleppen lassen.

Vinzenz …

Ich stolperte durch die Verbindungstür hinüber ins Wohnzimmer und warf mich heulend auf die Matratze. Konrad kam mir nach.

»Ist es so schlimm?«

Anstelle einer Antwort heulte ich nur noch lauter. Er setzte sich zu mir, auf den äußersten Matratzenrand. Immerhin faßte er mich nicht an. Wenn er die Hand auf meine Schulter oder sonstwohin gelegt hätte, hätte ich wahrscheinlich vollends durchgedreht.

»Darf ich dir einen guten Rat geben?«

Ich schüttelte schluchzend den Kopf, doch er nahm es nicht zur Kenntnis.

»Das Haus … Hast du dir schon überlegt, es wieder zu verkaufen?«

Verkaufen? Ich fuhr hoch und rubbelte mir mit dem Ärmel des knittrigen, fleckigen, verschwitzten Trainingsanzugs, in dem ich die Nacht verbracht hatte, über die Augen und das verheulte Gesicht. »Daran hab ich noch nicht gedacht. Aber es ist eine super Idee. Danke, Konrad.«

»Tu es nicht.«

Ich starrte ihn entgeistert an. »Was?«

»Das Haus verkaufen. Laß es sein.«

»Aber wieso? Du hast doch gerade selbst gesagt …«

»Ich wollte dir nicht raten, es zu verkaufen, sondern dich darauf hinweisen, daß es eine sehr kurzsichtige Lösung wäre, falls du es in Erwägung ziehen solltest.«

Wieder fragte ich mich, wieso dieser junge Mörtelschnösel manchmal redete wie ein Anwalt.

»Schau«, sagte er, »es ist ein ganz einfaches Rechenexempel. Wenn du es jetzt verkaufst, bekommst du auf keinen Fall mehr dafür als beim Kauf.«

Er hob die Hand, als ich protestieren wollte. »Was bisher dran gemacht wurde, zählt praktisch überhaupt nicht. Das, was du für das Haus gezahlt hast, richtet sich bei einem Objekt in dieser Lage ausschließlich an der Grundstücksgröße und der Größe des Baufensters aus.«

»Baufenster?« fragte ich mißtrauisch.

»Die Größe der überbaubaren Fläche. Der *hypothetisch* überbaubaren Fläche«, setzte er betont hinzu.

Ich hatte keine Ahnung, wovon er redete.

»Du würdest im Prinzip fast dasselbe für das Grundstück erzielen, wenn überhaupt kein Haus drauf wäre«, erläuterte er, als er meine verständnislose Miene sah.

»Das kann nicht dein Ernst sein!«

»Mein voller Ernst.«

Anstelle meines Gehirns schien an diesem Montagmorgen ein durchlöcherter, eingeweichter Schwamm in meinem Kopf zu stecken. Ich merkte, wie ein hysterisches Kichern in mir hochgluckste. »Nach dem Motto: Weniger ist mehr, oder? Vielleicht sollte ich alles abreißen!«

Konrad grinste. »Eher nicht. Es gibt schon Möglichkeiten, den Wert zu steigern, aber das schaffst du auf keinen Fall, wenn du das Objekt zu diesem Zeitpunkt und halbfertig abstößt. Außerdem darfst du eins dabei auf keinen Fall vergessen: Die Hypothek hättest du immer noch am Hals. Rein bilanztechnisch betrachtet jedenfalls.«

Ich furchte grübelnd die Stirn, doch der Schwamm in meinem Kopf weigerte sich zu denken.

»Soll ich es dir erklären?«

Ich drückte das Gesicht ins Kopfkissen und wünschte mir den Tod. Oder wenigstens eine Riesenportion Kartoffelsalat mit extrafetter Mayonnaise.

»Nehmen wir einfach mal an, du hättest extremes Glück und würdest einskommasechs Millionen erzielen, das wären hunderttausend Mark Gewinn gegenüber dem Kaufpreis. Davon gehen dann die dreihunderttausend ab, weil der Käufer mit dem Grundstück zugleich auch die Belastung übernehmen muß. Das Grundstück haftet für die Hypothek, wenn du verstehst, was ich meine.«

Ich verstand nichts, aber seine Stimme übte eine beruhigende Wirkung auf mich aus. Ich spürte, wie ich trotz des Geratters und Gehämmers im Obergeschoß anfing, einzudösen.

»Dann bist du mit zweihunderttausend Mark Miesen aus dem Geschäft rausgegangen.«

»Aber ich wäre wieder wohlhabend«, murmelte ich ins Kopfkissen. »Mit einem schönen, fetten Bankkonto mit ordentlichen Zinsen. Ich könnte soviel essen, wie ich will. Den ganzen Tag, von morgens bis abends, jedesmal, wenn ich Lust dazu habe. Ich könnte immer im Bett bleiben und jemanden einstellen, der mich pflegt und die Urinflaschen entsorgt.«

»Urinflaschen?« fragte Konrad verblüfft.

»Du hast recht, das ist verkehrt. Bei mir müßten sie Bettpfannen nehmen.«

Darüber ging er ungerührt hinweg. »Wenn du das Haus wie geplant sanierst und mit dem Verkauf bis zum Frühjahr wartest, wirst du mindestens zweihundertfünfzigtausend mehr dafür bekommen.«

Müde hob ich den Kopf. »Moment. Gerade hast du gesagt, es ist egal, ob ein Haus auf dem Grundstück steht. Wieso soll ich es dann fertig sanieren lassen?«

»Das hat mit der Jahreszeit zu tun. Es ist eine Frage der Psychologie.«

Ich begriff überhaupt nichts mehr. »Psychologie«, sagte ich matt. »Na klar. Was sonst.«

»Es gibt für alles im Leben eine Zeit«, zitierte er aus der Bibel. »Auch eine zum Häuserkaufen. Und die ist nun mal im Frühjahr. Oder im Sommer. Wenn alles grünt und blüht, treibt es die Leute zum Hauskauf. Du mußt es dir bildlich vorstellen: Diese Perle von Haus, strahlend frisch renoviert, ein wahres Vorortschmuckstück im Grünen …«

Ich konnte mir kein Haus im Grünen vorstellen. Meine ganze Phantasie kreiste darum, in die Küche zu gehen und rasch noch eine oder zwei Flaschen Sekt zu bunkern, bevor Hannes kam, um die Kiste abzuholen. Alles, was ich begriff, war, daß ich mit dem Verkauf des Hauses bis zum Frühjahr warten und es in der Zwischenzeit mit dem Geld aus dem Hypothekendarlehen fertig renovieren sollte. Damit würde ich dann auf einen Schlag zweihundertfünfzigtausend Mark dazugewinnen, die ich sonst verloren hätte. Ein einfaches Rechenexempel, genau wie Konrad gesagt hatte. Ich wäre also schön blöd, wenn ich es anders machte. Blieb nur ein Problem.

»Womit soll ich den Abtrag bezahlen? Von der Sozialhilfe vielleicht?« Ich hob den Kopf und musterte ihn argwöhnisch. »Oder soll ich andere Leute anpumpen? Etwa meine Eltern? Vergiß es. Darauf würde ich mich nie einlassen. Es bleibt dabei. Ich bin pleite, da gibt es kein Vertun. Und ich werde ganz sicher nicht zuwarten, bis die Bank es rausgekriegt hat und das Haus unter den Hammer kommt. Zwei Monate Zahlungsverzug, und die Zwangsversteigerung läuft. Meine nächste Autorenabrechnung kommt erst im März, das Geld krieg ich frühestens im April. Viel ist es nicht, weil bei mir die Vorschüsse meine Tantiemen meist abdecken.«

»Was ist mit dem Vorschuß aus deinem nächsten Buchvertrag? Du schließt doch laufend welche ab, oder?«

»Normalerweise schon.«

»Und du bekommst doch sicher einen Vorschuß bei Vertragsschluß, oder?«

»Normalerweise schon.«

»Wie hoch ist der?«

»Normalerweise … die Hälfte vom Garantiehonorar.« Ich drehte mich aufgebracht auf den Rücken und starrte zu ihm hoch. »Was geht dich das eigentlich überhaupt alles an? Du bist bloß …«

»Der Freund deiner kleinen Schwester, ich weiß.« Seine

unverschämt weißen Zähne blitzten, als er auf mich niederlächelte, und neben seinem linken Mundwinkel zeigte sich ein winziges Grübchen. Hatte er das schon immer gehabt?

Ich legte mir den Unterarm über die Augen, weil ich es nicht ertragen konnte, wie gut er trotz Zementstaub und Ölflecken aussah, während ich nur ein ausgepowertes Wrack von einer Frau war. Wenn ich nur halb so schlimm aussah wie ich mich fühlte, würde ich beim nächsten Blick in den Spiegel ein gräßliches Trauma erleiden. Darüber, wie ich roch, wollte ich momentan gar nicht erst nachdenken.

»Ich hätte diesen Monat einen neuen Vertrag abgeschlossen«, murmelte ich niedergeschlagen. »Aber das kann ich jetzt vergessen.«

»Wegen Vinzenz? Weil er ihn unterschreiben muß?«

Ach du liebe Zeit. Daran hatte ich überhaupt nicht mehr gedacht!

Mir kamen sofort wieder die Tränen. Richtig, Vinzenz unterzeichnete als federführender Verlagsleiter unter anderem auch die Buchverträge mit den Autoren. Links seine, rechts meine Unterschrift. Fast wie auf einer Heiratsurkunde. Die wir nun nie unterschreiben würden.

Vinzenz, Vinzenz! Schluchzend verbarg ich mein Gesicht unter der Bettdecke.

Konrad wartete höflich, bis mein Heulen leiser wurde. »Du könntest bei einem anderen Verlag zu denselben Konditionen abschließen«, meinte er dann. »Vielleicht sogar besser.«

Damit hatte er möglicherweise recht, doch was half mir das?

»Was hilft mir das?« fragte ich dumpf unter der Decke

hervor. »Ich hab dir doch gesagt, ich kann nicht mehr schreiben. Ich kann keinen Vertrag abschließen, wenn ich genau weiß, daß ich kein Buch liefern kann.«

»Ich möchte dir einen Vorschlag machen. Ich hab kürzlich ein bißchen Geld geerbt ...«

»Und das würdest du mir leihen, hm?« Ich schob die Decke wieder nach unten. »Zu wieviel Prozent? Zwanzig? Dreißig?«

Mein Spott schien ihn nicht aus der Fassung zu bringen. »Das könnte unterm Strich sogar ungefähr hinkommen. Ich zahle für dich die monatlichen Belastungen aus der Hypothek, und du beteiligst mich dafür mit der Hälfte des Nettogewinns aus dem Verkauf, den du im Frühjahr rausschlagen wirst.«

Das verschlug mir für ein paar Sekunden die Sprache. Ich setzte mich auf, damit ich besser nachdenken konnte. Wo war der Haken? Ach ja, richtig.

»Und wenn der Verkauf keinen Gewinn bringt?«

»Das ist mein Risiko.«

»Dann hättest du den Abtrag umsonst für mich übernommen?« vergewisserte ich mich mißtrauisch.

Er nickte.

Ich konnte es nicht glauben. Soviel Altruismus gab es nicht. Das war wie Roulette!

Anscheinend konnte er Gedanken lesen. Er grinste mich an und bewegte sich, so daß ich erkennen konnte, wie sich unter seinem schmutzigen weißen T-Shirt die Muskelpakete bewegten. »Glaub mir, Karo, es ist kein Risiko dabei. Selbst wenn du alle Nebenkosten noch in Abzug bringst – Steuern, Umschreibungsgebühren, eventuelle Maklercourtage: du wirst einen netten Reibach machen. Besser kann ich mein Geld gar nicht anlegen.«

45

Ich war immer noch nicht überzeugt. »Was ist, wenn ich keinen Käufer finde? Oder vielleicht gar nicht mehr verkaufen will?«

Er kratzte sich hinterm Ohr. »Na ja, ich bräuchte natürlich eine Sicherheit, das ist klar.«

»Ich hab aber keine Sicherheiten. Bloß das Haus. Und glaub ja nicht, daß ich mir deswegen noch mehr Schulden ans Bein binde! Ich werde keine – ich wiederhole: *keine* – neuen Belastungen ins Grundbuch eintragen lassen!«

»Das kann ich verstehen. Wie wäre es mit den Erlösen aus deinem nächsten Buch?«

»Was?« stieß ich perplex hervor.

»Oh, nicht alles. Ich dachte an fifty-fifty.«

Ich schloß die Augen. Dieser Mann mußte verrückt sein. Ich riß die Augen wieder auf und starrte ihn erbost an. »Hatte ich dir nicht schon gesagt, daß ich nicht mehr schreiben kann?« giftete ich.

»Das ist nicht von Dauer, glaub mir. Es liegt dir im Blut. Du bist ein Schreibjunkie. Kein Mensch schreibt zwölf Bücher in vier Jahren, der nicht absolut und total versessen aufs Schreiben wäre. Spätestens nächstes Jahr um diese Zeit hast du wieder ein Buch fertig.«

»Und wenn nicht? Oder wenn ich erst in drei oder zehn oder zwanzig Jahren schreiben kann?«

»Das wäre wieder mein Risiko. Du könntest ja auch einen Super-Super-Super-Bestseller schreiben.« Er lachte. »Dann hätte ich erfolgreich spekuliert!«

Meine Verkaufszahlen waren ziemlich stabil, was zugleich bedeutete, daß sie nur unwesentlich nach oben oder unten schwankten. Mein Name war eine eingeführte, einigermaßen bewährte Marke am Buchmarkt mit

46

fest kalkulierbarem Leserstamm. Ausreißer nach oben waren zwar theoretisch möglich, aber denkbar unwahrscheinlich, doch ich dachte nicht daran, ihm das auf die Nase zu binden.

Ich krabbelte von der Matratze und begann durchs Zimmer zu marschieren. Dabei dachte ich heftig nach und versuchte, den Pferdefuß an seinen Angeboten zu entdecken. Mir fiel auf Anhieb keiner daran auf, doch ich war keine Juristin. Andererseits – er war auch kein Jurist, nicht wahr? Ob er nun Maurer, Betonbauer, Zimmermann oder was auch immer war – er schien sich ungewöhnlich gut in den Belangen von Finanzierung und Gegenfinanzierung sowie von Sicherheiten und Anlageoptimierung auszukennen, von den näheren Details in Verbindung mit dem Immobilienhandel ganz zu schweigen. Lernte man das heutzutage als Bauhandwerker auf der Berufsfachschule?

»Sag mal, hast du eigentlich schon ausgelernt?« fragte ich.

»Fast. Die Prüfung ist im Mai.«

Demnach war er im letzten Lehrjahr. Also mußte er doch jünger sein, als er aussah. Möglicherweise hatte er aber auch eine Weile gebummelt und ein paar längere Ausbildungspausen eingelegt.

»Arbeitest du denn gerne auf dem Bau?«

Er runzelte die Stirn, dann betrachtete er seine großen, schwieligen Hände. »Es ist mal was anderes.«

»Als was?«

»Als pauken.«

Woraus ich schloß, daß ihm die Praxis mehr lag. Eigentlich schade, dachte ich. Er hätte auch Anlageberater werden können, da gab es mehr zu verdienen.

47

»Weißt du schon, was du machen willst, wenn du fertig bist?«

Er zuckte die Achseln. »Wahrscheinlich steige ich in die Firma von meinem Onkel ein.«

»Oh, er hat eine Baufirma?«

Konrad lächelte ironisch und zeigte an die Decke, von der soeben wieder ein sanfter Schauer von Mörtelstaub niederging. Oben donnerte der Preßlufthammer.

»Ach«, staunte ich. »Das ist die Firma deines Onkels!«

»Ein Teil davon, ja.«

Ich merkte, wie mein Interesse zu erlahmen begann. Mein Magen rumorte.

»Ich überleg mir dein Angebot«, brummte ich. Ich mußte verrückt sein. Im Grunde kannte ich diesen Kerl überhaupt nicht, obwohl er sich einzubilden schien, praktisch schon zur Familie zu gehören. Dabei wußte ich ja nicht mal, wie er mit Nachnamen hieß. Wie kam ich eigentlich dazu, mit ihm über meine desolaten Finanzen zu debattieren und Entschuldungspläne zu entwerfen? Oder ernsthaft in Erwägung zu ziehen, ihm irgendwelche Beteiligungen an künftigen Gewinnen, woraus auch immer, zuzusagen? Es mußte an dem Cognac liegen, mit dem ich mein Frühstück runtergespült hatte. Außerdem befand ich mich in einem schlimmen emotionalen Ausnahmezustand.

Konrad musterte mich aufmerksam. »Sprich mit mir, bevor du irgendwas unternimmst.«

Das nächste, was ich unternehmen würde, war ein ausgedehnter Spaziergang, und zwar durch einen gut bestückten Supermarkt. Eventuell würde ich mich dazu durchringen, vorher noch zu baden, in sehr heißem Wasser, mit Bergen von Schaum.

Schaum assoziierte ich sofort mit Schaumwein, und Schaumwein war ein Synonym für Sekt. Schampus in der Wanne ... Warum nicht?

»Wir reden drüber«, sagte ich zerstreut, im Geiste schon mit einem Glas Sekt im Schaumgebirge sitzend. »Aber jetzt muß ich erst mal baden.«

Aus Karos Tagebuch

Montag, 22. November, 12.00 Uhr

Vorhin bin ich fast ertrunken. Nicht am Sekt, sondern am Badewasser. Wenn der Schaum in meinem Mund nicht so ekelhaft geschmeckt hätte, wäre ich vielleicht nie mehr aufgewacht und läge jetzt auf dem Grund der Wanne, stumm und kalt und tot.

Der Rest von dem Sekt ist auch längst schal. Ich stemme mich mühsam aus der Wanne und fühle mich dabei wie ein urzeitliches Tier, eine Art prähistorischer Molch, der aus dem Wasser an Land kriecht und es mal auf dem Trockenen probieren will.

Kommt das Hämmern aus meinem Kopf oder aus dem Obergeschoß? Und wer ist dieser Zombie da im Spiegel, mit den braunen Seetangzotteln auf dem Kopf, den gigantischen Pickeln am Kinn und den schwarzen Ringen unter den Augen? Die dunklen Stellen lassen sich nicht wegrubbeln, also sind es keine Schminkreste von vorgestern. Woraus bestehen dann diese tiefschwarzen Augenringe?

Ich hasse mein Gesicht und meinen Körper. Das bin nicht ich. Wie kann ein Mensch sich in zwei (drei?) Tagen so verändern?

Ob ich wenigstens beim Baden Gewicht verloren habe? Möglich wäre es. Am Anfang war das Wasser ziemlich heiß, und ich habe geschwitzt wie ein Schwein. Ich steige auf die Waage, doch schon bevor die roten Ziffern aufleuchten, spüre ich, daß ich schwer bin wie ein Wal. Und tatsächlich, ich wiege hundertsechzehn Pfund. Mein Ge-

50

hirn rast. Was will mir diese Zahl sagen? Ich brauche ziemlich lange, um es auszurechnen, denn ich bringe ständig alle Daten durcheinander und muß erst eine Weile überlegen, bis mir einfällt, daß heute Montag ist. Eine überschlägige Hochrechnung bringt mir rasch Klarheit. Um Weihnachten herum werde ich mich der Zweizentnermarke nähern. Meine Titten werden bis zum Bauchnabel hängen und mein Arsch bis zu den Kniekehlen.

V. hat meinen Hintern immer so toll gefunden! Wimmernd lasse ich mich mit einem häßlichen, fetten Platschen auf den zugeklappten Klodeckel fallen.

Es klopft an die Tür. »Alles in Ordnung da drin?«

Das muß einer der Bauarbeiter sein, sie rumoren im Haus herum und verplempern mein Geld und lassen mich nicht mal in Ruhe mein Übergewicht ausrechnen.

Ich schluchze nur noch ganz leise und denke an V., an die netten kleinen Obszönitäten, die er mir beim Sex manchmal ins Ohr geflüstert hat, und an das leise Quieken, das er immer von sich gibt, kurz bevor er zum Höhepunkt kommt, irgendwie rührend, wie ein erstickendes Ferkel.

Ob er bei Dagmar auch so quiekt? O Gott, ich darf nicht daran denken, ich bin sowieso schon suizidgefährdet.

Montag, 22. November, 15.00 Uhr

Meine Lektorin ruft an. Sie heißt Annemarie, ist zweiundfünfzig und ein alter Hase im Verlagsgeschäft. Sie war zwar auch zu unserer Verlobungsfeier eingeladen, doch sie mußte übers Wochenende verreisen und konnte daher nicht kommen. Trotzdem klingt ihre Stimme komisch, irgendwie verhalten, gerade so, als wüßte sie schon alles.

»Wie geht es dir?« fragt sie vorsichtig.

»Du weißt davon?«

Schweigen, dann: »Man hört so dies und das.«

»Von wem hört man dies und das? Von Vinzenz?«

»Er hat es uns heute im Vertrauen wissen lassen.«

Ich werde hysterisch. »Wen hat er es wissen lassen? Die ganze Belegschaft? Hat er es vielleicht per Hausmitteilung rundgehen lassen? Oder es etwa gleich auf der Vertreterkonferenz ausposaunt?«

»Heute war keine Konferenz.« Sie hüstelt, dann meint sie: »Eins solltest du unbedingt wissen, Karo: Wir alle hier halten zu dir. Ist das nicht ein schönes Gefühl?«

Ich fange wieder an zu heulen, denn der einzige, an dem mir wirklich etwas liegt in diesem ganzen blöden Verlag, ist V. Und der hält nicht zu mir, sondern zu Dagmar.

»Dagmar ist schwanger«, sage ich schluchzend. »Sie hat einen Schwangerschaftstest gemacht! Auf unserer *Verlobungsfeier*! Sie hat allen Leuten das Stäbchen gezeigt! Genau in dem Moment, als Vinzenz den Ring schon in der Hand hatte!«

»Sie hat es heute in der Kantine erzählt. Wie schrecklich für dich, mein Armes!«

»Annemarie, mit mir ist es aus. Als Autorin und als Frau und überhaupt.«

»Unsinn«, sagt sie zuversichtlich. »Ich schicke dir heute noch einen neuen Vertrag, dann geht es dir gleich wieder besser. Was würdest du davon halten, wenn wir dein Garantiehonorar um fünftausend erhöhen?« Kurze Pause. »Vinzenz wäre damit einverstanden. Ich finde das sehr generös.«

Ich finde es nicht generös. Meiner Meinung nach ist es ein durchsichtiges Manöver, weil V., das Arschloch (dreimal unterstrichen), sein schlechtes Gewissen beruhigen will. Ich muß mich an meinen Schreibtisch setzen und einen Schluck Sekt trinken, weil mein Magen auch etwas zur Beruhigung braucht und gerade nichts Eßbares greifbar ist.

»Es geht nicht, Annemarie.«

»Warum nicht?« Sie ist beleidigt. »Willst du den Verlag wechseln? Das wäre eine billige Retourkutsche. Hier hattest du immer die beste Promotion, und wir zwei sind ein eingespieltes Team.«

»Ich leide unter einer Schreibblockade«, informiere ich sie.

»Ich schick dir auf jeden Fall schon mal den Vertrag, das baut dich sofort auf und verleiht dir neue Energie.«

»Ich will keinen Vertrag.«

»Du kannst ihn dir in die Schublade legen. Als Ansporn. Unterschreib ihn, wann du möchtest. Mit der Titelplanung warten wir, bis du soweit bist, okay?«

»Ich weiß nicht«, flüstere ich kraftlos.

»Ich hab dir eine E-Mail geschickt, mit neuen Titelvorschlägen. Du hast wie immer den ersten Zugriff. Such dir was Schönes aus.«

»Ich weiß nicht.«

»Nächsten Monat bist du garantiert wieder gut drauf. Jeder Liebeskummer geht mal vorbei.«

»Ich weiß nicht.«

»Vergiß Vinzenz, und vergiß Dagmar. Such dir einen netten Typ als Nachfolger, geh in die Sauna und zum Friseur. Fahr für ein paar Tage auf eine Beautyfarm.«

»Ich hab kein Geld.«

53

»Unterschreib den Vertrag, dann hast du in drei Tagen welches.«

»Ich will keinen Vertrag.«

»Ich schick ihn dir aber trotzdem schon mal. Bewahr ihn einfach auf, bis du dich besser fühlst. Und lies meine E-Mail, es sind diesmal wirklich ein paar *sehr* gute Titel dabei.«

Ich will gerade wieder *Ich weiß nicht* sagen, merke aber dann, daß wir uns im Kreis drehen, und beende das Gespräch mit der Behauptung, einkaufen zu müssen.

Montag, 22. November 1999, 16.30 Uhr

Mir fällt ein, daß ich wirklich einkaufen muß, falls ich nicht bis morgen verhungern will. Im Kühlschrank sind nur noch Mixed Pickles und matschige Radieschen. Die hat V. sich gekauft, der steht auf solches Hasenfutter. In meiner Not esse ich die widerlichen Dinger auf und wühle dann in meinen Umzugskisten nach weiter Kleidung, mit der ich die drohende Gewichtszunahme von rund einem Zentner kaschieren kann. Ich finde einen reich bestickten chinesischen Kaftan aus grellrosa Seidentaft, den ich nicht zuordnen kann. V. kann er nicht gehören, seine Kisten sind alle weg. Nach einigem Überlegen komme ich darauf, daß Mama mir das Ding mal gegeben hat, zum Fasching oder vielleicht auch als Geschenk für einen Sommerurlaub, so genau weiß ich es nicht mehr. Ich beschließe, daß der Kaftan ein geeignetes Hausgewand ist, und werfe ihn gleich zur Anprobe über. Er ist wunderbar weit, fast wie ein Zelt.

Für das trübkalte Spätherbstwetter draußen eignet sich

das Ding leider nicht. Nachdem ich den Inhalt etlicher Kisten durchwühlt und überall Sachen verstreut habe, entscheide ich mich für eine Jeans, die ich mir vor zwei Jahren gekauft hatte, zu einer Zeit, als ich *sehr* fett war. Ich ziehe sie an. Der Knopf geht nicht zu. Ich fange an zu weinen, weil ich begreife, daß ich noch *viel fetter* bin als damals. Ich lege mich auf den Boden, ganz flach auf den Rücken. Ich versuche, die Luft anzuhalten und den blöden Knopf zuzumachen, doch es klappt nicht, weil ich nicht aufhören kann, zu flennen. An der offenen Tür zur Halle zieht die Kolonne der Bauarbeiter vorbei, dreckig und verschwitzt und mit geschulterten Werkzeugen. Ich liege im rosa Seidenkaftan und mit offener Hose am Boden und zittere und heule. Sie sehen mir zu und defilieren vorbei. Ich mache die Augen zu und versuche, unsichtbar zu sein. Dies ist ein Alptraum, und ich möchte jetzt bitte, bitte aufwachen.

Anscheinend wollen sie gerade Feierabend machen. Konrad ist der letzte. Er sieht mich am Boden liegen und kommt herein. »Was machst du da?«

»Ich krieg die blöde Hose nicht zu.«

»Kann es sein, daß sie zu eng ist?«

»Nein, ich bin zu fett. Geh weg! Ich hasse dich!«

»Ich wollte dir nur sagen, daß wir morgen hier unten den Stuck säubern und vorbehandeln. Nachmittags kommen dann die Maler. In welchem Zimmer sollen wir anfangen?«

»In keinem.« Ich rappele mich mit offener Hose vom Boden hoch und wanke mit flatterndem Kaftan zu meiner Matratze. Dort lege ich mich hin und schaue an die Decke.

Konrad ist mir gefolgt. »Wegen der laufenden Finanzierung spreche ich mit dem Architekten, der hat ja alle Unterlagen. Bei der Gelegenheit regle ich auch gleich die Sache mit der Tilgung. Ich stell dir einfach die entsprechende monatliche Summe auf dein Konto, dann brauchst du dich um nichts zu kümmern, denn die Abbuchungen laufen ja normal weiter. Die Sicherheitsvereinbarung gestalten wir ganz formlos. Handschlag würde mir genügen.«

Montag, 22. November 1999, 19.00 Uhr

Mama kommt vorbei und bringt mir ihren Spezialkartoffelsalat mit der extrafetten Mayonnaise. Sie weiß, was ich momentan am nötigsten brauche.

»Kind, du darfst dich jetzt auf keinen Fall gehenlassen. Du mußt aufstehen und der Welt zeigen, was Stärke ist.«

Ich liege auf der Matratze. Nachdem ich einen Teil meiner Einkäufe von vorhin verzehrt habe, bin ich wieder ruhebedürftig.

»Am besten setzt du dich an deinen PC und schreibst. Das bringt dich auf andere Gedanken, und Geld verdienst du auch damit. Das wirst du jetzt sowieso sehr nötig brauchen, wenn du den Abtrag für diesen Luxuskasten allein am Hals hast.«

»Ja«, murmele ich fügsam. Nur nicht widersprechen. Mama wird sonst bis morgen früh auf mich einreden.

»Und geh mal zum Friseur und zur Kosmetikerin. Ich empfehle dir den Salon *Fit und Frisch*, da gehe ich auch immer hin. Tu es bitte bald, ja? Du siehst schrecklich aus. Und unternimm was gegen deine Problemzonen. Wenn ich nicht wüßte, daß es unmöglich ist, würde ich schwören, daß du seit vorgestern schon zugenommen hast.«

»Das ist der Kaftan. Er trägt auf.«

»Es ist eigentlich ein Strandkimono. Wir haben November. Und du bist nicht am Strand. Warum ziehst du das Ding in der Wohnung an?«

»Als Sinnbild.«

»Sinnbild wofür?«

»Für Sack und Asche.«

»Oh«, sagt Mama mitleidig und legt ihre Hand auf meine. »Glaub mir, ich kann dir nachfühlen, welche Demütigung das für dich darstellt. Vor allem, nachdem dir dasselbe jetzt schon zum zweiten Mal passiert ist.«

»Das mit Roland war nicht dasselbe. Er hatte keine andere Frau.«

»Er hatte einen anderen *Mann*! Versuch nicht, mir weiszumachen, daß das nicht viel schlimmer wäre! Ich weiß noch wie heute, wie er damals mit diesem Adrian durchgebrannt ist ...«

»Hieß er nicht Fabian?«

»Woher soll ich das jetzt noch wissen? Es ist bald drei Jahre her!«

»Lange genug, um drüber weg zu sein, findest du nicht?«

Damit gab Mama sich nicht zufrieden. »Einen Mann an eine andere Frau zu verlieren, ist eine Sache, aber zu erfahren, daß du fast ein Jahr lang mit einem ... einem ... Wie nennt man das?«

»Bisexuell? Oder meinst du einfach nur schwul?«

Sie verzog angewidert das Gesicht. »Welche Rolle spielt das jetzt noch. Erzähl mir nicht, daß die Sache mit Vinzenz schlimmer war als damals das Debakel mit Roland.«

Ich ziehe mir die rosa Seide über die Augen und gebe keine Antwort.

Irgendwo höre ich Flaschen klirren. »Hast du diesen ganzen Sekt allein leergetrunken? Mein Gott, das sind ja ... acht, neun, zehn ... Himmel, Karoline!«

Da erkenne ich, daß ich wirklich ein Alkoholproblem habe.

Montag, 22. November, 20.30 Uhr

Hannes kommt die Tische und die restlichen Getränke abholen. Leider sind nur noch leere Flaschen da. Hannes ist ein Schatz und hat Verständnis. Er geht sogar zu seinem Wagen und holt mir eine Sechserkiste Prosecco. Für den allerschlimmsten Kummer, meint er. Und ich denke, wie gut es ist, eine gute Freundin zu haben, die einen guten Freund hat. Anke ist zu beneiden. Wie gern hätte ich jetzt auch einen Freund, der mit Spirituosen handelt!

Ich mache sofort eine Flasche auf, weil Alkohol verdauungsfördernd ist. Zum Abendessen habe ich so ungefähr alles vertilgt, was ich in der Küche noch an Eßbarem gefunden habe.

Hannes zerlegt die Partytische und verstaut sie in seinem Lieferwagen, dann kommt er noch mal zurück, um zu reden. Meine Flasche Prosecco ist schon halb leer.

»Paß nur auf, daß du kein Alkoholproblem bekommst«, meint er.

»Damit kann ich umgehen«, erkläre ich großspurig und rülpse dann dezent hinter vorgehaltener Hand.

»Und sonst?«

»Wie und sonst?«

»Was läuft jetzt mit Vinzenz und Dagmar?«

»Er zieht zu ihr. Alle Welt weiß inzwischen, was los ist.

Die Spatzen pfeifen es von den Dächern, und Dagmar erzählt es in der Verlagskantine.«

»Ach du dickes Ei«, meint Hannes betroffen.

»Ich brauche dein Mitleid nicht«, sage ich tapfer.

Montag, 22. November 1999, 22.30 Uhr

Anke ruft an. Ich beglückwünsche sie zu ihrem wunderbaren Freund und behaupte, daß es mir hervorragend
geht. Und in der Tat: Nach einer Flasche Prosecco sieht
die Welt schon wieder ganz anders aus. Ich habe jede
Menge Stuhlgang und kann mir sogar fast schmerzfrei
drei Pickel ausdrücken. Leider zeigt die Waage anschließend keine Gewichtsreduzierung, was einerseits an dem
bleischweren Abendessen liegt, andererseits aber auch
ausgezeichnet in die von mir errechnete Gewichtskurve
paßt, die ich mir als eine Art mentalen Graph von jetzt bis
zum Jahrtausendende vorstelle. Ich merke, wie ich einen
gewissen trotzigen Fatalismus entwickle. Warum nicht an
Prädestination glauben? Vielleicht trage ich die vielen
Pfunde leichter, wenn ich weiß, daß jedes davon mir vor-
herbestimmt ist.

Ich schaue herum und sehe überall meine Klamotten
liegen, die ich im Laufe des Tages auf der Suche nach
schlabberigen Kleidungsstücken aus den Kisten gerissen
habe. Mir fällt ein, daß morgen die Maler kommen, doch
ich kann mich nicht aufraffen, die Sachen wegzuräumen.
Ich schiebe sie einfach auf einem großen, unordentlichen
Haufen in einer Ecke zusammen und werfe ein Bettlaken
darüber.

Dann erinnere ich mich an Annemaries E-Mail. Ich

sollte sie lesen. Wenigstens zur Information. Lesen heißt
ja nicht, daß ich schreiben muß.

Und siehe da, mir wird nur ein bißchen übel, als ich
den PC anwerfe und meine Post abrufe. Ich will nicht
länger als nötig auf den Bildschirm schauen und drucke
mir die Botschaft aus. Es ist eine Liste mit Titelvorschlägen, die an einer repräsentativen Kleingruppe weiblicher
Leser auf ihre Markttauglichkeit getestet worden sind und
die der Verlag sich schützen läßt, wenn sie was herma-
chen. Einen oder zwei, wenn ich will auch drei der Titel
könnte ich mir für meine nächsten Romane aussuchen
und mir reservieren lassen, wenn sie mich antörnen.

Ich überfliege rasch alle Titel und finde die Auswahl
ungewöhnlich signifikant:

Männer und andere Nieten
Männer brauchen Hiebe
Tote Männer nerven nicht
Ein Kerl zum Abgewöhnen
Mein Mann, das Monster
Gib ihm nicht den kleinen Finger
Verliebt, verlobt, verschissen.

Ich zerknülle das Blatt, lege mich auf meine Matratze und
weine mich in den Schlaf.

Dienstag, 23. November 1999, 20.00 Uhr

Dienstagabend kommt Melanie vorbei, um mich zu bedauern und mir zu sagen, daß sie Vinzenz schon immer
für den größten Arsch unter der Sonne gehalten hat.

»Er hat mir immer auf den Hintern geguckt, wenn er dachte, ich sehe es nicht.«

Das sollte mich nach Dagmars Stäbchenauftritt nicht mehr schocken, doch ich muß mich an der Wand festhalten, weil ich sonst mit einem neuen Heulkrampf umfallen würde.

»Diese Dagmar hat ihn verdient. Blöd und blond wie sie ist.«

Tränen treten mir in die Augen. Dagmar ist nicht nur blöd und blond, sondern auch jünger als ich. Und ihr Busen ist auch größer.

»Männer sind Schweine«, meint Melanie, als wäre das die Lösung all meiner Probleme.

»Ach, Kind«, seufze ich niedergeschlagen.

»Nenn mich nicht immer Kind.«

»Entschuldige.«

Trotz ihres Wonderbra-gepushten Busens ist sie in meinen Augen immer noch das Baby, das sie noch vor ein paar Jahren war und das ich überallhin mitgeschleppt habe. Ihr sonniges Lächeln, ihre strahlend grünen Augen, ihre Heiterkeitsausbrüche waren meine ganze Welt. Ich habe sie gewickelt und gefüttert und mit ihr gespielt, ich hatte Kasperlepuppen vor ihrer Nase tanzen lassen, bis sie vor Vergnügen gekreischt hat, ich habe sie nachts in mein Bett geholt, wenn sie geweint hat. Ich habe sie vom Kindergarten abgeholt, ich habe ihre Barbiepuppen an- und ausgezogen, ich habe ihr Zöpfe geflochten und die Zehennägel geschnitten und bei den Hausaufgaben geholfen.

Ach ja, und aufgeklärt habe ich sie auch, und zwar anhand ihrer Barbiepuppen. Dem smarten Ken habe ich damals einen Plastikpenis an den androgynen Unterleib

61

geklebt, zwecks besserer Demonstration. Allerdings ist er beim versuchten Vollzug sofort abgebrochen, weil Barbie nicht das nötige weibliche Rüstzeug für eine ordentliche Penetration gehabt hat.

Bei dieser Erinnerung drängt sich mir sofort eine unschöne Assoziation auf: Konrad ist nicht Ken und Melanie nicht Barbie. Soweit ich weiß, ist die Anatomie der beiden völlig in Ordnung. Alle richtigen Teile am richtigen Platz.

»Was läuft mit dir und Konrad?« frage ich streng.

Sie verdreht die Augen. »Karo, also hör mal!«

»Ich meine ja nur.«

Was ich eigentlich meine, war, daß sie sich vorsehen soll. Vor den Fallstricken und Tücken des Lebens und der Liebe, sprich, vor den Männern. Sonst ginge es ihr am Ende so wie mir.

3

Die drei Wochen nach dem Desaster meiner Fast-Verlobung waren, so merkwürdig das klingt, schieres Chaos und graue Eintönigkeit gleichzeitig.

Beides schien ganz zwanglos Hand in Hand zu gehen. Während die Männer lärmten und werkelten und das Haus von oben bis unten auf den Kopf stellten, schaffte ich es irgendwie, mich mittendrin aufzuhalten und trotzdem zu überleben, ja sogar dabei eine gewisse Routine zu entwickeln. So war ich beispielsweise pausenlos damit beschäftigt, meine Matratze von einem Raum in den anderen zu schleifen, je nachdem, wo der Bautrupp gerade die Decke ausmalte oder die Wände tapezierte. Konrad war der Meinung, daß *hier unten erst mal klar Schiff gemacht werden* sollte, weshalb ich in der Folgezeit auch keine Minute zur Ruhe kam. In meiner Not quartierte ich mich vorübergehend in der Küche ein, was den unüberschätzbaren Vorteil hatte, daß ich mich laufend in der Nähe des Kühlschranks aufhalten konnte. Allerdings ging das nur so lange gut, bis die Sachen angeliefert wurden, die Vinzenz und ich noch gemeinsam für unsere Traumküche ausgewählt hatten, die einen beträchtlichen Teil der Riesenhypothek beanspruchte – ein wahres Meisterwerk moderner Küchentechnik, ein Konglomerat aus Chrom, Glas, Marmor und viel hellem Echtholz, hinter dem sich kostspieligste

Elektronik versteckte. Wir hatten nur das Beste vom Besten haben wollen.

Der Einbau dauerte drei Tage.

Ich zerrte meine Matratze ins Bad und schlief neben der Wanne, während nebenan die Monteure Hängeschränke an die Wand dübelten und die Elektrogeräte anschlossen.

Natürlich hätte ich während dieser intensiven Bauphase genauso gut auch bei meinen Eltern oder bei Anke unterkriechen können, doch auf diese Idee wäre ich nicht im Traum verfallen. Es hätte keine drei Tage gedauert, und sie hätten mich einliefern lassen. Meine Mutter hatte bereits in den Gelben Seiten Telefonnummern von Therapeuten herausgesucht. Anke redete mehrfach davon, wie wohltuend dämpfend sich eine medikamentöse Behandlung auf mein unausgeglichenes Gemüt auswirken könnte.

Grund genug für mich zu bleiben, wo ich war. Mein Hirn war zwar die meiste Zeit des Tages von Alkoholdämpfen vernebelt, doch ich sah immer noch klar genug, um zweifelsfrei zu erkennen, daß ich mich in meinem derzeitigen Zustand keinem Menschen zumuten konnte. Wenn ich nicht auf meiner Matratze lag, hockte ich essenderweise auf dem Fußboden herum (der Eßtisch ruhte noch abgeschlagen irgendwo im Keller) oder befand mich Prosecco schlürfend in der Wanne, wo ich mehrfach nur um Haaresbreite dem Schaumtod entrann.

Ich wog mich jeden Tag, wobei ich nur vermuten kann, daß diese Gewichtskontrolle aus einer Art Zwangsneurose heraus erfolgte, denn warum sonst hätte ich mich meiner himmelschreienden Fettleibigkeit auch noch ständig versichern sollen, wenn nicht aufgrund einer hochgradig psychotischen Störung?

Ich fühlte mich wie ein Nilpferd. Ein Nilpferd im rosa Seidenkaftan.

Dieses Gewand hatte es mir wahrlich angetan. Ich trug kaum noch etwas anderes und legte es nur ab, um es zu waschen – was nicht allzu häufig geschah, denn dann mußte ich auf meinen Jogginganzug ausweichen, das einzige meiner Kleidungsstücke, in das ich noch hineinkam.

Einmal ging ich zum Einkaufen, den Wagen wie immer randvoll mit den von mir dringend benötigten Kalorien, als hinter mir jemand sagte: »Du, diesen Wein will ich auch mal probieren.«

»Welchen?« fragte eine andere Stimme.

»Den, den die Dicke da vorn im Einkaufswagen liegen hat.«

»Welche?«

»Na, die da. Im Trainingsanzug.«

Ich zuckte fassungslos zusammen und fuhr herum, nur einen Herzschlag vom tödlichen Infarkt entfernt. Dann stieß ich einen stummen Schrei der Erleichterung aus: Hinter mir stand eine fette, grauhaarige Person undefinierbaren Alters, die mindestens zwei Zentner wog und unter ihrem Parka einen grell-lila Jogginganzug trug.

Das Gefühl, gerade noch mal davongekommen zu sein, war übermächtig. Ich ahnte, daß *ich* beim nächsten Mal die Dicke im Trainingsanzug sein würde.

Irgendwann gewöhnte ich mich an die ständige Anwesenheit der Arbeiter, ja, der Radau und die allgegenwärtigen Zoten wurden mir zeitweilig sogar zur tröstlichen

Ablenkung, zu einer festen Größe in der Zeit von acht bis siebzehn Uhr.

Nach überraschend kurzer Zeit waren die Arbeiten im Erdgeschoß abgeschlossen, und sie machten oben und im Keller weiter. Ich kümmerte mich nicht mehr darum. Konrad hatte die ganze Angelegenheit in die Hand genommen, denn hier galt das Sprichwort: Wer zahlt, schafft an.

Und er zahlte, soviel hatte ich inzwischen bemerkt. Meine Kontoauszüge kamen per Post, und ich konnte nicht umhin, die Zahlungseingänge zu registrieren, für die er verantwortlich zeichnete. Damit hatten wir wohl, was die von ihm ins Auge gefaßte Beteiligung am Gewinn aus dem Verkauf des Hauses im Frühjahr betraf, eine stillschweigend besiegelte Übereinkunft. Im Grunde hatte ich nichts dagegen. Die Arbeiten machten beruhigende Fortschritte, denn es lag schließlich in seinem eigenen Interesse, daß seine Investition sich amortisierte. Eigentlich, so fand ich, hatte ich bei dem Deal ein ausgezeichnetes Geschäft gemacht. Ich war nicht gezwungen, mich um eine neue Bleibe zu kümmern, wozu ich derzeit sowieso nicht in der Lage gewesen wäre. Ich mußte mich nicht um den Verkauf des Objekts bemühen, eine Aktion, die ich momentan genauso wenig hätte in Angriff nehmen können. Das einzige, was ich zu tun hatte, kam meiner derzeitigen Disposition bestens entgegen: Ich mußte nur abwarten und Tee trinken.

In meinem Fall war es meist Prosecco, doch das Ergebnis war dasselbe: Der Verkauf würde im Frühjahr über die Bühne gehen, wenn alles fertig und der Garten grün war. Ich konnte risikolos meinen Teil am Gewinn einstreichen und bis dahin die Oberaufsicht mit gutem

Gewissen Konrad überlassen. Meine Existenzängste wegen meines Schuldenberges hatten sich gelegt. Die Träume vom Gerichtsvollzieher wurden seltener.

Dafür träumte ich häufig von Vinzenz, hauptsächlich Alpträume, in denen er damit beschäftigt war, Dagmar in allen nur erdenklichen Positionen zu vögeln und dabei wie ein Ferkel zu quieken. Sie taten es meist im Verlag: Auf dem Schreibtisch, auf dem Teppichboden, im Lift, in der Kantine, und einmal trieben sie es sogar in der Löffelchenstellung vorn beim Overheadprojektor während der laufenden Vertreterkonferenz. Ich saß in der ersten Reihe und konnte jede Einzelheit genau erkennen. Als Dagmar zum Orgasmus kam, lächelte sie mir glücklich zu.

Annemarie erzählte mir auf mein Drängen am Telefon, daß die zwei jetzt ganz offen ihre Verbindung auslebten – zwar nicht auf die Art wie in meinen gräßlichen Träumen, sondern eher konventionell, etwa, indem sie mittags zusammen in der Kantine oder bei den Konferenzen nebeneinander saßen, auf dem Gang turtelten oder händchenhaltend gemeinsam Aufzug fuhren. Meine Frage, ob die zwei denn mittlerweile auch zusammen wohnten, hatte Annemarie ausweichend dahingehend beantwortet, daß sie das auch nicht so genau wisse. Damit hatte sie mir im Grunde alles gesagt. Und wirklich, nur ein paar Tage nach diesem Telefonat erfuhr ich von einer befreundeten Autorin, die auch auf der Verlobungsfeier gewesen war, daß Vinzenz jetzt bei Dagmar wohnte. Meine Bekannte meinte, daß dieser Umzug für Vinzenz der absolute soziale Abstieg sei, denn Dagmar hätte nur ein ganz winziges Zweizimmerapartment, aber er hätte es ja nicht anders gewollt.

Ja, er hatte es nicht anders gewollt.

Ich konnte es immer noch nicht recht begreifen, doch dann schlürfte ich zum Spiegel, betrachtete mich und erkannte die ganze Wahrheit. Wie konnte ich es Vinzenz verdenken, daß er lieber eine schlichte Zweizimmerwohnung mit einer knackigen, vollbusigen Fünfundzwanzigjährigen teilen wollte als eine Villa mit einer verbrauchten, fetten, schlampigen Einunddreißigjährigen? Jeder andere Mann an seiner Stelle hätte dasselbe getan. Wäre ich ein Mann gewesen, hätte ich mich auch nicht für mich erwärmen können.

Diese Erkenntnis verschaffte mir allerdings keinen Trost. Ich heulte oft stundenlang und hörte nur auf, weil ich essen oder trinken mußte.

Ich schrieb keine Zeile. Es kam selten vor, daß ich meinen PC überhaupt in Betrieb nahm. Von Zeit zu Zeit las ich meine E-Mails, doch ich ging nur online, um meine Rechnungen zu bezahlen; im Gegensatz zu früher blieb ich den Chatrooms fern.

Annemarie rief mehrmals an und fragte nach meinen Fortschritten. Ich weigerte mich, einen Titel auszusuchen, und den Vertrag (von Vinzenz unterschrieben!) hatte ich ganz unten unter einem Kleiderberg versteckt.

Melanie kam ab und zu unter irgendwelchen Vorwänden vorbei, mit hochtoupierten Haaren und Make-up-verkleistertem Gesicht. Ihre Hemdchen wurden von Mal zu Mal knapper und ihre Jeans immer enger. Sie wackelte vor Konrad und den anderen Arbeitern hingebungsvoll mit dem Hintern, was ihr von allen Seiten anerkennende Blicke, Pfiffe und Komplimente eintrug.

»Ist er nicht total süß?« meinte sie einmal vertraulich. »Er hat so schöne Zähne. Und so unheimlich blaue Augen. Und hast du schon gesehen, was für goldige Ohren er hat?«

Auf die Ohren hatte ich noch nicht geachtet, beschloß aber, es bei Gelegenheit nachzuholen.

»Hast du schon mit ihm geschlafen?« fragte ich beiläufig.

Melanie wurde ärgerlich. »Also Karo, was denkst du denn!«

»Denk dran, was ich dir erzählt habe.«

»Über Aids und Hepatitis?«

»Nein, das andere.«

»Ach, du meinst die Unfähigkeit des Mannes, die Frau zum Orgasmus zu bringen? Oder redest du von der Fehlentscheidung der Frau, dem Mann einen Orgasmus vorzutäuschen?«

»Nein, ich rede von der Fehlentscheidung der Frau, mit dem Mann überhaupt ins Bett zu gehen.«

»Warum sollte das eine Fehlentscheidung sein?« erkundigte Melanie sich neugierig.

»Weil der Kerl wahrscheinlich nichts will außer rammeln.«

»Vielleicht will die Frau ja auch nichts außer rammeln«, entgegnete Melanie leichthin.

Dazu fiel mir nichts mehr ein.

Die ganze Zeit über war ich von der unvernünftigen Hoffnung durchdrungen, daß Vinzenz anrufen und erklären würde, daß alles nur ein schrecklicher Irrtum gewesen sei, in Wahrheit sei das Kind gar nicht von ihm, und Dagmar hätte ihn die ganze Zeit unter Drogen gesetzt, damit er mit ihr schlief.

69

Als er dann wirklich Anfang Dezember anrief, wurde ich vor lauter Aufregung fast ohnmächtig. Ich hatte gerade gierig eine Packung Oblatenlebkuchen aufgerissen, als das Telefon klingelte. Als ich Vinzenz' Stimme hörte, fielen mir die runden Kuchen auf die Bettdecke. Ich selbst fiel hinterher und begrub alles unter mir.

»Vinzenz?« fragte ich fassungslos.

»Wie geht es dir, Karo?«

»Gut«, behauptete ich.

»Das freut mich. Ich glaube, Frauen werden sowieso besser mit Trennungen fertig, ich muß ja bloß an Renate denken.«

Renate war seine erste Frau, die sich dem Fitneßtrainer an den Hals geworfen hatte.

»Wieso rufst du an?« fragte ich, rasende Hoffnung im Herzen.

»Ach du, ich vermisse …« – er unterbrach sich, und ich hörte im Hintergrund eine Frauenstimme irgend etwas rufen – »Sekunde mal, Karo. Was hast du gesagt, Daggi?«

Mir wurde schwindlig, und ich mußte mich richtig hinlegen. Unter mir schmolz die Lebkuchenschokolade, doch darum konnte ich mich jetzt nicht kümmern. Er nannte sie Daggi! *Daggi!* Das klang wie eine Koseform für Dackel. Ob das ein gutes Zeichen war? Bestimmt! Er hatte mir gerade sagen wollen, wie sehr er mich vermißte, als die blöde schwangere Dackelziege ihn dabei gestört hatte!

»Wo war ich?« fragte Vinzenz zerstreut.

»Beim Vermissen«, flüsterte ich verschwörerisch.

»Richtig. Ich vermisse schon eine ganze Weile meine Dame.«

Er tat es! Er vermißte mich! Und wie hübsch er es verklausuliert hatte, damit Dackel-Daggi nichts davon mitbekam!

»Ich frage mich, ob sie vielleicht irgendwo bei deinen Sachen liegen könnte. Normalerweise würde ich sicher keinen Aufstand deswegen machen, aber du weißt ja, wie wertvoll dieses Schachspiel ist, schließlich ist es aus Jade. Außerdem ist es ein Erbstück, und wenn eine der Figuren fehlt, taugt das ganze Spiel nichts mehr.«

Niedergeschmettert ließ ich die Hand mit dem Hörer neben mich aufs Bett fallen. Ich traf auf etwas Warmes, Matschiges. Es war ein völlig zerdrückter, zerlaufener Lebkuchen. Ich schwamm förmlich in zerfließender, klebriger Schokolade.

»Es ist die schwarze«, hörte ich gerade noch aus dem Hörer, dann drückte ich den Aus-Knopf und brach in lautes Wehklagen aus.

In diesem Zustand fand Konrad mich vor. Ich schaffte es irgendwie, mit dem Weinen aufzuhören, als er ins Zimmer kam, doch ich zog mir die Decke über den Kopf, um ihn nicht ansehen zu müssen.

»Schlechte Nachrichten?« fragte er teilnahmsvoll.

»Nein, nur das übliche.«

»Karo, du mußt ihn dir endlich abschminken. Der Kerl ist es einfach nicht wert. Mit Verlaub, aber er ist ein Arschloch.«

»Wie alle Männer.«

»Sicher gibt's Ausnahmen«, meinte er diplomatisch. »Könntest du mal eben gucken?«

Er zupfte an der Decke, und ich lugte mißmutig und mit verheulten Augen heraus.

»Wie findest du das?« wollte er wissen.

Ich starrte ihn an. Er kniete vor meiner Matratze. Unter

71

seiner mit Farbspritzern beklecksten Jeans zeichnete sich jeder Muskel einzeln ab. Sein nicht minder fleckiges, ehemals weißes T-Shirt war hochgerutscht und ließ einen breiten Streifen Waschbrettbauch sehen, auf dem sich schwarzes Haar kräuselte. Hätte er vor dreihundertfünfzig Jahren gelebt, hätte Gianlorenzo Bernini ihn als Modell für seine in Stein gehauenen Jünglinge verwendet.

»Wieso fragst du mich das?« wollte ich mit belegter Stimme wissen.

»Weil du dich entscheiden sollst.« In seinen blauen Augen tanzten winzige goldene Lichter.

»Ich soll mich … entscheiden?« Bevor ich mich über sein unmoralisches Benehmen ereifern konnte, sah ich die Tapetenmuster, die er in der Hand hatte und mir hinhielt. Es waren in verschiedenen Pastelltönen gestrichene Strukturtapetenstücke.

»Ich persönlich würde dieses Beige gut finden, es paßt sehr gut zu der Täfelung. Andererseits könnte ich mir aber auch das Apricot hier ganz gut vorstellen, es ist etwas frischer. Und dieser Grünton steht auch noch zur Debatte.«

»Mir gefällt das Apricot besser«, sagte ich hoheitsvoll.

»Okay.« Er streckte die Hand aus und klaubte mir einen matschigen Lebkuchen aus den Haaren. »Man merkt, daß bald Weihnachten ist.«

Ich fragte mich gerade, was ich mir noch alles von diesem frechen jungen Schnösel gefallen lassen mußte, als es an der Haustür klingelte.

Konrad sprang geschmeidig auf die Füße. »Ich geh schon.«

Ich blickte verstört an meiner rosaseidenen, schokoladeverschmierten Vorderseite herunter. »Ich bin nicht da.«

Doch er war schon in der Halle, um die Haustür zu öffnen. Ich hörte Männerstimmen, dann kam Konrad zurück.

»Da draußen ist ein Typ, der dich kennt.«

»Hat er gesagt, wie er heißt?«

»Roland.«

»Was will er?«

»Hier einziehen, glaube ich. Er hat jedenfalls einen Koffer dabei.«

Roland und ich waren fast ein Jahr liiert gewesen, womit diese Beziehung fast so lang gedauert hatte wie die mit Vinzenz. Ein Jahr war anscheinend das Maximum, das ich zuwege brachte. Davor hatte es ebenfalls ein paar mehr oder weniger intensive Affären gegeben, doch davon hatte keine länger als sechs Monate gehalten. Roland und Vinzenz waren im übrigen die beiden einzigen Männer, mit denen ich zusammengelebt hatte, und bezeichnenderweise war in beiden Fällen schon kurz nach dem Zusammenziehen alles wieder vorbei gewesen.

Vinzenz hatte sich in Dagmar verknallt und Roland in Fabian.

Rückblickend hatte es in beiden Fällen Alarmsignale gegeben, die ich – bewußt oder unbewußt – mißachtet hatte, bei Roland sogar noch mehr als bei Vinzenz.

Vinzenz hatte zwar die beiden letzten Monate vor unserer Trennung kaum noch mit mir geschlafen, doch das hatte ich auf den Streß wegen seiner Scheidung und das ganze Hin und Her mit dem Umzug geschoben.

Mit Roland hingegen hatte ich während unserer einjährigen Beziehung *insgesamt* höchstens ein halbes Dutzend Mal Sex gehabt – und das auch nur in den ersten

73

paar Monaten. Im nachhinein fragte ich mich ernsthaft, wieso mir das normal vorgekommen war. Vielleicht weil er so ein netter, kameradschaftlicher Mensch war. Oder weil er nicht unbedingt der lustbetonte Typ war. Oder weil Sex mit Roland für mich sowieso nicht gerade die Krönung bedeutete und ich deshalb auch folgerichtig nicht sonderlich wild darauf war, es häufiger als nötig mit ihm zu treiben.

Was auch immer der Grund für meine damalige Blauäugigkeit gewesen sein mochte – ich fand zu jener Zeit, daß es alles in allem recht gut mit uns lief, sonst hätte ich ihn bestimmt nicht gefragt, ob ich zu ihm ziehen könnte. Die Wohnung, in der ich damals wohnte, war mir wegen Eigenbedarfs des Vermieters gekündigt worden, und da ich so zufriedenstellend mit Roland auskam, kam es mir einfach naheliegend vor, richtig mit ihm zusammenzuleben. Er hatte nichts dagegen gehabt.

Davor hatte ich häufig die Wochenenden bei ihm verbracht, zwei-, dreimal waren wir auch zusammen weggefahren, einmal sogar nach Paris, wo wir ein unterhaltsames verlängertes Wochenende verlebt hatten.

Roland war ein introvertierter Typ, ein aufmerksamer Beobachter, dabei aber zurückhaltend, höflich und immer nett zu seinen Mitmenschen – eben ein guter Kumpel. Vom Äußeren her eher unauffällig, war er weder sportlich-attraktiv noch in sonstiger Hinsicht auffallend männlich. Sein Körper war ziemlich schmächtig, und sein aschblondes Haar begann sich über der Stirn bereits zu lichten, doch dafür vermittelte ein einziger Blick in seine braunen Augen die Gewißheit, es hier mit einem empfindsamen, verständnisvollen Menschen zu tun zu haben.

Wie ich gehörte er der schreibenden Zunft an, doch verfaßte er keine Romane, sondern Drehbücher fürs Fernsehen. Die paar Wochen, die ich bei ihm gewohnt hatte, verbrachten wir oft in stiller Eintracht einander am Tisch gegenüber sitzend, jeder seinen Laptop vor sich und eifrig tippend.

Dann, eines Abends, klappte er unvermittelt seinen Computer zusammen und sagte: »Karo, ich muß dir was sagen. Ich bin schwul.«

Vor lauter Schreck kam ich an den Aus-Knopf und brachte damit versehentlich drei fertige Kapitel auf Nimmerwiedersehen zum Verschwinden.

Völlig konsterniert starrte ich ihn an. »Aber du hast … Ich meine, du und ich …«

Ich stammelte und mühte mich vergeblich ab, einen kompletten Satz zustandezubringen. »Du hast mit mir … Nicht besonders oft, okay, das nicht. Aber doch immerhin …«

»Na ja, es ist nicht so, als könnte ich nicht mit Frauen. Du bist so nett und eine so gute Freundin …« Sein Gestammel klang fast so unzusammenhängend wie meines. »Es tut mir ja auch leid, aber …« Er wurde rot, doch dann riß er sich zusammen und sprach es aus.

»Ich habe mich verliebt. Er heißt Fabian, und wir möchten zusammenziehen. Du kannst die Wohnung behalten, ich ziehe morgen aus.«

Und das tat er dann auch.

Merkwürdigerweise hatte mich die Geschichte nicht so mitgenommen, wie alle Welt es zu erwarten schien. Vermutlich lag es daran, daß unserer Beziehung einfach ein paar entscheidende Grundlagen gefehlt hatten und das Ende daher nicht so gravierend war.

75

Ich aß und trank zwar ein paar Wochen lang mehr als üblich, doch der große Weltschmerz blieb aus. Ich schrieb ein sarkastisches Buch über eine hetero-schwule Dreiecksbeziehung, das sogar fürs Fernsehen verfilmt wurde – *Der Mann unterm Bett* – und war vier Wochen später wieder emotional auf der Höhe.

»Was soll das heißen, du willst hier einziehen?«

Ich hatte mich von der Matratze hochgerappelt und war hinüber ins Wohnzimmer gegangen, um dort meinen Ex in Empfang zu nehmen. Er saß auf dem Schaukelstuhl, das Gesicht voller Gram und den Koffer, den er mitgebracht hatte, zu seinen Füßen.

»Ich kann nicht mehr weiter. Du bist der einzige Mensch, der mich versteht. Der *dieses Problem* versteht.«

»Welches Problem?«

»Writer's Block«, flüsterte Roland gebrochen.

»Oh«, sagte ich.

»Oh«, sagte auch Konrad, der auf einem zusammengerollten Teppich hockte und zuhörte.

»Ist das dein neuer Mann?« fragte Roland.

»Nein, er ist mein neuer Geldgeber«, antwortete ich.

»Wieso brauchst du einen neuen Geldgeber?«

»Für die Renovierung. Sie kostet mehr, als ich momentan habe.«

Roland sah sich um. »Hier kommt mir alles schon ziemlich fertig vor. Du hast wirklich viel Platz.« Dann betrachtete er mich näher. »Du siehst krank aus. Bist du … bettlägerig?«

»Sehe ich vielleicht aus, als würde ich im Bett liegen?« fragte ich drohend.

Er musterte meinen schokoladeverschmierten Kaftan

und meine verklebten Haare. »Nicht direkt, nur irgendwie …«

Ich schnitt ihm das Wort ab. »Noch ein Wort über mein Aussehen, und ich werfe dich raus.«

»Heißt das, ich kann bleiben?« fragte Roland hoffnungsvoll.

»Was meinst du mit *bleiben*?«

»Nur für ein paar Tage. Bis ich wieder schreiben kann. Ich *weiß* einfach, daß ich es kann, wenn du in der Nähe bist! In deinem Beisein konnte ich immer wundervoll schreiben.«

»Was ist mit Fabian? Kann er dich nicht mehr inspirieren?«

Roland ließ den Kopf hängen. »Er ist die Ursache meiner Blockade. Mit seiner krankhaften Eifersucht treibt er mich noch in den Wahnsinn. Ich war nur auf einem ganz gewöhnlichen Dramaturgieseminar, und als ich wiederkam, hat er mich sofort beschuldigt, ich hätte was mit dem Dozenten gehabt. Bloß weil der zufällig auch schwul ist und mich von früher kennt.«

»Und, hattest du was mit ihm?«

»Äh … das geht dich nichts an.«

Rolands näheren Schilderungen war zu entnehmen, daß Fabian ihn seit diesem Seminar belauerte wie die Katze die Maus. Ständig stellte er Fangfragen, durchsuchte Rolands Unterwäsche nach verräterischen Spuren, wühlte in seinen Sakkos herum und schrieb akribisch täglich den aktuellen Tachostand von seinem Wagen in ein Notizbuch, in dem er auch festhielt, wann und wie oft Roland außer Haus weilte.

Diesem Psychostreß hatte Roland nicht lange standhalten können. Sein Nervenkostüm hatte mit einer unüberwindlichen Schreibblockade reagiert, die jetzt bereits seit vier Wochen andauerte.

Trotz dieser akuten Notlage hatte Fabian sich strikt geweigert, wenigstens für ein paar Tage zu seiner Mutter zu ziehen, damit Roland ein bißchen durchschnaufen und sich vor allem auf den Krimi konzentrieren konnte, den er in sechs Wochen abliefern mußte. Also war Roland nichts anderes übrig geblieben, als seinerseits die Sachen zu packen und vorübergehend auszuziehen, um einen klaren Kopf zu bekommen.

Die Filmfirma hatte den Abgabetermin schon einmal verlängert, und jetzt hing die ganze Produktion am seidenen Faden. Der Sender drohte bereits damit, den ganzen Auftrag zu stornieren, und das, obwohl schon Hunderttausende investiert worden waren.

Roland gestikulierte heftig und sah mich dabei flehend an. »Du mußt mir helfen! Du *mußt* einfach! Sie haben alle Rollen gecastet, und die Locations sind auch angemietet. Die Verträge stehen schon längst, und wenn das Buch Ende nächsten Monats nicht drehfertig ist, sehe ich alt aus. Man wird mich nie wieder was schreiben lassen! Ich werde für alle Zeiten erledigt sein! Ein toter Mann! Und ich weiß nicht, wo ich sonst hin soll! Du bist meine letzte Hoffnung! Kein Mensch hat mich jemals so zum Schreiben inspiriert wie du! Ich hatte immer die besten Ideen, wenn du dabei warst! Eigentlich wollte ich dich damals gar nicht verlassen, aber Fabian war so … so besitzergreifend!«

Roland schaukelte wild mit dem Stuhl vor und zurück, ganz entgegen seiner sonstigen besonnenen Art. »Ich bin nicht anspruchsvoll. Du weißt, daß ich das nicht bin.«

»Soll das irgendeine Anspielung auf meine Person oder mein Aussehen sein?« fragte ich erbost.

»Nicht doch«, rief er erschrocken aus. »Ich meine nur …« Er deutete auf das Chaos ringsherum. Wie üblich lagen überall Klamotten und Schuhe von mir herum. Die Kisten standen kreuz und quer verstreut, manche halb ausgeräumt und manche überquellend von allen möglichen Habseligkeiten, die ich auf der Suche nach bestimmten Gebrauchsgegenständen hervorgezerrt hatte. Hier und da standen auch leere Sektflaschen und Joghurtbecher herum.

»Die Unordnung stört mich nicht. Ich schiebe einfach ein paar der Kisten hier zur Seite und rolle meinen Schlafsack in der Ecke aus.« Er lauschte nach oben, von wo das Dröhnen einer Schlagbohrmaschine zu hören war. »Der Krach macht mir auch nichts aus. Ich habe Kopfhörer.«

Ich dachte nach. Was schadete es schon, wenn er ein paar Tage hier pennte? Es liefen ja sowieso andauernd irgendwelche Männer durchs Haus, und ich war allmählich daran gewöhnt, daß ich so gut wie keine Intimsphäre mehr hatte.

»Dein Essen mußt du dir aber selber kaufen.«

»Natürlich.«

»Und an meinen Sekt darfst du auch nicht gehen.«

»Kein Problem. Ich trinke sowieso nur Whisky. Ich habe eine ganze Kiste im Auto.«

Aha. Er hatte vorgesorgt. Sehr vernünftig. Vielleicht sollte ich auch dazu übergehen, mir meine flüssige Nervennahrung kistenweise anzuschaffen, dann mußte ich nicht so oft aufstehen.

Bevor irgendwelche blöden Fragen wegen meiner Freß- und Heulanfälle aufkamen, sollte ich ihn vielleicht informieren, daß mit mir auch nicht alles zum Besten stand. Roland kannte mich ziemlich gut, es hatte keinen Sinn, ihm was vorzuspielen.

»Übrigens habe ich auch eine Schreibblockade.«

»Oh, Karo, wie schrecklich! Was ist bei dir der Grund? Dieser Viktor?«

»Vinzenz.«

»Vinzenz, okay. Ich hab von der Sache gehört. Tut mir echt leid für dich. Weg mit Schaden, Karo.«

»Ganz meine Meinung«, pflichtete Konrad ihm bei, der immer noch auf der Teppichrolle hockte und zuhörte.

Ich wünschte, das wäre so einfach, wie es sich anhörte.

Aus Karos Tagebuch

Samstag, 11. Dezember 1999

Jetzt habe ich Roland auch noch am Hals. Welcher Teufel hat mich geritten, ihn hier einziehen zu lassen? Ich muß verrückt gewesen sein.

Morgens blockiert er für eine geschlagene Stunde das Bad, weil er Durchfall hat. Nach oben ins Bad kann ich nicht, weil da gerade Anschlüsse verlegt werden. Also muß ich nach draußen in den Container gehen, wo die Bauarbeiter immer scheißen. Kein Mensch kann sich vorstellen, wie das da stinkt. Ich erkläre Roland, wenn sein Durchfall bis morgen nicht weg ist, muß er ausziehen. Er sagt, er will sein Bestes tun, aber er kann nichts versprechen, weil es psychisch ist. Dann fragt er mich, ob meine Waage richtig geht, die von Fabian würde sechs Pfund mehr anzeigen.

Ich bin entsetzt und rase sofort los, in die Stadt, um eine neue Waage zu kaufen. Roland wiegt darauf genauso viel wie auf meiner alten Waage, also stimmt was mit Fabians Waage nicht. Oder Roland hat abgenommen, was am Durchfall liegen könnte. Ich bin so neidisch, daß ich ihn töten könnte. Warum kriege ich keinen Durchfall? Meinen letzten Durchfall hatte ich als Kind, im Alter von acht Jahren. Ich bin auf einen Pflaumenbaum geklettert, habe dort oben drei Stunden in einer Astgabel gehockt und dabei pfundweise unreife Pflaumen verschlungen. Danach saß ich von der Sesamstraße bis zur Tagesschau auf dem Klo.

Vielleicht sollte ich es mal mit Dörrpflaumen versuchen?

Ich fahre noch mal los und kaufe mir welche.

Abends versuchen wir, wie in alten Zeiten zu schreiben. Roland holt seinen Laptop und klappt ihn neben meinem PC auf, den ich in meinem Schlafzimmer aufgebaut habe. Wir setzten uns hin, jeder vor seine Tastatur. Mir wird nach fünf Sekunden so schlecht, daß ich aufspringen und ins Bad rennen muß.

Rolands Symptome sind anders. Ihm wird nicht übel, sondern er schläft ein. Als ich vom Klo zurückkomme, liegt er auf dem zugeklappten Laptop und pennt. Er schnarcht wie eine Kreissäge und läßt sich nicht wachrütteln.

Abends ruft Anke an und fragt, ob ich was brauche.

Ja, sage ich, eine Kiste Prosecco.

Sie will wissen, ob ich sonst noch was brauche.

Ja, sage ich, einen Tritt in den Hintern.

Sonntag, 12. Dezember 1999

Es ist nicht auszuhalten. Die Nacht ist der pure Horror. Roland schnarcht wie ein Walroß. Es schallt dermaßen durchs Haus, daß ich kein Auge zukriege.

Er meint, die Schreibblockade hätte irgendwas mit seiner Nasenscheidewand angerichtet. Möglicherweise liegt es aber auch am Whisky. Er trinkt ziemlich viel davon. Gestern hat er sich eine halbe Flasche reingekippt.

Morgens um sieben klingelt es Sturm. Es ist ein fremder Mann. Er stürmt ins Haus wie eine Furie und checkt als erstes Rolands Schlafsack, dann glotzt er mich mit irrem Blick von oben bis unten an.

»Wenn du ihn anfaßt, bringe ich dich um«, erklärt er.

»Roland, ruf die Polizei, da ist ein durchgeknallter Typ!«

»Das ist Fabian«, sagt Roland.

Fabian ist mittelgroß und hat einen weißblond gefärbten Bürstenschnitt. Er ist etwas jünger als Roland, vielleicht knapp Dreißig. Seine Augen sind blutunterlaufen, sein Kinn stoppelig.

»Ich hab dich überall gesucht«, greint er. Dann fällt er Roland um den Hals und beschwört ihn, zurückzukommen, er würde alles, *alles* machen dafür, sogar für eine Woche oder so zu seiner Mutter ziehen.

Roland weigert sich, weil er Fabian kein Wort glaubt.

»Ich habe gebettelt und gefleht, aber du hast mir ja nicht geglaubt. Jetzt bin ich am Ende meiner Kraft. Wenn du um mich herum bist, kann ich kein Wort zu Papier bringen.«

»Ich habe dir doch gesagt, daß ich zu Mutti gehe!«

»Ich kenne dich. Du wirst alle zehn Minuten vor der Tür stehen und mich kontrollieren. Du wirst fünfzig Mal pro Tag anrufen. Ich werde mich nicht darauf einlassen, Fabian.«

Die beiden liefern sich in meinem Wohnzimmer eine erregte Debatte. Ich gehe in die Küche und esse, weil mich der Streit nervös macht.

Als Fabian endlich heulend und türenknallend das Haus verläßt, ist fast nichts mehr im Kühlschrank.

Roland ist völlig groggy. Er kriecht in seinen Schlafsack und weigert sich, mit mir zu reden.

Ich nehme mir eine Flasche Sekt und trolle mich auf meine Matratze, wo ich darauf warte, daß die Pflaumen von gestern noch durchschlagen.

Bis zum Abend passiert nichts, und ich akzeptiere, daß

mein Darm sich von Dörrpflaumen nicht beeindrucken läßt.

Ich beschließe, ein Bad zu nehmen. Als ich im Schaum liege, hämmert Roland an die Tür. Er hat wieder Durchfall. Ich verweise ihn auf den Container im Garten.

Um zehn Uhr ruft Fabian an und heult Roland eine halbe Stunde die Ohren voll, bis ich mir das Telefon schnappe und die Aus-Taste drücke.

Danach klingelt es ununterbrochen so lange weiter, bis ich gezwungen bin, den Ton abzuschalten.

Roland meint, daß Fabian auf mich eifersüchtig ist.

»Du bist so eine Art Schreckgespenst für ihn, Karo.«

»Wenn du mich beleidigen willst, kannst du deinen Koffer und deinen Laptop und deinen Durchfall nehmen und sofort abhauen«, fahre ich ihn wütend an.

Roland beschwichtigt mich, so hätte er es nicht gemeint. »Mit Schreckgespenst meinte ich eigentlich eher Nemesis.«

»Scheiße, das ist doch dasselbe!«

»Nein, im Grunde nicht«, behauptet Roland. »Du darfst nicht vergessen, daß du mit mir liiert warst, als Fabian und ich uns verliebt haben. Das wird ihm ewig nachhängen. Du warst nicht nur einfach bloß eine x-beliebige Konkurrenz, sondern *weibliche* Konkurrenz. Und jetzt bist du quasi aus der Versenkung wieder aufgetaucht und damit als Problem genauso akut wie damals. Du kannst dir nicht vorstellen, wie *eifersüchtig* dieser Mann ist! Meine bisexuelle Neigung ist für Fabian das allerschlimmste. Damit kann er kaum umgehen.« Roland seufzt. »Und dabei ist er sozusagen vom Fach.«

»Wieso? Ist er auch bi?«

»Nein, Psychotherapeut.«

Montag, 13. Dezember 1999

Am Montagmorgen gibt es bei den Bauarbeitern ein großes Hallo, als sie einen neuen Mann in meinem Haushalt entdecken.

»Na, noch einer mehr im Haus, der hier ein Rohr verlegen will«, ruft einer von den Installateuren launig. Mir ist nicht ganz klar, was er meint und warum die anderen so darüber lachen. Ob ich Konrad danach frage? Ich nehme es mir vor, doch später vergesse ich es.

Konrad, der etwas später als die anderen kommt, legt mir eine Auswahl an Fliesen für das obere Bad vor. Ich mache die Augen zu und tippe blind auf irgendeine, bloß, damit ich wieder meine Ruhe habe.

Unterdessen wacht Roland auf, der die ganze Zeit auf seinem Laptop geschnarcht hat. Als Konrad nach oben verschwunden ist, wo die anderen Männer schon lärmend bei der Arbeit sind, will er wissen, was Konrad mir bedeutet.

»Nichts«, sage ich wahrheitsgemäß.

»Er sieht sehr gut aus.«

»Ja, und?«

Roland räuspert sich. »Ich habe das Gefühl, daß er ziemlich viel hier unten rumhängt.«

»Was stört dich daran?«

»Mich? Nichts. Aber wenn Fabian wieder herkommt ... Und er kommt bestimmt wieder her!«

Aha. Darauf hätte ich selbst kommen können. Der eifersüchtige Fabian wird natürlich sofort das Schlimmste denken und Konrad für Rolands neuen Lover halten.

Ich zucke mit den Schultern. »Wenn es dich beruhigt, sage ich einfach, daß er mit mir zusammen ist.«

»Das wäre lieb. Noch mehr Probleme kann ich momentan nicht brauchen.« Roland denkt nach. »Aber wieso hängt er denn nun wirklich andauernd hier unten bei dir rum?«

»Er hat im Augenblick die Oberherrschaft über den Bau.«

»Könnte es sein, daß er außerdem noch in dich verknallt ist?«

Ich blicke an mir herunter und lache schallend. »So wie ich aussehe? Außerdem könnte ich seine Mutter sein.«

Roland lacht ebenfalls. »Du machst Witze, Karo.«

»Eigentlich nicht. Ich glaube, er sieht viel älter aus, als er ist. Abgesehen davon ist er der Freund meiner Schwester. Und er geht noch in die Lehre. Er ist ein Azubi, wie man das heutzutage nennt.«

Roland betrachtet mich zweifelnd. »Ein Lehrling hat hier die Oberherrschaft über den Bau? Kommt dir das nicht ein bißchen komisch vor?«

Darüber muß ich kurz nachdenken und hole mir zu diesem Zweck eine Tüte Weihnachtsmandeln aus dem Kühlschrank. Heute morgen habe ich weder einen Kater noch Kopfschmerzen noch einen Schwips, was vielleicht der Grund dafür ist, daß mein Gehirn etwas besser funktioniert als sonst.

Als die Tüte mit den Mandeln leer ist, kommt es mir tatsächlich komisch vor, daß ein Lehrling hier die Oberherrschaft hat. Ich beschließe, daß ich mich bei passender Gelegenheit noch mit diesem Widerspruch auseinandersetzen muß.

Das Denken hat mich angestrengt. Ich gehe wieder in die Küche. Irgendwo müssen noch mehr Mandeln sein, ich bin ganz sicher, daß ich mindestens fünf Tüten gekauft und davon erst drei gegessen habe. In der Küche herrscht das blanke Chaos. Überall stehen noch die großen Kartons herum, die mir die Männer von der Küchenfirma hiergelassen haben, weil ich finde, daß ich momentan gar nicht genug Kisten besitzen kann. Ich weigere mich, meine Möbel aufzubauen, wenn ich in zwei oder drei Monaten schon wieder ausziehe.

In den Kartons liegen Schuhe, Bücher, Unterwäsche und Hausrat zuhauf, aber keine Mandeln.

Und wo, zum Teufel, ist meine letzte Flasche Prosecco? Ich weiß genau, daß ich noch eine habe!

Dienstag, 21. Dezember 1999, 9.00 Uhr

In drei Tagen ist Weihnachten, und ich lebe auf einer Müllhalde. Ich habe schon überlegt, ob ich vorübergehend nach oben ziehen soll, doch da wird immer noch gearbeitet, und die Heizkörper sind auch noch nicht angeschlossen. Hier unten nähert sich mein Dasein dem Zustand der Auflösung. Ich finde nichts mehr wieder, nicht mal meine Monatsbinden, die ich schon seit Samstag suche. Statt dessen benutze ich Servietten, die scheußlich kratzen. Auf die äußere Welt ist genauso wenig Verlaß wie auf mein Innenleben. Chaos hier wie da. Ich weiß nicht, wie ich das durchstehen soll, doch was bleibt mir übrig? Ich sehe nicht ein, auch nur das kleinste Fitzelchen aufzuräumen, schließlich wird das Haus im Frühjahr verkauft. Und Roland macht ja auch keinen Finger krumm. Gleiches Recht für alle.

Dienstag, 21. Dezember 1999, 20.00 Uhr

Warum kann ich nicht wenigstens schreiben?

Ich stelle an diesem Abend eine interessante Berechnung an: Wenn ich nur die Hälfte der Zeit, die ich in der Wanne oder auf der Waage verbringe, schreiben könnte, hätte ich bis Ostern ein neues Buch fertig.

Das Schreiben von Weihnachtsgrußkarten fällt in diesem Jahr bei mir flach. Meine Fähigkeiten zur Herstellung von Schriftwerk beschränken sich auf diese dämlichen Tagebucheinträge. Wenn ich so weitermache, ende ich als Autobiographin, die in dreißig Jahren stolz auf ein mehrbändiges, handschriftliches Werk über Alkoholexzesse, Gewichtsprobleme und häusliche Unordnung zurückblicken kann. Als farbige Auflockerung gelingt mir vielleicht noch das eine oder andere Kapitel über verschiedene Methoden, Pickel auszudrücken.

Mittwoch, 22. Dezember 1999, 11.00 Uhr

Anke ruft an und erkundigt sich nach meiner Verfassung. Ich sage ihr die bittere, ungeschminkte Wahrheit, und sie schäumt vor Wut.

»Es ist jetzt länger als einen Monat her, daß dieser Oberarsch von Vinzenz dich abserviert hat. Wie lange willst du ihm noch die Genugtuung verschaffen, daß du ihm hinterherflennst?«

Unter dem Gesichtspunkt habe ich es noch nicht betrachtet. Kann es sein, daß V. sich an meinem Leid ergötzt? Sich womöglich gemeinsam mit Dagmar köstlich über meinen persönlichen Niedergang amüsiert?

Diese Aussicht wirft mich in ein neues, noch tieferes Loch.

Mittwoch, 22. Dezember 1999, 12.00 Uhr

Heute ist Winteranfang. Meinem inneren Kalender zufolge hat der Winter schon letzten Monat angefangen. Dagmars Stäbchen war der Katalysator, der eine immerwährende Eiszeit ausgelöst hat.

Annemarie ruft an und fragt, wann sie mit dem Vertrag rechnen kann.

»Überhaupt nicht«, sage ich im Brustton der Überzeugung. »Ich kann nicht schreiben. Ich habe Angst vor meinem PC.«

»Dann schreib in eine Kladde. Viele Autoren haben in Kladden geschrieben. Soweit ich weiß, hat sogar Margaret Mitchell *Vom Winde verweht* in Kladden geschrieben. Warum versuchst du es nicht auch einmal damit?«

»Das würde ich ja gerne tun. Aber ich weiß nicht, was.« Außer meinen blöden Tagebucheinträgen, setze ich in Gedanken hinzu.

»Warum versuchst du es nicht mit deiner bewährten Methode?«

»Ich habe keine bewährte Methode.«

»Doch«, widerspricht sie. »Ich erinnere mich, wie du einmal ein Interview gegeben hast. Als die Reporterin dich gefragt hat, wie du dir deine Geschichten ausdenkst, hast du geantwortet, du würdest mit den Namen anfangen.«

»Was für Namen?«

»Die Namen deiner Romanfiguren.«

Ich klemme mir das Telefon unters Kinn und wandere

auf der Suche nach meiner Trainingshose durch die turmhoch angewachsenen Kistenstapel. Ich erinnere mich genau, daß ich sie gestern gewaschen habe, zusammen mit dem rosa Kaftan. Heute morgen habe ich beides aus dem Keller geholt … aber wo hingelegt? Ich stolpere über ein Paar Schuhe und fluche.

»Was hast du gesagt?« fragt Annemarie.

»Ich habe keine Ahnung, von welchen Romanfiguren du redest.«

»Das ist es ja. Gib ihnen Namen, dann ist der Anfang gemacht.«

Das Schnarchen von nebenan zerrt an meinen Nerven. Warum ist mir früher nie aufgefallen, daß Roland gerade bei solchen Verrichtungen, die ein Mensch normalerweise geräuschlos vollzieht, mehr Krach schlägt als eine ganze Riege von Parkettlegern?

Er kann weder schlafen noch scheißen, ohne daß es alle Welt mitkriegt, und beides tut er in fließendem Wechsel, und zwar praktisch ohne Unterlaß, da er nach wie vor an Writer's Block und Durchfall leidet.

Außerdem habe ich ihn in Verdacht, daß er meinen Prosecco säuft, wenn sein Whisky alle ist.

»Zuerst die Heldin«, sagt Annemarie aufmunternd. »Nenn sie doch einfach … Rita.« Pause, dann: »Ach nein, besser nicht. Rita ist negativ besetzt. Rita gleich Hayworth gleich Alkoholikerin.«

Ich verkrampfe mich sofort und will auflegen, doch dann fällt mir ein, daß ich sie noch etwas fragen muß. »Wie geht es Vinzenz?«

»Schlecht«, sagt Annemarie.

Ich frohlocke innerlich. »Wieso? Hat er sich von Dagmar getrennt?«

»Nein, aber sein neuer Mercedes ist Schrott. Jemand ist ihm letzte Woche reingefahren.«

»Ist er schwer verletzt?« frage ich begierig.

»Nein, er war ja gar nicht drin. Hatte irgendwo geparkt, glaube ich.«

»Im Halteverbot?« will ich wissen, ein Fünkchen Hoffnung im Herzen, daß er wenigstens wegen eigener Fahrlässigkeit auf dem Schaden sitzenbleibt.

»Nein, ganz normal. Soweit ich weiß, zahlt alles die Versicherung.«

»Ach so«, sage ich niedergeschlagen. V.'s einziges Ungemach besteht demnach in einem Parkcrash, für den die Versicherung aufkommt. Es gibt keine Gerechtigkeit auf dieser Welt.

Ich werfe das Telefon in eine Kiste und gehe ins Bett.

Donnerstag, 23. Dezember 1999, 9.00 Uhr

Ich erwache am Morgen vor Heiligabend mit hämmerndem Schädel, weil ich gestern abend an Rolands Whisky gegangen bin.

Im Spiegel blickt mir aus blutunterlaufenen Augen ein Wesen entgegen, das aussieht wie eine Kreuzung aus Freddy Krüger und E. T.

Ich schaue mich an und denke: Das, liebe Karoline Valentin, ist jetzt der absolute Tiefpunkt. Du bist am Ende, und zwar richtig. Schlimmer geht's nicht mehr. Das hier ist das Aus für dich.

Ich bin so fertig, daß mir sogar die Kraft zum Heulen oder zum Essen fehlt.

Die Arbeiter trampeln durchs Haus, und Konrads

Stimme habe ich auch schon gehört. Ich lege keinen Wert darauf, daß er mich in diesem Zustand sieht, doch ich finde den Schlüssel für mein Schlafzimmer nicht. Er muß in einer der Kisten liegen, aber ich habe keine Lust, stundenlang zu suchen. Also schließe ich mich im Bad ein und setze mich in die Wanne, das einzige Freizeitvergnügen, das mir noch vergönnt ist. Ich will mir die Haare waschen, doch dann merke ich, daß das Shampoo verschwunden ist. Dieser letzte Verlust bringt mir die Erleuchtung. Es ist wie das Zeichen einer höheren Macht: Alles ist weg. Nichts ist mir geblieben.

4

Die Wende kam, wie ich im nachhinein erkannte, über Weihnachten, was nicht nur als nettes Symbol für den Beginn von etwas Neuem gelten kann, sondern auch als Beweis dafür, daß sogar die schlimmste Talfahrt irgendwann aufhört und der Weg nach dem tiefsten Punkt – wenn auch vielleicht zunächst unmerklich – langsam wieder bergauf führt.

Ich verbrachte das Fest wie immer mit meiner Familie, mehr aus Pflichtbewußtsein denn aus Überzeugung, doch dann erkannte ich, daß mir dort genau das gegeben wurde, was mir gefehlt hatte.

»Kind«, sagte Mama erschüttert, als sie mich im Trainingsanzug sah. »Wie siehst du nur aus!«

»Ist es so schlimm?« fragte ich entsetzt.

Mama nickte streng. »Ich *wußte* doch, daß du ein Alkoholproblem hast! Nichts ist für die Haut und die Figur so ruinös wie Alkohol.« Sie nahm meine Hände und blickte mich eindringlich an. »Versuch es mit autogenem Training. Sag dir immer wieder vor: Ich will nicht fett sein. Ich will keine Alkoholikerin sein. Ich will nicht fett sein. Ich will keine Alkoholikerin sein.« Sie dachte kurz nach. »Oder du sagst dir: Ich will einen Bestseller schreiben. Ich will einen Bestseller schreiben.« Erläuternd setzte sie hinzu: »Dann hättest du Geld für eine Fettabsaugung und eine Entziehungskur.«

»Das, was du da meinst, nennt man nicht autogenes Training, sondern Autosuggestion, Mama.«

»Da sehe ich keinen Unterschied«, meinte Mama. »Hauptsache, es hilft dir.« Sie schüttelte den Kopf. »Und sieh dir nur deine Haare an! Das reinste Trauerspiel!«

Sogar Papa stieß in dasselbe Horn. Er machte sich Vorwürfe, daß sie eine ganze Woche im Winterurlaub gewesen waren, während ich daheim in Selbstmitleid und Schampus ertrunken war.

»Karoline, du hast dich verändert. Wenn wir gewußt hätten, daß es dir so schlecht geht, wären wir nicht weggefahren!«

Melanie, von der Gletschersonne gebräunt und wie immer gertenschlank, setzte hinzu: »Ihr müßtet erst mal sehen, wie es bei ihr zu Hause aussieht. Das kann sich kein Mensch vorstellen, ehrlich.«

»Vielleicht sollte sie einen Feng-Shui-Kurs machen«, schlug Mama vor.

»Nein«, sagte Melanie trocken, »sie sollte aufräumen.« Zu mir meinte sie: »Und vor allen Dingen solltest du viel Sport und eine Diät machen und dir dann ein neues Outfit und einen neuen Typen zulegen.«

»In dieser Reihenfolge?« fragte ich sarkastisch zurück.

Meine Laune besserte sich nicht, als Mama erklärte, daß dieses Weihnachtsfest ohne alkoholische Getränke verbracht werden sollte; mir zuliebe wollten sie Verzicht üben, damit ich es schaffte, trocken zu werden.

Nach dem obligatorischen Raclette versammelten wir uns im Wohnzimmer, wo der obligatorische Weihnachtsbaum unserer harrte. Die Bescherung wurde – wieder obligatorisch – unter dem Jubel diverser Knabenchöre vom Band durchgeführt und brachte keine großen Überraschungen.

Von meinen Eltern bekam ich eine Espressomaschine, einen Kunstdruckkalender mit Bildern von Marc und Kubin und eine kleine Auswahl an weißer Schiesser-Unterwäsche mit Spitzeneinsatz. Melanie überreichte mir ein Selbsthilfebuch mit dem Titel *Trennung ist nicht das Ende*.

Ich selbst war bei meiner Geschenkauswahl ähnlich einfallslos ans Werk gegangen. Für Papa hatte ich eine Flasche Wein und die Jubiläumsausgabe eines Standardwerks über griechische Geschichte besorgt, für Mama ein Sortiment kleiner Fläschchen mit teuren Markenparfüms und für Melanie einen neuen Wonderbra mit passendem Slip.

Papa ließ den Wein im Keller verschwinden, um mich nicht in Versuchung zu führen. Mama schloß mit Blick auf meine Hüften die Weihnachtsplätzchen in der Vorratskammer ein.

Da ich weder essen noch trinken durfte, blätterte ich in alten Fotoalben.

Beim Stöbern in unseren Familienerinnerungen fiel mir außerdem zufällig unser ledergebundenes Stammbuch in die Hände, in dem es einen Anhang über Vornamen und ihre Bedeutung gab. Mein Gespräch mit Annemarie noch im Ohr, begann ich müßig zu lesen.

Meine Schwester trug einen Namen, der ausgezeichnet zu ihrer brünetten Erscheinung paßte, denn *Melanie* stammt aus dem Griechischen und bedeutet *Die Dunkle, Schwarze*.

Auch Ankes Name war treffend; *Anke* war eine friesische Koseform von Anna, und *Anna* wiederum stammte

95

aus dem Hebräischen und bedeutete *Die von Gott Begnadete* – was auf Ankes Kochkünste ohne Frage zutraf.

Roland fand ich ebenfalls; sein Name bedeutete *Der im Land Berühmte*.

Vielleicht würde er das ja noch werden, wenn er jemals sein Drehbuch fertigbekam.

Ich lachte, als ich las, daß Konrad soviel hieß wie *Der kühne Ratgeber*. Wenn das nicht wie die Faust aufs Auge paßte!

Dann zog sich mein Magen krampfartig zusammen, denn ich mußte zur Kenntnis nehmen, daß Dagmar sich nicht von Dackel ableitete, sondern *Deren Ruhm wie der Tag leuchtet* hieß. Und Vinzenz bedeutete nicht Ferkel oder etwas ähnlich Passendes, sondern *Der Siegende*.

Der Siegende hatte sich mit *Deren Ruhm wie der Tag leuchtet* zusammengetan! Wie sie wohl das Baby nennen würden, wenn es auf der Welt war?

In selbstquälerischem Eifer suchte ich nach passenden Vornamen für ein Kind, das von so edlen Eltern abstammte. Vielleicht Stella – *Stern* – oder Roswitha – *Die Hochberühmte* – für ein Mädchen? Und Anselm – *Der von den Göttern Beschützte* – oder Eugen – *Der Wohlgeborene* – für einen Jungen?

Fieberhaft suchte ich nach der Bedeutung meines eigenen Namens. Unter Karoline stand zu lesen, daß dies eine französische Neuform von *Karla* sei. Unter *Karla* stand siehe *Karl*. Unter *Karl* stand *Kerl*.

Ich war völlig fassungslos. Die Kernaussage meines Namens lautete *Kerl*.

Kerl!!! Das war ja nicht auszuhalten!

Vielleicht würde mir, *nomen est omen*, im Alter ein Bart wachsen und das Haar ausgehen!

Ich schleuderte das Stammbuch zurück ins Regal und machte meinen Eltern bittere Vorwürfe, weil sie mir diesen scheußlichen Namen verpaßt hatten.

»Habt ihr euch eigentlich überhaupt nichts dabei gedacht?« empörte ich mich.

»Doch«, sagte Mama arglos. »Ich fand den Namen immer schon nett. Und du warst doch bis jetzt auch immer damit ganz zufrieden, oder?«

»Da wußte ich ja auch nicht, daß ich in Wahrheit *Kerl* heiße!« schrie ich erbost.

Papa belehrte mich, daß *Karl* nicht nur *Kerl* bedeutete, sondern, aus dem Althochdeutschen abgeleitet, auch *Der Gemeinfreie.*

Melanie wollte sich schier ausschütten vor Lachen. »Gemeiner Kerl, gemeiner Kerl!«

»Laß das, Kind«, rügte Papa.

Sie kicherte und warf mir einen anzüglichen Blick aus ihren giftgrünen Augen zu.

»Vielleicht kriegst du immer diese Sorte von Männern ab, weil du im Prinzip selber so heißt. Nach dem Motto, gleich und gleich gesellt sich gern.«

»Halt die Klappe«, fauchte ich sie an.

»Kinder, ich bitte euch«, sagte Mama. »Es ist doch Weihnachten!«

Die Konfrontation mit der Bedeutungslosigkeit meines eigenen Vornamens, so schmerzlich und ärgerlich sie auch gewesen sein mochte, löste etwas in mir aus, das man wohl nur als heilsamen Zorn bezeichnen kann.

Meine Wut war grenzenlos und brauchte ein Ventil. Futtern und Trinken schied nach der von meinen Eltern verordneten Diät an diesem Abend aus, ermorden oder verprügeln durfte ich auch niemanden, deswegen tat ich das Nächstbeste. Einen Trainingsanzug hatte ich schon an, also ging ich nach draußen, um zu joggen.

Es war kalt aber trocken. In der letzten Woche hatte es geschneit, doch die Gehwege waren geräumt. Der Wind war unangenehm, doch nach ein paar hundert Metern wurde mir warm. Die Dunkelheit machte mir nichts aus, denn die Straßenlaternen spendeten genug Licht, um die von mir gewählte Route durch unser stilles Vorortviertel ausreichend zu erhellen.

Ich war zwar nicht völlig untrainiert, doch im letzten Monat hatte ich außer Matratzenziehen und Kistenwühlen nicht viel körperliche Bewegung gehabt.

Schon nach ein paar hundert Metern war ich völlig außer Atem und naßgeschwitzt. Trotzdem rannte ich weiter, wie von Furien getrieben. Ein innerer Zwang hinderte mich, langsamer zu werden oder zu verschnaufen. Der heiße Schmerz in meinen Lungen war wie ein läuterndes Feuer. Ja, das war genau das, was ich brauchte! Ich keuchte und prustete und ächzte und rannte dennoch immer weiter, bis es in meinen Bronchien rasselte wie in einem verstopften Heizungsrohr.

Anke hatte ja so recht! Ab sofort würde ich Vinzenz nicht mehr hinterherflennen! Es war an der Zeit, andere Saiten aufzuziehen!

Erst nach einer Weile merkte ich, daß ich immer dieselben Worte vor mich hinkeuchte. »Ich will nicht fett sein! Ich will keine Alkoholikerin sein! Ich will nicht fett sein! Ich will keine Alkoholikerin sein!« Es war wie ein klassisches Mantra, und es klang einfach wundervoll. Dann sagte ich noch – man konnte ja nie wissen: »Ich will einen Bestseller schreiben! Ich will einen Bestseller schreiben!«

Mein nächster Roman mußte, soviel war klar, ein Millionenknaller werden, und ich würde ihn selbstverständlich bei einem anderen Verlag herausbringen. Vinzenz würde schluchzend vor der Aktionärsversammlung zusammenbrechen und gestehen, daß der herbe Bilanzverlust, den der Verlag dadurch erlitt, einzig und allein auf sein Konto ging. Man würde ihn feuern, und er würde bei einem drittklassigen Heimatbuchverlag als Teilzeitpförtner anfangen müssen.

Er und Dagmar würden ein Mädchen bekommen, übergewichtig, kurzsichtig, lernbehindert, bettnässend, und sie würden es Ruth nennen (=*Bedeutung unklar; vielleicht moabit.-hebr.: Die Genügsame*).

Die Vorstellung baute mich ungemein auf und hielt mich mindestens einen weiteren Kilometer auf Trab.

Dann kamen weitere Reflexionen. »Ich will schön sein«, schnaufte ich, »ich will schön sein!«

Schön sein hieß schlank sein hieß abnehmen hieß Sport.

Die ersten Schritte hatte ich buchstäblich schon getan. Morgen früh hätte ich mit Sicherheit weniger Körpergewicht zu schleppen, so, wie ich schwitzte. Außerdem hatte ich seit dem Raclette nichts gegessen und nichts getrunken und verbrannte daher mit Sicherheit bereits jede Menge überschüssiges Fett. Die übrigen Pfunde würde ich auch noch zum Schmelzen bringen. Ich würde einfach nicht mehr einkaufen gehen, dann käme ich auch nicht mehr in Versuchung. Bis zur Millenniumnacht, so schätzte ich, sollte ich es mit Leichtigkeit wieder auf mein Verlobungsgewicht bringen. Vielleicht konnte ich ja in einer Woche schon wieder mein rotes Schlauchkleid anziehen! Ein Besuch beim Friseur und bei der Kosmetikerin

99

würden den Rest besorgen, und ich würde wieder aussehen wie ein Filmstar.

Was gab es sonst noch? Was würde sich ein Filmstar dringend wünschen – abgesehen davon, reich und schön und berühmt zu sein? Richtig!

»Ich will einen Mann, einen Mann, einen Mann!« stieß ich unter vielen Dampfwolken hervor, während ich keuchend in einen nahegelegenen Park einbog, wo ich meine Abschlußrunde zu drehen gedachte, bevor ich zurückkehrte.

Ich wollte nicht etwa einen neuen Mann zum Verloben oder Kinderkriegen, o nein! Diesmal nicht. Solche Beziehungskisten konnten mir für alle Zeiten gestohlen bleiben. Diesmal sollte es nur rein körperlich sein.

Ich wollte heißen Sex, bis ich vor Lust schrie. (Ich konnte mich zwar nicht erinnern, so was irgendwann schon erlebt zu haben, doch in meinen Büchern war es ständig vorgekommen.) Ich mußte einen Mann finden, der mir und meinem Körper rettungslos verfiel und sich für den Rest seines Lebens nichts wünschte, außer eine Nummer nach der anderen mit mir zu schieben – natürlich nur, solange es *mir* Spaß machte. Er mußte völlig verrückt nach mir sein, so sehr, daß es ihm überhaupt nichts ausmachte, mir das Haus aufzuräumen und die Kisten akkurat aufzustapeln.

Als ich zum Haus meiner Eltern zurückkam, war ich aufgekratzt wie nie. Morgen würde mich schrecklicher Muskelkater plagen, doch heute abend ging es mir prächtig.

Da ich das Gefühl hatte, noch mehr Dampf ablassen zu müssen, telefonierte ich mit Anke. Vordergründig, um ihr frohe Weihnachten zu wünschen, doch in Wahrheit, um mir richtig Luft zu machen.

»Ich wollte dir nur sagen, daß ich wieder Oberwasser habe.«

»Das höre ich aber gerne!« rief sie aus.

»Ich hasse Vinzenz wie die Pest.«

»Wunderbar«, freute sie sich.

»Ich möchte, daß er tot umfällt.«

»Dann bist du noch nicht drüber weg«, behauptete sie.

»Wieso nicht?« fragte ich ärgerlich.

»Weil du erst dann drüber weg bist, wenn er dir total egal ist. Das heißt, du darfst ihn nicht hassen und nicht lieben. Und auch sonst nichts für ihn empfinden. Er muß dir absolut gleichgültig sein.«

Soweit war ich noch nicht. Ich wollte, daß er tot umfiel. Oder ein bettnässendes Kind namens Ruth bekam. Oder wenigstens seinen tollen Job verlor. Da biß die Maus keinen Faden ab.

»Wenn du wütend bist, ist das aber schon sehr gut«, sagte Anke. »Die Gleichgültigkeit kommt als nächstes.«

Dann mußte ich ihr haarklein erzählen, was ich mir sonst noch vorgenommen hatte, und sie war mehr als zufrieden mit mir. »Du hast praktisch schon alle Neujahrswünsche vorweggenommen«, meinte sie. »Übrigens – was machst du Silvester?«

»Keine Ahnung. Und du?«

»Hannes und ich sind eingeladen. Ich wollte dich sowieso noch fragen, ob du Lust hast, mitzukommen.«

Mir war nicht danach, bei den beiden das fünfte Rad am Wagen zu sein, doch als einsames Herz auf der heimischen Matratze wollte ich die Millenniumnacht auf gar keinen Fall erleben.

»Irgendwas werde ich garantiert unternehmen«, sagte ich großspurig. »Silvester wird jedenfalls gefeiert, bis die Schwarte kracht, das steht schon mal fest.«

Melanie, die gerade mit einer riesigen Ladung köstlich duftender Plätzchen aus der Speisekammer kam – sie mußte irgendwo den Schlüssel aufgestöbert haben –, meinte beiläufig im Vorbeigehen: »Wir sind übrigens eingeladen, du und ich. Konrad hat hier angerufen und gefragt, ob wir Silvester schon was vorhaben.«

Ich wandte mich überrascht zu ihr um. »Wann war denn das?«

»Vorhin, als du joggen warst. Er gibt eine Fete und wollte wissen, ob wir nicht Lust hätten, zu kommen. Ich habe zugesagt. Jedenfalls für mich.«

Ich runzelte die Stirn und dachte an Ken und Barbie. Auf keinen Fall konnte ich sie da allein hingehen lassen!

»Ich habe gerade erfahren, daß ich Silvester schon was vorhabe«, erklärte ich Anke.

Die letzte Woche des alten Jahrtausends verbrachte ich in heroischer Abstinenz und absoluter Ruhe. Die Geräuschkulisse in meinem Haus war fast wie in einem Stummfilm – wenn man über Rolands unaufhörliches Schnarchen und Furzen hinwegsah.

Die Stille war ganz ungewohnt, so sehr hatte ich mich an den ständigen Baulärm gewöhnt. Doch nun, zwischen den Jahren, ruhten die Bauarbeiten, und als ich nach oben ging, um mir in Ruhe alles anzusehen, stellte ich überrascht fest, daß bald alles fertig sein würde. Die Leitungen waren verlegt, die Heizkörper mußten nur noch angeschlossen werden. Ein Teil der Zimmer war sogar schon tapeziert, und der Deckenstuck war überall fertig ausgemalt, die Jugendstilrosetten in der Mitte und die Abschlußbögen an den Rändern jeweils in zartem Elfenbein mit hauchfeinen goldnen Linien gegen das hellere Weiß der Deckenfarbe abgesetzt. Die Täfelungen im oberen Salon und im Flur waren auf Hochglanz poliert, das Parkett verlegt und geschliffen. Im Bad mußten nur noch die Armaturen installiert werden. Alles in allem konnte es keine Woche mehr dauern, bis die obere Etage vollends fertig renoviert war.

Im Keller mußten noch ein paar Wände verputzt werden, wo neue Leitungen verlegt worden waren, und an manchen Stellen war noch der Estrich auszubessern. Zwei oder drei Kellerfenster mußten noch abgedichtet und die Gartentür ausgetauscht werden. Außen war alles fertig, bis auf die Fensterläden, die noch beim Schreiner waren und dort überarbeitet und lackiert wurden.

Konrad hatte recht. Das Haus würde bald ein richtiges Schmuckstück sein. Ein Schmuckstück, das eigentlich nicht so recht zu mir paßte, wie ich fand. Normalerweise war ich ein recht genügsamer Mensch. Ab und zu kaufte ich mir nette Sachen zum Anziehen und ging gern gut essen, doch Luxus war nicht mein Ding. So hatte ich mich beispielsweise nie dazu aufraffen können, mir teure Möbel oder gar Schmuck zu kaufen. Die Villa war mein erster und bisher einziger Fehltritt gewesen und ging auf Viktors Konto.

Trotzdem hatte das Haus etwas an sich, das mein Herz schneller schlagen ließ. Im Grunde hatte ich mich schon in es verliebt, als ich es im Sommer zum ersten Mal gesehen hatte, so heruntergekommen und vernachlässigt wie es zu der Zeit noch gewesen war, denn meine Phantasie hatte mir erlaubt, ohne weiteres den künftigen

Glanz zu erkennen. In den letzten Wochen hatte ich völlig verdrängt, wie zauberhaft mir diese Patriziervilla von Anfang vorgekommen war, und beim Anblick des bunt leuchtenden runden Blumenfensters in der Halle fühlte ich einen leisen Stich des Bedauerns, weil dieses wundervolle Anwesen mir schon bald nicht mehr gehören würde. Ich erinnerte mich wieder, wie der Garten im Sommer ausgesehen hatte. An der Rückseite des Hauses rankte rosafarbene Klematis, an einer der Seitenwände Weinlaub empor. Im Vorgarten blühten Hortensien und Goldrute, und über den schmiedeeisernen Zaun wucherten büschelweise köstlich duftende Stockrosen. Raschelnde Birken streuten ein sanftes Gesprenkel aus Licht und Schatten über den Rasen und die Rhododendronbüsche hinter dem Haus, eine wunderbare Oase der Ruhe, ein herrlicher Platz für eine Hängematte oder eine nostalgische Gartenbank …

Ach, Vinzenz, dachte ich bekümmert, wir hätten hier so glücklich sein können! Wir beide und unsere Kinder!

Als ich merkte, wohin meine Gedanken wanderten, riß ich mich zusammen und bekämpfte diese unerwünschte Anwandlung von Sentimentalität sofort mit Aktionismus. Ich fing an, aufzuräumen. Zu diesem Zweck mußte ich erst einmal sämtliche Kisten im Wohnzimmer ausleeren, um meinen Besitz, der in den letzten Wochen rettungslos durcheinandergekommen war, zu sortieren. Der Einfachheit halber kippte ich alle Kartons in der Mitte des Raumes aus, so daß ein enormer Haufen entstand, von dessen Rand ich mich bis zur Mitte hin vorarbeiten wollte, mit der Zielvorstellung, Stück für Stück in die jeweils passende Kiste zu sortieren, von denen ich Dutzende an der Wand aufgereiht abgestellt hatte.

Roland, der in der Ecke auf dem Fußboden in seinem Schlafsack lag, tauchte mit wirren Haaren, verklebten Augen und einer halbleeren Whiskyflasche in der Hand aus der Versenkung am Rande des ganzen Durcheinanders auf.

»Was ist hier los?« nuschelte er verschlafen. »Ziehst du aus?«

»Nein, ich will aufräumen.«

Einen Moment lang überlegte ich mir, daß es nur recht und billig wäre, wenn er mir behilflich war, schließlich pennte er jetzt schon seit bald drei Wochen hier, ohne einen Pfennig für Kost und Logis zu bezahlen, doch dann wurde mir klar, daß ich mir damit keinen Gefallen tun würde. Er wäre in seinem derzeitigen Zustand nicht in der Lage, Dinge systematisch zu ordnen. Das Chaos wäre hinterher schlimmer als jetzt.

»Schlaf weiter«, sagte ich deshalb gnädig.

Er kämpfte sich eilig aus der Nylonhülle. Sein Ächzen verhieß nichts Gutes.

»Muß aufs Klo.«

In der nächsten Sekunde verschwand er türenknallend im Bad.

Ich befaßte mich derweil mit der Logistik meines Aufräumvorhabens. Dieses wichtige Unterfangen wollte gut durchdacht sein. Blinder Eifer würde mich hier keinen Schritt weiterbringen. Ordnung mußte im Kopf entstehen, nirgends sonst. Deshalb teilte ich die mir zur Verfügung stehenden Behältnisse meinen diversen Besitztümern nach unterschiedlichen Kategorien zu. In diesem Sinne legte ich mir einen Karton für wichtige Papiere, Verträge und sonstige Unterlagen an, einen für Bücher, einen für Schuhe, einen für Bettwäsche und Handtücher, einen für

Unterwäsche und Nachthemden, einen für Jeans und sonstige Hosen, einen für Röcke und Blusen, einen für die übrige Oberbekleidung und einen für Mäntel und Jacken. Sinnvollerweise wollte ich vor Beginn der eigentlichen Sortierarbeiten die Kisten mit Aufklebern versehen, doch dazu hätte ich erst in dem riesigen Haufen die winzige Packung mit den Aufklebern finden müssen.

Möglicherweise befand sich die aber auch noch in einer der Küchenkisten oder in einem der mindestens ein halbes Dutzend zählenden Kartons, die noch im Schlafzimmer standen. Grübelnd stand ich vor dem gewaltigen Berg in der Mitte des Zimmers, umrundete ihn langsam und schätzte seine genauen Ausmaße, dann schritt ich die Reihe der leeren Kisten an der Wand ab und überlegte, wie ich sie kennzeichnen sollte. Irgendwo hatte ich noch eine Packung mit großen, neonbunten Markierstiften. Aber wo?

Ratlos kratzte ich mich am Kopf – und zuckte entsetzt zusammen, als ich merkte, daß ein Schauer von Schuppen aus meinen Haaren rieselte.

Mir fiel siedendheiß wieder ein, was Mama über meine Frisur gesagt hatte. Ich rannte ins Bad – das heißt, ich wollte hineinrennen, doch es war abgeschlossen. Durch die Tür hörte ich Rolands erbärmliches Stöhnen. Ich rüttelte leicht an der Klinke. »Brauchst du noch lange da drin?«

»Weiß nicht«, sagte er. Seine Antwort ging in blubbernden Darmgeräuschen und einem erneuten Stöhnen unter.

Ich eilte hinüber ins Schlafzimmer, um mich dort im Spiegel zu betrachten. Was ich dort sah, veranlaßte mich nicht zu Jubelschreien. Mein Haar hing schlaff und strähnig herab und war von weißlichen Schuppen gesprenkelt. Meine Augen wirkten eingesunken und müde, meine Gesichtsfarbe fahl, bis auf die drei hellrosa leuchtenden Pickel am Kinn.

Ich unterzog meine bisherigen Maßnahmen zur Realisierung meines Mantras einer kritischen Beurteilung. Gut, ich hatte durch eisernes Fasten und alkoholische Abstinenz seit dem Weihnachtswochenende fünf Pfund abgenommen, doch von meinem Wunschgewicht war ich Äonen entfernt. Ich paßte lediglich wieder – wenn auch knapp – in meine alten Jeans. Der Knopf ging jetzt zu, ohne daß ich mich auf den Boden legen mußte. Der rosa Kaftan lag irgendwo in dem Riesenstapel drüben im Wohnzimmer, und falls ich ihn überhaupt noch behielt, dann höchstens zur Abschreckung.

Trotzdem war ich nicht sehr zufrieden mit meinen Fortschritten. Ich war der Meinung, daß ich es, nach allem, was ich mitgemacht hatte, doch wirklich verdient hätte, schneller zum Ziel zu kommen, vor allem, wenn ich die perfide Intensität meiner Gier nach Sekt und die extreme Lautstärke meines unablässigen Magenknurrens in Betracht zog. Ein Abend ohne Alkohol war reiner Masochismus, und ein ganzer Tag ohne Schokolade die denkbar schlimmste Folter. Und wofür das alles? Für schlappe fünf Pfund?

Tagelange harte Diät und qualvoller Alkoholverzicht hatten mich nicht in eine blühende Schönheit verwandelt, und die eine Stunde Jogging am Tag würde weder meine Pickel noch meine Schuppen zum Verschwinden bringen. Irgendwie mochte ich auch nicht recht daran glauben, daß mir, wenn ich diese Diätsuppen- und Evian-Marter nur ein paar Monate ertrug, hinterher als Belohnung ein Bestseller oder toller Sex winkte.

107

Wahrscheinlich wäre ich am Ende all dieser Torturen nicht schlank, schön und glücklich, sondern lediglich mager, verhärmt und ausgebrannt.

Schreiben konnte ich immer noch nicht, und Namen für einen neuen Roman fielen mir auch keine ein. Beim Gedanken an Sex hörte ich leise ein Ferkel quieken und fühlte dabei tief in mir die stille Hoffnungslosigkeit der auf immer Verschmähten.

Waren also meine ganzen guten Vorsätze nicht sowieso vollkommen sinnlos?

Ich blickte auf das unvorstellbare Chaos im Wohnzimmer und erschauerte. Ein kleines Riegelchen Schokolade würde vielleicht …

Das Telefon klingelte, weit weg, irgendwo unter dem gigantischen Stapel. Ich ging hinüber und wühlte mich hinein, Socken, Sweatshirts, alte Platten und Bücher zur Seite schleudernd, und fand den Apparat schließlich in einem Turnschuh.

»Karoline, ich möchte dir noch etwas zum Thema Diät sagen«, erklärte Mama.

Ich schluckte. »Ja, was denn?«

»Für den Fall, daß es dir aussichtslos vorkommen sollte und du vielleicht denkst, daß ein Happen Schokolade zwischendurch nichts schaden kann, mußt du wissen, daß mangelnde Disziplin dich zu ewigem Übergewicht verdammt. Ich rede hier vom sogenannten Jojo-Effekt. Nichts ist schlimmer als unkontrollierter Wechsel zwischen Fasten und Fressen. Dasselbe gilt für den Alkohol. Er hat nicht nur wahnsinnig viele Kalorien, sondern verursacht auch Hirnschwund. Tu dir das nicht an, Kind.«

»Nein, Mama«, flüsterte ich. »Danke.«

»Und denk dran, daß der wirkliche Fortschritt auf dem

108

Weg zur Schönheit von innen *und* außen kommt. Eins hängt vom anderen ab, weißt du. Warst du schon beim Friseur? Und bei der Kosmetikerin?«

»Nein, noch nicht.«

»Schieb es nicht auf. Laß dich verwöhnen. Geh raus. Vergrab dich nicht in deinem häuslichen Einerlei. Laß das alles hinter dir.«

Ich kämpfte mich aus der Halde meiner Habseligkeiten heraus wie ein Maulwurf aus seinem Erdloch. Eine leere Flasche kollerte weg und rollte übers Parkett, dann trat ich auf einen Ladyshave, den ich schon seit Wochen vermißte.

Ich folgte dem Rat meiner Mutter, ließ den ganzen Kram hinter mir und ging wieder hinüber ins Schlafzimmer, wo ich vor dem Spiegel stehenblieb.

Eine neue Frisur, eine Ampullenpackung, eine Ganzkörpermassage … Warum nicht? Das klang gut. Sehr gut sogar. Viel besser als Aufräumen. Wenn ich schon bei den großen Freuden des Lebens Verzicht üben mußte, wollte ich mir wenigstens die kleinen gönnen.

»Mama, ich bin froh, daß ich dich habe«, sagte ich aus vollem Herzen. »Woher weißt du eigentlich soviel übers Fasten?«

»Ich lese die Zeitschriften beim Friseur. Da steht alles über Diäten drin, was ein Mensch heutzutage wissen kann.«

»Aber du bist doch so schlank!«

»Ja, glaubst du etwa, das kommt von allein? Du Dummchen! Ich tue was dafür! Und zwar immer!«

»Was denn?«

»Ich halte mich seit dreißig Jahren streng an FDH und NNA.«

FDH kannte ich, es bedeutete Friß-die-Hälfte, sicher ein probates Mittel zum Schlankbleiben, jedenfalls dann, wenn man wußte, wieviel ein Ganzes war.

»Was ist NNA?« wollte ich neugierig wissen.

»Nie nach acht«, sagte Mama. »Habe ich selbst erfunden. Probier es aus, du wirst begeistert sein.«

Roland kam vom Klo zurück und fiel nebenan über irgendwelche Sachen. Durch die offenen Flügeltüren sah ich, wie er mit schwimmartigen Bewegungen den Berg durchpflügte und dabei hilflos den Hals in meine Richtung reckte. »Karo, hast du meinen Laptop gesehen? Vorhin hat er hier noch irgendwo gelegen. Außerdem suche ich schon seit drei Tagen mein Weihnachtsgeschenk.«

»Ich hab dir doch gar nichts geschenkt.«

»Ich rede von meinem Geschenk für dich.«

»Oh«, sagte ich leicht betreten. Ob ich ihm jetzt auch noch was kaufen mußte? Mir fiel ein, daß er in ein paar Wochen Geburtstag hatte. Ich würde ihm einfach zu diesem Anlaß etwas besorgen und damit das verpaßte Weihnachtsgeschenk wieder wettmachen.

»Mein Rasierapparat ist auch weg«, jammerte er.

»Du darfst meinen Ladyshave benutzen«, sagte ich, schon auf dem Weg zur Haustür.

»Wo gehst du hin?« rief Roland mir kläglich nach.

»Zum Friseur.«

An diesem Tag beehrte ich nicht meinen Feld-Wald-Wiesen-Figaro um die Ecke, sondern fuhr in die Innenstadt, wo sich die Nobelsalons befanden. Um den Maestro, der mich für meine Verlobung gestylt hatte, machte ich allerdings einen großen Bogen, denn dort war der Anlaß für meine letzte Lockenpracht bekannt. Da zudem die Flüstertüten der besseren Gesellschaft hier ein- und ausgingen, war anzunehmen, daß man in dem Laden inzwischen auch über Daggis Stäbchenaktion informiert war. Nach mitleidigen Blicken oder blöden Fragen stand mir nicht der Sinn.

Ich fand einen anderen Fünf-Sterne-Salon, wo die Empfangsdame allerdings spontan mit einem Lachkrampf zusammenbrach, als ich nach einem Termin verlangte. Mit der Auskunft, mindestens vier Wochen vorher telefonisch buchen zu müssen, um in den Genuß eines Meisterschnitts zu kommen, wurde ich meiner Wege geschickt. Ich hatte schon die Türklinke in der Hand, als eine Stimme aus dem hinteren Teil des Salons tönte: »Das ist doch die Schriftstellerin! Karoline Valentin! Ich war letzten April auf Ihrer Lesung in der Stadtbücherei!« Sie schrie es so laut, daß es schon peinlich war. Alle Kundinnen und Angestellten fuhren zu mir herum und starrten mich an wie das achte Weltwunder. Anscheinend war ich eine lokale Berühmtheit, was um so überraschender war, als bei besagter Lesung höchstens fünfzehn Zuhörerinnen zugegen gewesen waren, von denen sich mindestens neunzig Prozent hart am Rande des Wegdämmerns befunden hatten (es war eine Abendlesung gewesen). Die Presse hatte das Event zudem hartnäckig ignoriert, weshalb es erst recht an ein Wunder grenzte, daß irgendein Mensch mich danach überhaupt einzuordnen wußte.

»Bitte!« tönte die Kundin, die mich trotz Schuppen und Pickel wiedererkannt hatte. »Ich möchte eine Widmung! Ich habe mir gerade heute morgen Ihr neues Buch gekauft! Sie sind meine absolute Lieblingsschriftstellerin!« Strahlend wandte sie sich an das Plenum aller trockenbehaubten und wicklerbewehrten Damen. »Sie ist meine absolute Lieblingsschriftstellerin!« wiederholte sie glücklich.

Allgemeines Getuschel und Gemurmel. Die Kundin sprang auf und knallte dabei ihre Trockenhaube gegen die Wand. Sie kam mit wehendem Frisierumhang und einem Exemplar meines jüngst erschienenen Buchs auf mich zugeeilt. Es hieß *Ein Mann für jede Nacht.*

»Schreiben Sie bitte: Für Mathilde, die ich zufällig beim Friseur getroffen habe!«

Die Empfangsdame näherte sich mit rosa Bäckchen und verschämtem Lächeln. »Wenn ich gewußt hätte ... Vielleicht können wir ja doch ...«

Ich schrieb eine Widmung und bekam einen Termin.

Zwei Stunden später verließ ich den Salon um zweihundert Mark ärmer, aber mit Tränen des Glücks in den Augen. Ich würde Mathilde auf ewig Dank schulden. Und natürlich dem Friseur, einem erkahlenden Hänfling namens Frédéric, der mich in ein neues, fremdes, wundersames Wesen verzaubert hatte. Frédéric hatte mir zwar pausenlos die Ohren vollgeschnattert und mir dabei alles mögliche über sein Leben erzählt – so wußte ich jetzt beispielsweise, daß er einen Wanderhoden hatte und im Alter von dreizehn Jahren beim Bungee-Jumping einen irreparablen Hüftschaden erlitten hatte –, doch seine Fähigkeiten, aus Frauenhaar ein atemberaubendes Wunder zu erschaffen, waren allem Anschein nach unerreicht. Der gute Frédéric hatte meine langweilig glatten, braunen Strähnen in ein Gesamtkunstwerk verwandelt, das mir den Mund vor Staunen offenstehen ließ. Als er mit meiner neuen Frisur fertig war, griff er mit beiden Händen hinein, brachte sie durcheinander und erklärte, alles würde auch ohne Fönen und Toupieren halten, ich müßte nur nach dem Waschen mit allen zehn Fingern durchfahren und – voilà! Tatsächlich: Als er mit dem Zerzausen fertig war, ordnete sich mein Haar wie von allein wieder zu einer gefälligen Mähne.

Der Blick in den Spiegel auf diese schulterlange, goldgesträhnte Pracht war eine einzige Offenbarung. Bei jeder Bewegung schienen funkelnde goldene Reflexe von meinem Kopf zu sprühen, und ein fedrig angestufter Schnitt sowie eine leichte Welle täuschten locker-fülliges Volumen vor, das sämtliche Filmstars Hollywoods vor Neid hätte in Ohnmacht fallen lassen.

Frédéric und ich waren entzückt. Ich gab ihm spontan zwanzig Mark Trinkgeld und fragte ihn, ob er mich heiraten wollte. Er erklärte, er wäre schon verheiratet, seit letztem Mai, da hätten er und Markus sich in Kopenhagen trauen lassen, es wäre eine wundervolle Zeremonie gewesen. Ich wünschte ihm noch nachträglich alles Gute zur Hochzeit und informierte ihn, daß Markus *Der Zarte, Feine, Anmutige* bedeutet. Frédéric konnte sich gar nicht beruhigen vor lauter Freude über diese Neuigkeit und bestand darauf, daß ich ihm ein Autogramm für seinen Ehemann auf einen Frisierumhang schrieb. Anschließend machte ich mich frohen Herzens auf den Weg zur Kosmetikerin. Seit Ewigkeiten war ich nicht so beschwingt gewesen!

Leider konnte ich nicht ahnen, wie heftig der Rückschlag war, den ich kurz darauf erleiden sollte.

Aus Karos Tagebuch

Dienstag, 28. Dezember 1999, 12.00 Uhr

Ich kann einfach nicht fassen, was mir hier passiert. Die Situation ist so surreal, so kafkaesk, wie selbst der neurotischste Autor sie nicht ersinnen kann.

Ich befinde mich nackt und lang ausgestreckt auf der Kosmetikliege, und im Abteil neben mir, nur durch einen Vorhang von mir getrennt, läßt sich *Deren Ruhm wie der Tag leuchtet* behandeln.

Auf meiner Brust trocknet eine straffende Algenpackung, auf meinem welken Antlitz entfaltet eine Spezialampullenkur ihre Wirkung, und auf meinen Beinen zieht gerade die Enthaarungscreme ein, als ich Dagmars verhaßte Stimme höre. Ich erfahre, daß ihr Verlobter (V.?!) ihr zu Weihnachten ein Zehner-Abo für diesen herrlichen Salon geschenkt hat. Sie ist schon das zweite Mal hier und will vor Silvester noch ein drittes Mal kommen, damit sie für die große Fete, die der hochrangige Belletristik-Verlag wie jedes Jahr für seine wichtigsten Mitarbeiter und deren Angehörige ausrichtet, richtig frisch aussieht.

»Vor allem jetzt in meinem Zustand«, sagt sie.

»Warum?« fragt der Masseur. Ich höre, wie er ihr den Rücken walkt. »Sind Sie so mit den Nerven runter?«

»Nein. Schwanger. Im dritten Monat.«

Mein Gott. Ich rechne fieberhaft. Dritter Monat ... Heißt das, daß V. sie vor drei Monaten schon gebumst hat? Just zu der Zeit, als wir – oder besser – ich diese Wahnsinnshypothek auf das Haus aufgenommen hatte?

Wie kann das sein? Sie ist doch erst an unserer Verlobungsfeier mit der Stäbchennummer rausgekommen!

»Aber Silvester feiern dürfen Sie noch, oder?« scherzt
der Masseur.

»Oh, aber sicher. Das ist eine ganz besondere Feier,
wissen Sie …«

Während sie nebenan schwadroniert, erinnere ich
mich daran, daß ich letztes Jahr mit V. auf diese tolle
Nobelfete vom Verlag eingeladen war. Es gab pfundweise original iranischen Kaviar und echten Champagner.

»Da gibt es pfundweise original iranischen Kaviar und
echten Champagner«, sagt Dagmar glückselig zu dem
Masseur.

»Sie haben's gut«, meint der Masseur neidisch.

»Wie heißen Sie?« will Dagmar plötzlich wissen.

»Sven«, kommt es schüchtern zurück.

»Sie sehen gut aus, Sven. All diese Muskeln … Ist dieser
Blondton in Ihren Haaren echt?«

»Hundertpro.«

Als nächstes äußert sich Dagmar lobend über Svens
Massagekünste, und weil sie ein Zehner-Abo hat, will sie
gleich morgen noch mal wiederkommen.

Ich reibe mir den Schweiß vom Gesicht und wische
dabei Ampullenkur in meine Augen. Es brennt teuflisch.
Keine Ahnung, ob es von der Kur oder meinen Tränen
kommt. V. wäre nie auf die Idee gekommen, mir ein Zehner-Abo für einen teuren Schönheitssalon zu schenken!
Warum schenkt er ihr eins?

Ich suche nach Gründen und versuche mir einzureden,
daß er mich im Gegensatz zu Dackel-Daggi für nicht
restaurationsbedürftig gehalten hat, doch damit lüge ich

115

mir in die Tasche. Sie ist schließlich jünger und schlanker als ich.

Alles, was ich ihr voraus habe, sind eine Handvoll Bestseller, doch dank meiner Schreibblockade ist dieser Vorteil Schnee von gestern.

Und außerdem kriege ich kein Kind.

Die Kosmetikerin kommt und entfernt die Creme von meinen Beinen. Dann zupft sie mir die Brauen und pellt anschließend die Packung von meinem Busen. Unterdessen denke ich nach. Mir fällt etwas ein, das mich zutiefst verstört: Noch nie hat ein Mann es ohne Kondom mit mir getan! Das bringt mich auf einen anderen Gedanken, und hektisch fange ich an zu zählen: In all meinen Romanen kommen insgesamt mindestens zwanzig heißblütige Liebesakte vor! Aber kein einziges Kondom! Die Männer in meinen Büchern kommen immer ohne Gummi, wollüstig, machtvoll, ungebremst. Besinnungslos vor Gier und Liebe reißen sie die Frauen mit sich in einen Wirbel der Erfüllung und verströmen dabei ihr ganzes Selbst, sprich ihr Sperma, sozusagen als letztes, wertvollstes Geschenk. Und alle Beteiligten fühlen sich wundervoll dabei. Es ist die ultimative Hingabe.

Erschüttert mache ich mir klar, daß ich über Dinge schreibe, die mir völlig fremd sind, daß ich mich als Kennerin romantisch-erotischer Eskapaden aufspiele, obwohl ich in diesem Punkt nicht den kleinsten Funken Authentizität vermitteln kann. Weder jetzt noch irgendwann – wahrscheinlich werde ich als altes, vertrocknetes, schreibblockiertes, männer- und kinderloses Neutrum das Zeitliche segnen.

Dienstag, 28. Dezember 1999, 14.00 Uhr

Nach der Prozedur im Schönheitssalon – sie kostet mich summa summarum reichlich hundertfünfzig Mark – sieht man mir meinen Kummer nicht mehr an. Make-up und Frisur lassen mich wie ein frisch geschlüpftes Küken aussehen. Perfekt gestylt und hübsch wie lange nicht komme ich nach Hause – wo mich fast der Schlag trifft: Fabian, die Nervensäge ist anwesend. Roland und er sitzen auf Klappstühlen in der Küche und debattieren. Ich bleibe in der Halle stehen und lausche.

»Roland, du kannst nicht länger hierbleiben. Du gehst sonst vor die Hunde! Es ist nicht nur, daß du säufst wie ein Loch. Vor allem dieses … Chaos überall! Das hier ist der reinste Schweinestall!«

Ich bin empört. Was bildet diese blondierte Zicke sich ein? Schließlich wohnt Roland auch hier! Es ist auch seine Unordnung!

»Ich w-weiß«, erklärt Roland mit schwerer Zunge, voll wie eine Haubitze. Heute muß er gleich nach dem Frühstück angefangen haben zu trinken. »Hier s-sieht es total beschissen aus. Karo kann nicht aufräumen, sie ist sch-schlecht drauf.«

»Und du?« ruft Fabian wütend aus.

»Ich p-penne und sch-scheiße meistens. Das ist g-genau das Leben, das ich immer schon führen wollte. Du hast mich b-bloß nie gelassen.«

Jetzt läßt Fabian den Therapeuten raushängen. »Begreife doch, daß du überkompensierst! Dein Verhalten zeigt deutliche Flucht- und Rückzugsmomente, du verweigerst dich der Auseinandersetzung mit der Realität!«

»Es g-geht mir gut«, nuschelt Roland.

»Hast du schon was geschrieben?«

»Den ganzen z-zweiten Akt«, behauptet Roland, was natürlich gelogen ist. Wenn ich es richtig mitverfolgt habe, hat er nicht eine einzige Szene geschrieben.

»Zeig es mir«, verlangt Fabian.

»Geht nicht. F-finde meinen Laptop im Moment nicht.«

Fabian fängt mit der Tränendrüsennummer an.

»Komm zu mir zurück, mein Lieber! Weihnachten ohne dich war die Hölle!«

Du lieber Himmel, jetzt wird's theatralisch. Ich gehe in die Küche und gebe mich cool. »Ach, du hast Besuch. Hallo, Fabian.«

»Hallo«, sagt der Ex-Lebensgefährte meines Ex-Lebensgefährten griesgrämig.

Roland mustert mich hingerissen. »Du siehst wundervoll aus, Karo.«

Ich lächle geschmeichelt und werfe mein goldgesträhntes Haar zurück. »Dann hat sich's ja gelohnt.«

Fabian durchbohrt mich mit Blicken. Er schaut von mir zu Roland und wieder zurück. In seinen Augen lese ich Mord und Totschlag.

»Ich lasse dich nicht hier«, teilt er Roland dann mit zitternder Stimme mit. »Nicht allein mit dieser … dieser …«

»Schönen heterosexuellen Frau?« Ich grinse ihn an.

Ich bin gemein, ich weiß, aber zur Abwechslung ist mir danach, auszuteilen.

Dienstag, 28. Dezember 1999, 20.00 Uhr

Ich kann es nicht glauben. Fabian kommt mit einer Iso-matte und einem Schlafsack unterm Arm anmarschiert und will sich hier einnisten.

In meinem Haus!

Ich will ihn rauswerfen, doch er klammert sich in standhafter Verzweiflung an dem sturzbetrunkenen, pennenden Roland fest.

»Du kannst mich nur mit Polizeigewalt entfernen.«

Er hat Tränen in den Augen.

Was soll ich machen?

Ich bereue es noch in derselben Nacht. Fabian redet im Schlaf. Er führt lange, mit Therapeutenvokabular gespickte Monologe, in denen er häufig das Wort Othello-Syndrom erwähnt und von dem rechtfertigenden Notstand eines Mordes aus hehrer Eifersucht faselt.

Das stimmt mich nachdenklich. Wenn Fabian der Othello ist – wer ist dann die Desdemona? Roland oder ich?

Mittwoch, 29. Dezember 1999, 15.00 Uhr

Konrad ruft an und erkundigt sich, wie es mir geht.

Ich behaupte, daß ich super drauf bin.

Daß inzwischen zwei Männer neben der riesigen Halde in meinem Wohnzimmer pennen und sich, wenn sie nicht gerade streiten, an den Vorräten in meinem Kühlschrank vergreifen oder mein Klo blockieren, lasse ich unerwähnt. Sicher interessiert Konrad sich nicht für derlei zwischenmenschliche Abstrusitäten.

Er fragt, ob ich zu seiner Silvesterfete komme.

»Ich wollte nur wissen, ob Melanie es dir ausgerichtet hat«, meint er.

»Das hat sie, und ich habe vor, zu kommen«, teile ich ihm mit.

»Das ist schön«, sagt er.

Ich bezweifle, daß er meint, was er sagt. Schließlich wollen alle Männer nur das eine, und Melanie ist eine pflückreife Frucht. Doch sie hängt noch am Baum, und ich werde darauf achten, daß Konrad nicht hochklettert. Keine versauten Barbie- und Ken-Spiele, mein Lieber. Die große Schwester paßt auf.

»Es wird keine besondere Sache«, meint er. »Nur ein paar Bekannte. Ganz zwanglos.«

Er nennt mir die Adresse, und ich notiere sie.

»Ach, übrigens«, sage ich dann, »ich wollte dir noch was sagen. In der letzten Zeit war ich nicht so berauschend in Form, außerdem ging ja hier alles drunter und drüber. Deshalb habe ich nicht besonders darauf geachtet, was hier so im Haus ablief. Das habe ich nachgeholt und mir alles genau angesehen. Vor allem oben. Ich wollte dir nur sagen, wie gut es mir gefällt. Du hast das wirklich prima hingekriegt, vor allem, wenn man bedenkt, wie jung du bist und daß du ja noch in die Lehre gehst.«

Schweigen am anderen Ende.

»Konrad? Bis du noch dran?«

»Ja. Ich bin nur sprachlos. Du hast noch nie irgendwas zu den Fortschritten am Bau gesagt. Ich freue mich, daß du zufrieden bist.«

»Dann können wir ja beide zufrieden sein«, sage ich leichthin.

Womit es bei ihm spätestens dann vorbei sein wird, wenn er erst merkt, wie lästig ein Anstandswauwau sein kann.

Mittwoch, 29. Dezember 1999, 21.00 Uhr

Anke ruft an. Sie hat einen Moralischen, weil sie ihre Tage hat. Der Freimut, mit dem sie ihre Unpäßlichkeit ins Gespräch bringt, läßt mich kühn werden.

»Anke, darf ich dir mal eine ganz private Frage stellen?«

»Wenn du dir kein Geld von mir borgen willst, immer.«

»Du und Hannes – macht ihr es mit Kondomen?«

»Jedesmal«, sagt Anke. »Du weißt ja, daß ich die Pille nicht vertrage und keine Spirale will. Was bleibt mir also übrig? Hannes und ich sind noch nicht reif für ein Kind.«

Das kommt mir bekannt vor, doch ich gehe nicht darauf ein.

»Habt ihr es schon mal ohne gemacht?«

»Einmal. Das heißt, eigentlich doch nicht. Das eine Mal, von dem ich rede, ist bloß aus Versehen das Kondom geplatzt.«

»Was war das für ein Gefühl?«

»Eine Zitterpartie. Zwei Wochen lang. Zum Glück kam meine Periode wie immer.«

»Ich dachte eher an das Gefühl, während es passiert. Wie es ist, wenn man es ohne Gummi macht. Wie fühlt sich das an, wenn … du weißt schon. Ist es irgendwie … aufregend? Vielleicht so eine Art metaphysische Grenzerfahrung? Mich würde das wahnsinnig interessieren. Ich meine, wie du es empfunden hast.«

»Klebrig«, sagt Anke. »Wieso?«

»Nur so.«

»Willst du es etwa ausprobieren?«

Ich muß lachen. »Sex ohne Gummi? Mit wem denn?«

Anke antwortet prompt, ich könne mir einen x-belie-
bigen aussuchen, denn es sei eine erwiesene Tatsache,
daß *alle* Männer es ohne machen wollen, und zwar prinzipiell, ganz einfach deswegen, weil sie von Natur aus
rücksichtslos und nur auf ihren Lustgewinn bedacht sind.
Nur die in festen Beziehungen nicht. Die benutzen bei
ihrer Partnerin *immer* Kondome – allerdings nicht nur
aus Rücksicht oder zur Verhütung, sondern auch, um sich
gegen allzu enge Bindungen abzugrenzen.

Da könnte was dran sein. Ich denke an V. und mich
und wie er sich von mir abgegrenzt hat.

Bei V. und Dackel-Daggi ist es was anderes. Sie waren
nicht in einer festen Beziehung. Da konnte er sich wie
alle Männer benehmen. Abspritzen statt abgrenzen.

Was soll man dazu sagen? Das Leben ist, wie es eben
ist. Unberechenbar. Und vor allem ungerecht. Mir ist
nach einem ordentlichen Schluck Sekt. Doch ich denke
an die Kalorien und den Hirnschwund und verzichte.

Donnerstag, 30. Dezember 1999, 15.00 Uhr

Fabian hat es irgendwie geschafft, daß Roland heute
nachmittag immer noch trocken ist. Er hat den Laptop
ausgegraben und dabei auch mein Weihnachtsgeschenk
gefunden, eine Flasche sündhaft teuren Champagner. Ich
bin stark in Versuchung, doch dann beschließe ich, die
Flasche morgen auf Konrads Silvesterfete mitzunehmen.
Wenn überhaupt, werde ich mir höchstens dort ein oder

maximal zwei Gläschen gönnen. Um dann im neuen Jahrtausend für immer zu entsagen.

Aber was soll ich anziehen? Ganz zwanglos, hat Konrad gesagt. Wahrscheinlich kommen lauter Teenies, die vom Alter her zu ihm und Melanie passen. Kleider und Kostüme scheiden also schon mal aus.

Während ich im Wohnzimmer meinen Kleiderberg nach einem geeigneten Silvesteroutfit durchwühle, hocken Fabian und Roland in der Ecke und spielen eine Drehbuchszene durch. Anscheinend ist Fabian wild entschlossen, Roland wieder zum Schreiben zu kriegen, vermutlich in der Hoffnung, damit die Rückkehr des verlorenen Sohns zu fördern.

»Diese Frau ist seit mindestens vierundzwanzig Stunden tot«, liest Fabian vom Skript ab.

»Woher wollen Sie das wissen?« fragt Roland.

»Die Leichenstarre fängt schon an nachzulassen.«

»Könnt ihr nicht über was anderes reden?« frage ich angewidert. Ich finde ein grünes Top, in dem mein Busen gut zur Geltung kommt. Wo ist die dunkelbraune Jeans, die ich mir letzten Juli gekauft habe? Die, in der mein Hintern aussieht wie bei einer um Jahre jüngeren Frau?

Beim Weitergraben finde ich den Vertrag, den Annemarie mir geschickt hatte. Die Garantiesumme sieht sehr verlockend aus. Ich presse den Vertrag ans Herz und schließe bekümmert die Augen. Warum kann ich nicht schreiben?

Mir fällt ein, daß ich es schon tagelang nicht mehr versucht habe. Womöglich geht es ja jetzt wieder! Vielleicht sollte ich es mal mit Rolands Laptop versuchen, der ist längst nicht so einschüchternd groß wie mein PC.

»Sehen Sie die schlimme Messerwunde hier am Hals?«

fragt Fabian. »Sie wurde mit einem einzigen heftigen Schnitt getötet.«

»Ist sie verblutet oder erstickt?« will Roland wissen.

»Herrgott«, rufe ich wütend. »Sie ist *tot*! Was soll also der Scheiß!«

Roland blickt mich überrascht und erfreut an. »He, das ist gut, Karo. Das ist sehr gut.«

Er kritzelt mit dem Bleistift. »Herrgott«, murmelt er dabei, »sie ist tot! Was soll also der Scheiß!«

Fabian läuft dunkelrot an vor Wut und sieht plötzlich aus wie der Mohr von Venedig. »Wieso mischst du dich in alles ein, Karoline? Kannst du es nicht schaffen, dich wenigstens *einmal* rauszuhalten? Nur ein einziges Mal?«

»Ich probier's«, verspreche ich bereitwillig. »Wenn ich mal kurz den Laptop haben kann.«

Roland ist großzügig und überläßt ihn mir. Das Flimmern des Schwarzweiß-Bildschirms macht mich nervös. Die Tastatur ist zu klein, und ich komme mit dem Trackball nicht zurecht.

Ich gebe auf und klappe rasch das Gerät wieder zu, bevor mir übel wird.

Schreiben ist momentan nicht mein Ding. Ich lasse es lieber.

Statt dessen probiere ich die Jeans an. Sie paßt wie angegossen.

»Mein Gott, was für ein grausamer Tod, einer schönen jungen Frau einfach so die Kehle durchzuschneiden!« ruft Roland, und dann sagt er zu mir: »Karo, dein Arsch in dieser Jeans sieht echt klasse aus!«

»Der Mörder muß entweder ein Soziopath sein«, liest Fabian mit zitternder Stimme vom Skript ab, »oder er war verrückt vor Eifersucht.«

124

5

Am letzten Tag des alten Jahrtausends holte ich meine Schwester wie verabredet um acht Uhr ab. Melanie war ganz aufgeregt vor Erwartung. Es war die erste Fete, bei der sie über Nacht wegbleiben durfte – natürlich nur, weil ich dabei war.

Während sie sich noch eine letzte Ladung Haarspray verpassen ging, nahm Mama mich zur Seite. »Paßt du auf sie auf?«

»Sicher«, sagte ich.

»Ich traue diesem langhaarigen Kerl nicht.«

»Er ist ein ganz netter, normaler junger Mann, Mama.«

»Ja, normal. Sie sind alle normal. Das ist ja das Schlimme. Sie wollen von einem Mädchen bloß das eine.«

»Ich geb schon acht, keine Sorge.«

Mama betrachtete mich. Sie faßte meine Jacke bei den Aufschlägen und zog sie auseinander, um meine Figur in dem schicken Top und der engen Jeans zu begutachten. Ihr Blick glitt forschend über mein Haar und mein Gesicht. Ich grinste sie an, denn ich wußte, daß ich lange nicht so gut ausgesehen hatte.

»Hast du abgenommen?« fragte Mama.

»Fünf Pfund«, entgegnete ich zufrieden.

»Das ist meine Tochter«, sagte sie stolz. »Wer hat dir diese zauberhafte Strähnchenfrisur gemacht?«

Ich erzählte ihr von Frédéric, und sie beschloß augenblicklich, ihre Haare demnächst auch bei ihm machen zu lassen.

»Es ist eine Tatsache, daß die meisten wirklich guten Friseure schwul sind«, erklärte sie. »Womit ich nicht gesagt haben will, daß ich solche Neigungen grundsätzlich gutheiße.«

»Mama«, sagte ich indigniert. »Schwule sind Menschen wie du und ich.«

»Sind sie nicht. Sie tragen entweder Lederwesten oder alberne Handtäschchen, und was sie im Bett tun, ist wider die Natur.«

Eigentlich hatte ich schon überlegt, ihr von Roland und Fabian zu erzählen, die sich mein Haus als Schauplatz ihrer Beziehungskrise auserkoren hatten, doch ich wollte mir und ihr die Laune nicht verderben.

In manchen Dingen war und blieb sie altmodisch und stockkonservativ. Erst letzten Monat hatte sie einen erbitterten Leserbrief an die Tageszeitung geschrieben und sich darin über die alternativen Linken im Stadtparlament ereifert, die großzügige Zuschüsse aus dem Stadtsäckel an die *Vereinigung schwuler Polizisten* ausgeschüttet hatten.

»Hast du gehört, daß Vinzenz' Wagen kaputt ist?« fragte sie mich.

Ich nickte entnervt.

»Dann weißt du ja sicher auch, daß diese unverschämte Sekretärin von ihm fast täglich zum Arzt muß?«

Davon hatte ich noch nichts gehört. »Gibt es Probleme mit ihrer Schwangerschaft?« fragte ich, möglichst desinteressiert dreinschauend.

»Nein, aber sie hat eine gräßliche Allergie. Gegen eine neue Gesichtsmaske. Silvia hat's mir erzählt, das ist die kleine Masseuse vom Salon *Fit und Frisch*. Demnach sieht diese Schickse jetzt aus wie Quasimodo. Ganz verquollen und entstellt.«

Deren Ruhm wie der Tag leuchtet hatte die Maske nicht vertragen! Ich verbarg nur mühsam meine immense Schadenfreude. Der iranische Kaviar sollte ihr im Hals steckenbleiben!

Melanie kam die Treppe herunter, nach Haarspray und Parfüm duftend und jeder Zoll die pflückreife Nymphe. Sie trug Lacklederjeans, enge Stiefeletten und ein Top, dessen Ausschnitt nur mühsam die Grenzen der Schamhaftigkeit wahrte. Ihre Wimpern waren dick mit Wimperntusche verkleistert und ihre Lippen eine Spur zu rot, doch das erhöhte den Effekt lieblicher Jungfräulichkeit noch. Sie sah bezaubernd aus. Ich lächelte sie an. »Du siehst toll aus.«

»Du auch«, erwiderte sie. »Dafür, daß du schon über dreißig bist, hast du dich echt gut gehalten.«

Kann es für eine alte Frau ein schöneres Kompliment geben?

Konrad wohnte in einem gepflegten Mehrfamilienhaus. Seine Wohnung befand sich im dritten Stock. In allen anderen Etagen wurde auch gefeiert, was unschwer an dem fröhlichen Partylärm zu erkennen war, der durch die Wohnungstüren ins Treppenhaus drang. Wer in dieser Nacht nicht ins neue Jahrtausend feierte, mußte entweder krank oder tot sein.

»Warst du schon mal hier?« fragte ich Melanie.

Sie schüttelte den Kopf. Ihre Augen leuchteten. Allem Anschein nach war sie bereits in bester Stimmung.

Halb und halb erwartete ich, daß Konrad sie mit Küssen ersticken würde, als er uns die Tür öffnete, doch er gab ihr nur einen Schmatz auf die Wange.

Mir drückte er die Hand. »Hallo, ihr zwei. Kommt rein.«

Ich überreichte ihm Rolands Weihnachtsgeschenk. »Whow«, sagte er mit Kennerblick. »Das wäre aber nicht nötig gewesen.«

»Weihnachtsgeschenk«, erklärte ich lächelnd.

Er grinste in sich hinein. Heute abend sah er wieder unverschämt gut aus. Kein einziger Mörtel- oder Farbfleck verunzierte sein Outfit, das aus engen, verwaschenen Jeans, einem ziemlich neu aussehenden, dunkelblauen Adidas-Sweatshirt und teuren Turnschuhen bestand. Ich war froh, mich nicht allzu sehr aufgebrezelt zu haben.

Melanie und ich folgten Konrad in die Diele, wo er uns artig aus den Jacken half, zuerst mir, dann Melanie. Ich zählte die Türen und kam zu dem Schluß, daß er ein Wohnzimmer, ein Schlafzimmer, eine Küche und ein Bad hatte – eine Zweizimmerwohnung also. Konnten sich alle Lehrlinge im dritten Lehrjahr das leisten? Im Wohnzimmer und in der Küche drängten sich bereits die anderen Gäste, insgesamt ein gutes Dutzend. Teenies konnte ich nicht darunter entdecken. Soweit das Auge reichte, war hier sicher keiner unter fünfundzwanzig. Die meisten schienen sogar Ende Zwanzig, Anfang Dreißig zu sein. Alle waren leger gekleidet, in Jeans, Stiefel, Sweatshirt oder Strickpulli. Sie standen beisammen und plauderten angeregt, während im Hintergrund Musik aus den Boxen ertönte. Ich fühlte mich sofort wohl, was vielleicht damit zusammenhing, daß diese Wohnung frappierend meiner eigenen Bleibe ähnelte, in der ich bis zu meiner kurzen Liaison mit Roland gelebt hatte. Es sah aus wie in einer typischen Studentenbude: eine Art Sideboard, das aus einer großen Holzplatte auf zwei Böcken bestand, darunter ein abgeschabter Rollcontainer; eine Regalwand, die vor Büchern förmlich barst. Dann die Sitzecke: ein unorthodoxes Konglomerat aus alten, durchgesessenen Leinensofas und einer futuristisch anmutenden Tischplatte aus Plexiglas, die in Form einer Ellipse auf zwei Ziegeln ruhte. Darüber hing eine bildschöne Buntglaslampe, die ganz offensichtlich antik war, vielleicht sogar echtes Tiffany. Die Einrichtung war ein unbekümmert buntes Gemisch aus Altem, Neuem, Antikem und Modernem. Konrad hatte sich ohne Rücksicht auf eine bestimmte Stilrichtung mit allen Dingen umgeben, die ihm zusagten, und ich stellte fest, wie sehr es mir gefiel – entsprach diese Art zu leben doch so vollständig meinem eigenen Geschmack von stinknormaler, lässig-gemütlicher Wohnlichkeit. An den Wänden hingen ein paar gerahmte Drucke, Werke von Künstlern, deren Arbeiten teils an die plakative Melancholie von Hopper erinnerten und teils eher die Linie von Chagall verfolgten, meinem Lieblingsmaler. Melanie, in deren Zimmer nur Poster von Rosina Wachtmeister hingen, rümpfte bei dem Anblick die Nase. Ihre Augen leuchteten allerdings anerkennend auf, als sie die teure Stereoanlage sah. Für solche Dinge hatten Mädchen ihres Alters meist ein unbestechliches Auge.

Konrad stellte uns seinen Bekannten vor.

»Karoline Valentin und ihre Schwester Melanie«, sagte er, während er uns reihum bekannt machte. Anscheinend hatte er die Leute vorbereitet; die Tatsache, daß ich eine leidlich bekannte Schriftstellerin war, führte nicht zu peinlichen Freudenschreien oder abfälligen Bemerkungen über den fehlenden Tiefgang meiner Stories.

Mir fiel auf, daß er Melanie nicht ausdrücklich als seine Freundin vorstellte. Er hatte sie zwar vorhin nicht gerade leidenschaftlich begrüßt, doch ich meinte, Melanie deutlich anzusehen, wie sehr sie diesen dunkelgelockten Adonis anhimmelte.

»Wenn ihr Hunger habt – in der Küche steht ein kleines kaltes Büfett«, sagte Konrad. »Kommt mit, ich zeig es euch.«

Melanie betrachtete das sofort als Aufforderung, sich bei ihm einzuhängen und sich von ihm quasi zur Küche schleppen zu lassen.

Auf der Anrichte und dem runden Eßtisch standen Schüsseln mit verschiedenen Salaten, Schalen mit Weintrauben, aufgeschnittener Ananas und Kiwi, Körbe mit Stangenbrot und Platten mit Aufschnitt und Käse.

»Mmh, das sieht aber lecker aus«, begeisterte sich Melanie. Schmachtend blickte sie zu Konrad auf, während sie sich – welch süßes Privileg der Jugend – ohne Rücksicht auf Kalorien den Teller vollhäufte.

»Willst du nichts essen?« fragte Konrad.

»Später«, meinte ich ausweichend. Meine Jeans saß wirklich *sehr* eng. Nach meinen Berechnungen würde der Hosenknopf höchstens zwei Gläsern Champagner standhalten. Und – wenn ich sehr gründlich und lange kaute – vielleicht noch einem oder zwei von diesen köstlich aussehenden Shrimps.

»Kann man hier auch tanzen?« wollte Melanie wissen.

»Wir räumen nachher im Wohnzimmer den Tisch und die Sofas ein bißchen zur Seite.«

Einer der jünger aussehenden Männer, ein gutaussehender blonder Typ mit Norwegerpulli und abgeschabten Kordsamtjeans, bediente sich am Büfett und

130

verstrickte meine Schwester dabei in ein Gespräch. Die beiden gingen essend ins Wohnzimmer hinüber. Ich blieb unentschlossen stehen und musterte Konrad erstaunt. Anscheinend hatte er nicht vor, Melanie mit Beschlag zu belegen.

Er beschmierte sich ein Stück Weißbrot mit Kräuterkäse, dann lehnte er sich mit dem Rücken gegen die Wand, biß ab und kaute genußvoll.

»Du hast eine nette Wohnung«, sagte ich höflich.

»Nicht so schön wie dein Haus.«

Ich lächelte. »Das stimmt. Es ist wirklich sehr schön. Dank deiner tatkräftigen Hilfe.«

»Wie geht es dir, Karoline? Privat, meine ich.«

»Ach, mal so, mal so«, sagte ich wahrheitsgemäß.

»Denkst du noch viel an Vinzenz?«

Ich senkte den Kopf. »Müssen wir über ihn reden?«

»Wir können auch über dich reden.«

»Ach, ich bin uninteressant.«

Er lachte. »Jetzt willst du Komplimente fischen.«

Perplex starrte ich ihn an. »Wie kommst du denn darauf?«

»Karoline, du bist eine der faszinierendsten Persönlichkeiten, die ich in meinem Leben bisher kennengelernt habe. Und damit meine ich bestimmt nicht nur dein hübsches Gesicht und deinen tollen Hintern.«

Ich spürte, wie mir das Blut ins Gesicht schoß. Mit Schmeicheleien hatte ich noch nie gut umgehen können. Wie konnte er mich hübsch finden, wenn er mich doch über all die Wochen als verheultes, alkoholisiertes, übergewichtiges Monster erlebt hatte?

»Erstens bin ich nicht hübsch«, erklärte ich verärgert. »Zweitens kennst du mich überhaupt nicht, und drittens

bist du noch viel zu jung, um genug Leute zum Verglei-
chen kennengelernt zu haben.«

»Erstens: Du *bist* hübsch. Und zweitens: Ich habe fast
alle deine Bücher gelesen und weiß deshalb ziemlich viel
über dich. Und drittens …«

Er hob die Hand, als ich ihn unterbrechen wollte. »Ich
weiß, was du jetzt sagen willst. Daß das nur erfundene
Geschichten sind. Alles ausgedacht, ohne Realitätsbezug.
Aber ich glaube, daß dieses Pauschalurteil höchstens be-
dingt zutrifft. Ein Buch hat nur dann Seele, wenn der
Autor seine eigene hineinlegt, ist es nicht so?« Freundlich
lächelte er auf mich herunter. »Und deine Bücher haben
Seele, Karoline.«

Ich atmete tief ein. Das war das schönste Kompliment,
das mir bis jetzt jemand zu meinen Romanen gemacht
hatte.

»Sie sind viel zu seicht«, meinte ich verlegen.

»Ich habe nicht gesagt, daß sie literarisch wertvoll
sind«, erwiderte Konrad augenzwinkernd. »Bloß, daß sie
Seele haben. Und daß sie mir viel über den Menschen
verraten, der sie geschrieben hat.«

Er stand ziemlich dicht vor mir, so dicht, daß ich das
kleine Grübchen in seinem Kinn direkt vor der Nase
hatte. Und das feine schwarze Haar sah, das über den
Rand seines Sweatshirts lugte. Und seinen unverwech-
selbaren, männlichen Geruch auffing. Und den winzigen
Weißbrotkrümel bemerkte, der mitten auf der sinnlich
geschwungenen Unterlippe klebte und den er soeben mit
seiner Zunge wegleckte.

Ich schluckte und räusperte mich. »Ich hatte dich un-
terbrochen, entschuldige bitte. Was war drittens?«

»Drittens bin ich nicht zu jung, um mir ein Bild über

faszinierende Persönlichkeiten machen zu können. Mit neunundzwanzig sollte ich damit wohl keine Probleme haben.«

»Neun ... neunundzwanzig«, stammelte ich ungläubig.

Er lachte. »Was hattest du denn gedacht, wie alt ich bin?«

»Ich weiß nicht«, brachte ich fassungslos hervor. »Vielleicht einundzwanzig oder zweiundzwanzig.«

»Dann habe ich mich wohl gut gehalten.«

»Du hast gesagt, du gehst noch in die Lehre«, fuhr ich ihn an.

Er wirkte erstaunt. »Das hab ich ganz bestimmt nicht gesagt.« Stirnrunzelnd hielt er inne. »*Du* hast ein paarmal so was gesagt, jetzt fällt mir's wieder ein. Letztens am Telefon auch. Ich hatte mich schon deswegen gewundert.«

»Du hattest mir erzählt, daß du noch nicht ausgelernt hast!« Ich war erbost, daß er das Offensichtliche zu leugnen versuchte. Dabei wußte ich nicht mal, warum ich so sauer auf ihn war. Er hatte nie behauptet, jünger zu sein als er war.

Eigentlich sah er nicht mal aus wie Anfang Zwanzig. Ich hatte es mir nur eingebildet, weil er Melanies Freund und – jedenfalls meiner bisherigen Überzeugung nach – noch ein Azubi war.

»Ich weiß ganz genau, wie wir darüber gesprochen haben, daß du bald Prüfung hast!« Triumphierend blitzte ich ihn an. »Im Mai!«

»Ich habe im Mai wirklich Prüfung. Oder besser, Examen.«

Mit schmalen Augen blickte ich ihn an. »In was? Im Mörtelmischen?«

»Oh«, meinte er. »Jetzt verstehe ich.«

133

»Ich aber nicht.«

Er lachte. »Es war wirklich ein blödes Mißverständnis, Karoline. Ich studiere im letzten Semester BWL. Weil ich mit meiner Diplomarbeit eher fertig war als geplant, bin ich in der Firma meines Onkels kurzfristig eingesprungen. Ich habe früher schon immer in seinen Baukolonnen mitgejobbt, wenn ich Semesterferien hatte oder Not am Mann war. Er steht auf dem Standpunkt, daß ich genau wie er selbst das Geschäft von der Pike auf beherrschen sollte, wenn ich demnächst die Firma übernehme. Im Grunde bin ich ganz seiner Meinung, auch wenn es am Bau manchmal ganz schön rauh zugeht. Schließlich bringt uns das, was die Maurer, Putzer, Stukkateure und Betonbauer den ganzen Tag über leisten, unseren Gewinn. Ach ja, und die Maler und Installateure natürlich auch. Wir haben kürzlich mit zwei Subunternehmern fusioniert und diese Bereiche als neue Firmenzweige angegliedert. Das schaue ich mir natürlich auch jetzt in der Praxis an, damit ich weiß, was die Leute machen, die später unter meiner Geschäftsführung arbeiten. Ich gebe zu, daß ich in deinem Haus mehr Zeit verbracht habe als auf den anderen Baustellen, die wir zur Zeit betreiben, aber das Objekt interessiert mich eben besonders.«

Wie betäubt starrte ich auf meine Füße. Wie hatte mir das passieren können? Ich hatte mir doch immer so viel auf meine gute Menschenkenntnis eingebildet! Aber was Männer betraf, lag ich anscheinend jedesmal falsch. Ich mußte ja bloß an Roland und Vinzenz denken! Und jetzt Konrad, der quasi binnen Sekunden vor meinen Augen vom Maurerlehrling zum baldigen Leiter eines expandierenden Bauunternehmens mutiert war!

Er bot mir ein Stück von seinem Weißbrot an, doch ich

schüttelte den Kopf, immer noch vollauf damit beschäftigt, diese überwältigenden Neuigkeiten zu verdauen. Dabei kam mir ein häßlicher Gedanke.

Erzürnt hob ich den Kopf und starrte ihn an. »Demnächst willst du wohl auch noch eine Abteilung aufmachen, die sich mit Immobilienhandel befaßt, oder?«

Eine Falte stieg zwischen seinen Brauen auf. »Wie darf ich das denn verstehen?«

»Tu doch nicht so«, fauchte ich. »Den Anfang hast du ja schon mit meinem Haus gemacht! Wahrscheinlich findest du deswegen das Objekt so interessant!«

Zwei oder drei der anderen Gäste, die sich gerade am Büfett bedienten, schauten erstaunt zu mir und Konrad herüber. Mühsam bezwang ich meine Wut und dämpfte meine Stimme. »Du hast meine Notlage ausgenutzt, um auf die Schnelle einen günstigen Deal durchziehen zu können!«

»Der Deal ist für uns beide günstig«, sagte Konrad ruhig. »Niemand hätte dir in dieser Situation ein besseres Angebot gemacht. Du hast null Risiko.«

Ich konnte es schlecht abstreiten. Trotzdem siedete ich vor Wut – und wußte nicht einmal genau, wieso. Doch ich war nicht der Mensch, der in Gegenwart anderer leicht die Fassung verlor. Ich beherrschte mich und legte den Kopf in den Nacken, um ihm mit der gebotenen Kühle in die Augen sehen zu können.

»Belassen wir es vorläufig dabei«, sagte ich hoheitsvoll. »Geschäft ist Geschäft. Ich stehe zu unserer Vereinbarung, weil mir in meiner momentanen Zwangssituation gar nichts anderes übrig bleibt.«

»Und weil du dabei einen sehr schönen Profit machst«, fügte er gelassen hinzu.

Ich knirschte mit den Zähnen, weil er darauf herumritt. »Eines solltest du allerdings wissen, Konrad. Jetzt, wo du so alt bist ...« Ich verhaspelte mich und fing von vorne an. »Ich meine, wo du dich als älter herausgestellt hast, als ich dachte ...«

»Neunundzwanzig ist wirklich schon ziemlich alt, nicht?« fiel Konrad mir ins Wort. Sein Gesichtsausdruck war nicht zu deuten. »Fast so alt wie einunddreißig.«

»Jedenfalls sehr viel älter als sechzehn«, meinte ich von oben herab. »Deshalb möchte ich dich nochmals eindringlich darauf hinweisen, daß du für meine Schwester nicht der geeignete ... geeignete ...« Ich verstummte, wütend, weil mir nicht der passende Ausdruck einfiel.

Er zog eine Braue hoch und grinste teuflisch. »Liebhaber?«

Ich ballte die Fäuste. Um ein Haar hätte ich mit dem Fuß aufgestampft.

Er betrachtete mich von oben bis unten. »Habe ich dir eigentlich schon gesagt, daß du heute bezaubernd aussiehst?«

»Spar dir dein falsches Geschleime«, zischte ich durch zusammengebissene Zähne, das Gesicht zu einem strahlenden Lächeln verzogen, weil in diesem Augenblick Melanie in die Küche kam, um ihren leeren Teller zurückzubringen.

»Die Fete ist echt geil«, sagte sie zu Konrad.

Dann verschwand sie wieder nach nebenan.

Ich ließ Konrad stehen und folgte ihr. Konrad kam ebenfalls ins Wohnzimmer und widmete sich seinen anderen Gästen. Und Melanie. Ich lehnte mich ans Bücherregal, wo ich die beiden gut im Auge behalten konnte. Die Sofas und der Tisch waren an die Wand geschoben worden, und mindestens die Hälfte der Gäste tanzte zu den Klängen eines Rolling-Stones-Hits. Melanie hopste vor Konrad herum und ließ dabei mehr als einmal den Träger ihres himmelschreiend dünnen Hemdchens von der Schulter rutschen, nur um ihn dann jedesmal mit gekonntem Schwung wieder hochzuziehen. Dabei unterhielt sie sich angeregt mit Konrad, doch weil die Musik so laut war, konnte ich nicht hören, worüber sie redeten.

Ich wandte mich schnaubend ab und tat so, als interessierte ich mich brennend für den Inhalt von Konrads Bücherregal. Er schien eine Vorliebe für zeitgenössische englische und angloamerikanische Kriminalromane zu haben; ich fand die meisten Bücher von Elizabeth George, Ruth Rendell, Minette Walters und P. D. James. Dann gab es noch einige der in kaum einem Bücherschrank fehlenden üblichen Bestseller von Grisham, Follett, Gordon und King. Und, wie eine kleine Auswahl lächerlicher bunter Kuckuckseier, die Frauenromane von Karoline Valentin. Ich nahm einen davon aus dem Regal. *Der Mann in der Wanne*, ein Buch, das vor drei Jahren erschienen war, im selben Jahr wie *Der Lover im Küchenschrank.*

»Das haben Sie geschrieben, stimmt's?«

Ich wandte mich zu der Frau um, die mich angesprochen hatte, eine hochgewachsene Rothaarige, die sich wie ein nervöses Pferd bewegte und auch so ähnlich aussah. Sie deutete auf das Buch. »Ich wollte Sie vorhin schon darauf ansprechen. Haben Sie nicht manchmal Probleme damit, immer und immer wieder dasselbe zu schreiben?«

»Wieso dasselbe?«

»Na, die Personen heißen vielleicht immer anders, aber

das Strickmuster in Ihren Büchern ist immer gleich. Ich habe drei gelesen, dann war mir klar, daß in allen dasselbe steht. Wird Ihnen das nicht auf Dauer langweilig?«

Ich blickte über ihre Schulter und atmete erleichtert auf. Melanie tanzte gerade zu Michael Jacksons *Heal The World* einen langsamen Schieber mit dem Blondschopf im Norwegerpulli. Er hielt sie vielleicht ein bißchen fester als nötig, doch deswegen machte ich mir keine Gedanken. Schließlich war er nicht Konrad. Außerdem wackelte Melanie kein bißchen mit herausragenden Körperteilen. Sie klimperte nicht mit den Wimpern und leckte nicht über ihre Lippen. Keine Spur von der Lolitamasche, die sie bei Konrad immer draufhatte. Im Gegenteil, sie schaute konzentriert und sogar ein bißchen ernst zu dem Typ auf.

»Ödet Sie das nicht an?« insistierte die pferdegesichtige Rothaarige.

»Was denn?« fragte ich zerstreut zurück.

»Die schematische Abhandlung desselben Themas in nur geringfügig voneinander abweichenden Variationen.«

»Ja, sicher«, sagte ich höflich, ohne den Hauch einer Ahnung, wovon sie redete. Beunruhigt verfolgte ich mit meinen Blicken, wie Melanie und der Blondschopf hinüber zu Konrad gingen, der an der Stereoanlage mit dem Sortieren von CDs beschäftigt war. Er hatte ein Bein locker auf eine der Verstrebungen des Regals gestellt. Unter der engen Jeans spielten die Muskeln, und mit überquellenden Augen sah ich, wie meine Schwester ihre Hand auf seinen Oberschenkel legte, sich vorbeugte, etwas zu ihm sagte und dabei lachte. Er lächelte auf sie nieder und nickte. Der Blondschopf kam zu mir herüber. »Sie sind Melanies Schwester?« fragte er leutselig. »Wir hat-

138

ten uns vorhin noch nicht richtig bekannt gemacht. Ich bin Knut.«

»Karoline.« Ich gab ihm flüchtig die Hand und reckte mich, weil er mir die Sicht versperrte. Melanie und Konrad steckten immer noch die Köpfe zusammen. Sein Haar war fast so schwarz wie ihres.

»Wenn es Sie anödet, verstehe ich nicht, wieso Sie das immer wieder durchziehen«, sagte die Rothaarige. »Immer dasselbe. Und immer drei Teile. Erstens: Frau hat Ärger mit dem falschen Mann und legt ihn ab. Zweitens: Frau fängt sich wieder und gestaltet ihr Leben um. Drittens: Frau zeigt allen, was 'ne Harke ist und kriegt den Traummann. Das muß doch ermüdend sein, absolut erstickend für jede richtige Kreativität. Auf die Dauer, meine ich.«

»Ja«, sagte ich geistesabwesend.

»Konrad ist mein Tutor an der Uni«, erzählte Knut. »Ich bin im vierten Semester.«

»Das ist nett.« Entsetzt beobachtete ich, wie Konrad gerade vertraulich seine Hand auf Melanies Schulter legte. Auf ihre *nackte* Schulter.

»Folgen Sie eigentlich gewissen dramaturgischen Vorgaben?« wollte die Rote wissen.

»Ja, die Namen müssen sich unterscheiden.«

Ich drückte ihr das Buch in die Hand, drängte mich zwischen ihr und Knut vorbei und marschierte zu meiner Schwester. »Ich muß dich kurz sprechen«, sagte ich höflich zu ihr. Dann musterte ich Konrad feindselig. »Allein.«

Er zuckte lächelnd die Achseln und verschwand in der Küche.

»Hast du ihn jetzt ein bißchen besser kennengelernt?« wollte Melanie wissen. Ihre Blicke irrten über meine Schulter, und ihre Stimme klang seltsam aufgeregt. Sie schaute mich bittend an. »Ist er nicht absolut und einmalig süß? Karo, ich glaub, ich hab mich total verknallt.«

Ich knirschte mit den Zähnen. »Er ist zu alt für dich, Kind.«

Sie funkelte mich an. »Nenn mich nicht schon wieder *Kind*.«

»Entschuldige.« Ich riß mich zusammen und versuchte einen neuen Anlauf. »Er ist nichts für dich. Er ist viel älter als du.«

»Aber er studiert doch noch«, protestierte sie.

»Ich weiß, aber das ändert nichts daran, daß du zu jung für ihn bist.«

»Was sind schon die paar Jahre Altersunterschied!« Sie grinste plötzlich. »Weißt du, wie viele Jahre Rhett älter war als Scarlett? Und waren sie nicht das größte Liebespaar aller Zeiten?«

Ich schloß die Augen, um mich besser konzentrieren zu können, was nicht einfach war bei der lauten Musik und dem auf- und abwogenden Stimmengewirr um uns her. »Wie kann ich ihn dir ausreden, Melanie?«

»Gar nicht«, erwiderte sie kühl »Ich will ihn als Mann für mein erstes Mal.«

Ich ächzte und griff haltsuchend um mich. Zufällig bekam ich den CD-Player zu fassen. Die Scheibe, die gerade lief, gab einen quietschenden Laut von sich.

»Du machst Scherze«, flüsterte ich.

»Kein Scherz. Ich habe es gleich im allerersten Augenblick gewußt. Der oder keiner. Ich war mir noch nie so sicher, Karo.« Sie beugte sich vor und meinte vertraulich: »Keine Sorge wegen der Verhütung, auf so was bin ich jederzeit vorbereitet.«

Sprach's und ging hüftschwenkend über die Tanzfläche. Sie schaute sich um, dann blieb sie bei Knut stehen, der sie in ein Gespräch verwickelte.

Jetzt oder nie, dachte ich. Ich ballte die Hände zu Fäusten und stürmte in die Diele und von dort aus weiter in die Küche. Konrad stand am Büfett und tat sich gerade einen Berg Nudelsalat auf.

Ich schob mich durch eine Gruppe herumstehender und essender Gäste und näherte mich ihm, nur mühsam meine rasende Wut bezwingend. »Kann ich dich bitte kurz sprechen?« zischte ich ihm zu. Ich sah mich hektisch um. »Allein und ungestört.«

Er musterte mich erstaunt. »Ist heute der Abend der Geheimkonferenzen oder was?« Doch er stellte seinen Teller ab und nahm mich beim Ellbogen. »Wir gehen in mein Schlafzimmer.«

Er führte mich nach nebenan, schloß die Tür hinter sich ab und wandte sich mir zu. »Bitte sehr. Allein und ungestört.«

Ich schluckte, dann sah ich mich nervös um. Sein Schlafzimmer wirkte spartanisch: Ein schlichter Kleiderschrank aus hellem Holz, ein deckenhohes Regal mit wirtschaftswissenschaftlichen Fachbüchern, ein unaufgeräumter Schreibtisch mit umfangreichem PC-Equipment.

Nur das Bett war alles andere als karg. Es war genauso breit wie lang. Eine richtige Spielwiese.

»Du ... äh ... hast ein großes Bett«, sagte ich zusammenhanglos.

»Wolltest du darüber mit mir sprechen?« fragte er amüsiert. Er kam näher, und ich wich erschrocken zurück, bis ich mit den Kniekehlen an die Bettkante stieß.

»Nein!« rief ich und hob abwehrend eine Hand.

Er blieb dicht vor mir stehen und deutete auf das Bett.

»Es ist nicht zu groß für mich. Ich bin nicht gerade klein und brauche viel Platz im Bett.«

Er stand so nah vor mir, daß daran kein Zweifel bestehen konnte. Er war sehr groß und so massiv wie eine Wand. Seine Schultern waren so breit, daß ich nicht an ihm vorbeischauen konnte.

Die Vorstellung, daß meine süße, zarte, minderjährige Schwester um jeden Preis ausprobieren wollte, ob sie mit ihm zusammen in ein Bett paßte, trieb meinen Zorn in ungeahnte Höhen. Doch ich ahnte, daß ich ihn damit nicht beeindrucken konnte. Hier war Ruhe und Besonnenheit gefragt. »Ich weiß, daß du meine Schwester flachlegen willst.« Meine Stimme klang ziemlich zittrig, und ich atmete tief durch, um meine Fassung zurückzugewinnen. »Und Melanie ist ganz wild darauf, daß du es tust.«

Er wollte etwas sagen, doch ich unterbrach ihn. »Was muß ich dir geben, damit du die Finger von ihr läßt?«

Er schwieg ein paar Sekunden, dann meinte er leicht-hin: »Was würdest du mir denn anbieten?«

So blöd war ich nicht. Jeder Trottel wußte, daß beim Handeln immer derjenige im Nachteil war, der das erste Gebot abgab. Ich rang mir ein falsches Lächeln ab. »Nenn du mir zuerst deine Forderungen.«

Er rieb sich das Kinn. Seine Bartstoppeln knisterten unter seinen Fingerspitzen. »Sie ist ein leckerer kleiner Happen, das mußt du zugeben.«

Meine Hände zuckten in dem unbezwingbaren Bedürfnis, sich um die Kehle dieses notgeilen Monsters zu legen und gnadenlos zuzudrücken, doch ich widerstand dem Impuls mannhaft. »Sag mir, was du als Gegenleistung willst, für deinen Verzicht auf *diesen leckeren kleinen Happen.*« Die letzten Worte spie ich förmlich hervor.

»Gegenleistung?« Konrad verschränkte die Arme vor der Brust und betrachtete mich abwägend. »Da haben wir wohl ein echtes Problem, Karo. Zufällig weiß ich, daß du kein Geld hast, weil ich ja momentan sowieso schon deine Schulden bezahle. Und es wäre sehr unfair, wenn ich meinen Gewinnanteil an dem Hausverkauf einseitig zu meinen Gunsten erhöhe. Dabei würde ich mir wie ein schmutziger Erpresser vorkommen.«

»Es muß doch was anderes geben!« sagte ich verzweifelt.

»Dann wäre da noch ein zweites Problem«, meinte er nachdenklich, ohne auf meinen Einwurf zu achten. »Die männliche Komponente, sozusagen.«

»Männlich?« brachte ich stockend hervor.

Er nickte. »Ich bin ein Mann. Und Männer haben nun mal ihre männlichen Bedürfnisse. Schau, es ist so: Wenn eine Frau einem Mann erst mal monatelang ihre Reize präsentiert hat, ruft das eine Art Jagdinstinkt hervor.«

»Du meinst wohl Killerinstinkt«, murmelte ich.

»Wie bitte?«

»Nichts«, versicherte ich rasch.

»Wie auch immer, es stellt sich ein gewisser, ganz natürlicher Drang ein, die Beute zu erlegen und das Halali zu blasen.«

»Halali«, echote ich fassungslos.

Er nickte ernst.

Ich senkte resigniert den Kopf. Es hatte keinen Sinn. Egal, was ich ihm anbot – er würde sich nicht umstimmen lassen.

»Deshalb sehe ich höchstens die Möglichkeit, daß ich mich mit einem Ersatz zufriedengeben könnte.«

»Ersatz?« Finster blickte ich zu ihm hoch. »Was für ein Ersatz?«

Er betrachtete mich mit funkelnden Augen, die keinen Zweifel an seinen Absichten ließen, doch es dauerte trotzdem mindestens fünf Sekunden, bis ich begriff.

Hitze stieg in meine Wangen, während ich ihn anstarrte. »Du meinst, wie bei dem Jäger, der das Reh nicht vor die Flinte kriegt und deshalb damit zufrieden ist, die Wildsau abzuschießen?«

Einen Moment erwiderte er meinen durchdringenden Blick, dann warf er den Kopf in den Nacken und brüllte vor Lachen. Er konnte sich kaum aufrechthalten, so sehr schüttelte es ihn.

»Karoline«, japste er und streckte die Hand aus, um sich irgendwo abzustützen. Dann geriet er tatsächlich ins Wanken. Sein Versuch, sich an mir festzuhalten, führte nur dazu, daß er mich bei seinem Sturz aufs Bett mit niederriß. Ich versuchte, mich unter seinem schweren Körper hervorzukämpfen, doch es gelang mir nicht. Er lag auf mir und drückte mich in die Matratze, von konvulsivischen Lachkrämpfen gebeutelt und außerstande, aufzustehen. Erbittert trommelte ich mit beiden Fäusten auf seinen Rücken ein, bis sein Lachen allmählich leiser wurde und sich in ein glucksendes Kichern verwandelte. Ich schob und drückte gegen seine Schultern, bis er sich endlich bequemte, von mir herunterzurollen. Er blieb jedoch neben mir liegen, den Ellbogen seitlich aufgestützt, und als ich mich wutentbrannt vom Bett wälzen wollte, legte er ganz lässig eine große Hand auf meine Rippen, knapp unterhalb der Brust, und hinderte mich am Aufstehen. Sein Gesicht war dicht neben meinem, und die blauen Augen unter den zerzausten Haaren blickten verschmitzt. »Willst du meine Wildsau sein?«

Ich holte aus, um ihm eine Ohrfeige zu verpassen,

doch er war schneller und fing meine Hand in der Luft. Er drückte sie gegen seine Brust und hielt sie trotz meiner Gegenwehr mühelos dort fest. Dabei sah er mich intensiv an. Seine Augen hatten sich plötzlich verdunkelt. Eine seltsame Mattigkeit überkam mich, und ich konnte mich nicht mehr bewegen.

»Karo?«

»Du hast sie ja nicht mehr alle.« Es kam als ersterbendes Piepsen heraus.

»Wirklich?« Ein diabolisches kleines Lächeln umspielte seine Mundwinkel.

Ich räusperte mich. »Du bist jünger als ich.«

Er lachte vergnügt. »Ach, weißt du, ich steh auf ältere Frauen.«

Sein Herz klopfte unter meiner Hand, die er immer noch festhielt. »Du würdest dir große Verdienste als Tierschützerin erwerben. Denk doch nur an das arme Reh, das du vor dem bösen Jäger retten kannst!«

Im Moment dachte ich eher an sein enormes Gewehr, das sich schußbereit an meine Hüfte drückte. Meine Pulse fingen an zu rasen, und mir war plötzlich heiß und kalt zugleich; mir schien, als wäre ich schon zur Strecke gebracht, und dabei hatte er noch nicht mal richtig angelegt. Ich schluckte heftig. Auf einmal hatte ich große Schwierigkeiten, richtig zu atmen. Mein Mund war trocken, und ich leckte automatisch über meine Lippen. »Es wäre allerdings nur rein geschäftlich«, stieß ich hervor. »Quasi eine Art Sex-Abkommen, bloß, damit du Melanie in Ruhe läßt.«

O Gott. Hatte ich das gesagt? Hatte ich ihm wirklich gerade quasi die Abschußgenehmigung erteilt? Nein, unmöglich!

»Das hab ich nicht gesagt«, krächzte ich, ohne nachzudenken.

Er grinste. »Doch, ich hab's genau gehört. Ein Sex-Abkommen. Du hast es gesagt, und ich nehme hiermit dein Angebot an.«

Und dann beugte er sich über mich, um mich zu küssen.

Seine Lippen strichen zuerst vorsichtig über meine, dann tastete sich seine Zunge vor. Er ließ meine Hand los und umfaßte meinen Hinterkopf, um mich näher heranzuziehen. Oder um mich festzuhalten – was gar nicht nötig gewesen wäre, denn in diesem Moment wäre ich lieber gestorben, als zurückzuweichen oder mich loszureißen. Ich konnte mich nicht erinnern, wann ich das letzte Mal so gierig auf einen Kuß gewesen war. Es mußte Ewigkeiten her sein. Ich schloß die Augen. Und öffnete die Lippen. Und überließ mich mit einem unwillkürlichen Aufstöhnen den Gefühlen, die mich übermannten.

Dieser Mann verstand sich nicht nur aufs Renovieren, sondern auch aufs Küssen. Er war ein wahrer Meister darin. Seine Zunge umtanzte meine spielerisch, streichelte sie, bedrängte sie, forderte sie heraus.

Seine Hände wanderten zielstrebig über meinen Körper und umfingen meine Brüste. Seine Daumenkuppen strichen aufreizend über meine Brustwarzen, während seine Zunge tiefer in meinen Mund stieß. Nur vage wurde ich mir des kräftigen Schenkels bewußt, der sich zwischen meine Beine schob. Ich hatte längst abgehoben und schwebte in höheren Regionen. Mein Keuchen hörte sich in meinen eigenen Ohren beschämend laut an. Oder war es das von Konrad? Sein Atem ging mindestens so schwer wie meiner. Seine rechte Hand wanderte von meinem Busen hinab zum Knopf meiner Jeans und fummelte daran herum.

»Karo«, stöhnte er.

»Oh«, machte ich schwach, als er den Knopf abriß und seine Hand in den Hosenbund schob, und dann, als seine Finger ihr Ziel erreichten, keuchte ich noch einmal: »Oh!«

Oder schrie ich es?

Ein Feuer raste durch meine Adern, und es erschien mir als das natürlichste von der Welt, seine Hose ebenfalls aufzuknöpfen, um zu ergründen, was bei ihm da unten los war. Und wahrhaftig, seine Flinte war geladen, und wie!

Er war ziemlich groß, was mir ein bißchen angst machte, aber mich auch über alle Maßen erregte.

»Das geht alles viel zu schnell«, murmelte er keuchend an meinem Hals, und dann schrie er leise auf, als ich ihn umfaßte.

Mir konnte es gar nicht schnell genug gehen. War ich jemals so wild auf Sex gewesen? Ich konnte mich nicht erinnern. Falls ja, mußte es schon lange, lange her sein. Vielleicht, so überlegte ich dumpf in einem unzugänglichen Winkel meines betäubten Gehirns, lag es daran, daß ich mich sozusagen aufopfern und mich dem unerbittlichen Jäger als williges Ersatzwild hingeben mußte, im Dienst der guten Sache, damit er die Jagd auf meine unschuldige Schwester abblies. Das war Hingabe in ihrer äußersten Form, dachte ich unzusammenhängend, so wie sich eine keltische Sklavin ihrem normannischen Eroberer unterwerfen würde. Es war wie in einem meiner Romane, und ich war diesmal die Heldin, willenlos und erregt bis über die Grenzen des Vorstellbaren hinaus. Und er war der Held, noch viel erregter, wild, zügellos, besinnungslos in seiner Begierde, er nahm mich, um mich emporzuheben und mir alles zu geben, mich mitzureißen in die unendlichen Höhen schwindelnden Glücks und kostbarer Erfüllung …

Du liebe Güte, ich konnte es noch! Meine Schreibblockade, das spürte ich in allen Nervenfasern, war jetzt und an dieser Stelle beendet! Himmel, ich wünschte, ich hätte einen PC zur Hand oder wenigstens einen Stift, dann könnte ich ein paar dieser wundervollen Beschreibungen aufs Papier werfen. Und die Namen … Die Heldin könnte beispielsweise Deirdre heißen, und der Held Erik …

Dann konnte ich überhaupt nichts mehr denken, denn Konrad drängte sich blindlings an mich und saugte meine linke Brustwarze in die feuchtheiße Höhle seines Mundes.

Gleichzeitig zerrte er wie verrückt an meiner Jeans. Die blöde Hose war wirklich scheußlich eng.

»Karo«, ächzte er, die Augen halb geschlossen. Sein Atem kam stoßweise, und sein Gesicht war wie im Schmerz verzerrt. Seine eigene Hose war schon runtergezogen, und als ich sah, was sich mir da so kühn und überaus stramm entgegenreckte, wurde die schmelzende Hitze zwischen meinen Beinen zu einem verzehrenden Feuer.

»Erik«, stammelte ich.

Er hörte es gar nicht, sondern warf sich auf mich, nachdem er es endlich geschafft hatte, mir die Hose bis zu den Knöcheln herabzuziehen.

Und in der nächsten Sekunde war er in mich eingedrungen, mit einem einzigen, machtvollen Stoß. Mit seinem Mund erstickte er meinen gedämpften Aufschrei.

148

Seine Hände schoben sich unter meine Hinterbacken und hoben mich ihm entgegen. Schon bevor seine zuerst bedächtigen, dann immer schneller werdenden Stöße einsetzten, spürte ich, wie ich in eine wirbelnde Spirale gezogen wurde, aus der es keinen Ausweg gab. Irgendwo, in weiter, weiter Ferne, schien es mir höchst unpassend, daß wir es hier mitten auf einer Silvesterfete taten, nur ein paar Meter von den übrigen Gästen entfernt, doch dieser Gedanke war von größtmöglicher Belanglosigkeit, von so geringer Bedeutung, daß er bereits wieder verflogen war, kaum daß er aufgetaucht war. Ich war exakt in der Mitte eines Romans gefangen, an der Stelle, wo es zwangsläufig jedesmal zu der ersten stürmischen, sexuellen Begegnung zwischen Held und Heldin kommt.

Es gab nur noch Deirdre und Erik – und seinen prallen Wikingerschaft, der sich wieder und wieder in Deirdres heißer Lustgrotte vergrub und dabei unermüdlich die Perle ihrer Weiblichkeit stimulierte und sie zu höchstem Entzücken hinriß.

Am äußersten Rande meines Bewußtseins hoffte ich inständig, daß ich mich, sobald ich wieder vor einem PC saß, noch an diese bestrickend erotischen Formulierungen erinnerte.

Dann versank ich endgültig und vollständig in einen rasenden, roten Wirbel der Lust – sprich, ich kam –, und zwar gewaltig. Irgendwie kamen mir sowohl die echte als auch die Romanwelt restlos abhanden, und vielleicht verlor ich sogar tatsächlich für ein paar Sekunden die Besinnung. Die Franzosen haben dafür einen sehr hübschen, sehr passenden Ausdruck: Der kleine Tod. Ich war gestorben und wieder zu neuem Leben erweckt worden.

Das erste, was mir zu Bewußtsein kam, war das Hämmern an der Tür.

»Alles in Ordnung da drin?« rief eine Stimme. Konnte es die der nörgeligen Rothaarigen sein, die meine Romane so öde fand?

»In einer Viertelstunde ist Mitternacht! Wir machen schon den Champagner auf! Wenn ihr nicht das neue Jahrtausend verpennen wollt, kommt ihr jetzt besser langsam raus!«

Die zweite Tatsache, die langsam aus meinem Unterbewußtsein emportrudelte, war die Erkenntnis, daß wir es ohne Gummi gemacht hatten.

Für mich eine absolute Premiere.

Ich lauschte auf den Nachhall meiner Gefühle.

Grandios? O ja!

Überirdisch? Ganz sicher!

Gewaltig? Keine Frage!

Metaphysisch? Irgendwie schon.

»Karo?« wisperte der normannische Krieger gegen mein Ohr. Er bewegte sich vorsichtig und zog sich aus mir zurück. »Alles in Ordnung?«

Was noch? Klebrig?

Das leider auch.

Ich konnte nicht glauben, was ich getan hatte. Was *wir* getan hatten. Ich hatte mich soeben auf dem Altar der Jungfräulichkeit meiner kleinen Schwester geopfert und hatte Spaß daran gehabt. Nein, Spaß war eigentlich gar kein Ausdruck für das, was ich empfunden hatte. Ich war immer noch ganz benebelt davon.

Der Rest der Fete rauschte irgendwie an mir vorbei. Mir schwirrte der Kopf, was bestimmt nur zum Teil an den drei (oder vier?) Gläsern Sekt lag, die ich mir in kurzer Folge einverleibte. Den Jahrtausendwechsel bekam ich kaum mit. Alle lachten, tranken, freuten sich, und der Lärm war ohrenbetäubend. Im Fernsehen und draußen auf dem Balkon gab es Feuerwerk zu sehen. Das Heulen von Raketen und das Krachen von Böllerschüssen erfüllte die Luft.

»Wie fühlst du dich?« wollte Konrad wissen.

»Ich weiß nicht«, antwortete ich benommen.

Das war die reine Wahrheit. In meinem Kopf ging alles drunter und drüber. Meine Knie zitterten immer noch. In meinem Slip herrschte die reinste Überschwemmung, obwohl Konrad mir noch vorhin in seinem Schlafzimmer ritterlich ein großes Taschentuch gereicht hatte.

Er stand neben mir, den Arm um meine Schultern gelegt, und wir waren der Mittelpunkt erstaunter Blicke, einschließlich derjenigen meiner Schwester. Melanies Neujahrswünsche fielen leicht frostig aus, obwohl ich mich hastig aus Konrads lockerer Umarmung befreite, während sie herüberkam, um uns ein frohes neues Jahr zu wünschen. Ich starrte ihr nach, als sie anschließend zu Knut zurückging und sich angeregt mit ihm unterhielt. Besonders eifersüchtig oder aufgebracht hatte sie gerade nicht reagiert, fand ich. Im Gegenteil, sie lachte schon wieder herzlich über eine von Knuts Bemerkungen. Irgendwie kam mir das komisch vor, doch darüber konnte ich jetzt nicht nachdenken, dazu war ich viel zu durcheinander.

Konrad betrachtete mich von der Seite. »Knut ist ein netter Kerl. Fleißig, umgänglich, verläßlich. Er wird ein glänzendes Vordiplom hinlegen.«

»Mhm«, machte ich unverbindlich. Knut interessierte

mich momentan nicht die Spur. Die Nässe zwischen meinen Beinen machte mir mehr zu schaffen.

Konrad konnte anscheinend Gedanken lesen.

»Nimmst du eigentlich die Pille?«

Stumm schüttelte ich den Kopf.

Er betrachtete mich von der Seite. »Wir haben vorhin nicht aufgepaßt. Du hast nichts gesagt, deshalb dachte ich ...« Er hielt inne. »Nein, das ist gar nicht wahr, eigentlich hab ich überhaupt nichts gedacht. Ich war einfach völlig hinüber.«

Ich musterte ihn argwöhnisch. »Erzähl mir bloß nichts. Du hast doch kaum was getrunken!«

»Ich war *von dir* hinüber«, sagte er schlicht.

»Oh«, flüsterte ich.

»Und jetzt will ich dir endlich anständig ein frohes neues Jahr wünschen.«

Das Zittern in meinen Knien wurde stärker, und als er mich gleich darauf in seinen Armen zu sich herumdrehte, um mich zu küssen, verwandelten sich meine Beine in Pudding und mein Hirn in Brei. Wenn er mich nicht gehalten hätte, wäre ich hingefallen.

Anschließend ging ich etwas auf Distanz, mit der Begründung, unbedingt erst mal nachdenken zu müssen. Zum Glück akzeptierte er das, und ich trank noch drei Gläser Sekt, um diese komischen neuen Gefühle zu betäuben. Gegen zwei Uhr fuhren Melanie und ich mit dem Taxi nach Hause. Sie maulte und wollte noch weiterfeiern, doch ich blieb hart und lieferte sie wohlbehalten – und jungfräulich! – bei meinen Eltern ab.

Als ich zehn Minuten später selbst nach Hause kam, entfuhr mir ein Freudenschrei, weil Roland und Fabian ausgezogen waren. Der Laptop war verschwunden, und

Whisky war auch weit und breit keiner zu sehen. Doch dann entdeckte ich am Rande des Riesenchaos im Wohnzimmer die Schlafsäcke. Hatte es hier gestern auch schon so wüst ausgesehen? Ziemlich entnervt ging ich ins Bett.

Aus Karos Tagebuch

Samstag, 1. Januar 2000, 11.00 Uhr

Das neue Jahrtausend kann kommen. Wenn ich einen Wunsch frei hätte, würde ich nichts weiter wollen, als die nächsten fünfzig Jahre so auszusehen wie jetzt. Ich bin schlank und pickelfrei, und mein Haar fällt, Frédéric sei Dank, wie eine goldbestäubte Wolke über meine Schultern. Von Augenringen keine Spur. Anscheinend ist Sex das reinste Lebenselixier!

Abgesehen davon bin ich prima ausgeschlafen, frisch gebadet und habe ein leichtes Frühstück zu mir genommen. Ich genieße die Stille im Haus. Roland und Fabian sind noch nicht zurückgekommen, hoffentlich sind sie nicht bloß auf einer Fete versackt, sondern wenigstens für ein paar Tage weggefahren.

In meinem Schlafzimmer, wo die Unordnung noch nicht so weit gediehen ist wie nebenan, werfe ich meinen PC an und mache mich daran, einen Plot für einen Roman zu entwerfen. Mir ist nicht übel, der leere Bildschirm jagt mir keine Angst ein, die Tastatur fühlt sich wunderbar griffig an. Ich bin voller Tatendrang.

Das rothaarige Pferd von gestern hatte völlig recht. Ich wiederhole mich zu oft. Zeit, endlich was Neues anzufangen. Mein nächster Roman spielt im frühen Mittelalter. Im Prolog wird ein blutiges Ereignis aus Eriks Kindheit geschildert: Seine Mutter wird bei einem Überfall vor seinen Augen von Angelsachsen abgeschlachtet. Seitdem ist er von glühendem Haß auf dieses Volk besessen und läßt seinerseits keinen Rachefeldzug aus.

Ich weiß auch schon alles über Deirdre, die keltische Schönheit mit den türkisgrünen Augen und dem vollkommenen Körper einer jungen Venus. Sie wird von ihrem Vater mit einem widerwärtigen, mit Mundgeruch und Warzen behafteten Grobian von Baron vermählt und lernt in ihrer Hochzeitsnacht die Martern eines freudlosen Ehebettes kennen, wo ihr Gemahl sie mit sadistischen Spielchen quält, weil er nicht zum Vollzug der Ehe imstande ist. Zum Glück wird das Gut des Barons bald darauf von einer Horde Wikinger überfallen, deren Anführer niemand anderer ist als der hochgewachsene, muskelbepackte Erik, inzwischen ein gewaltiger Krieger aus Feuer und Stahl. Er metzelt den Baron und sein Gefolge nieder, nimmt Deirdre gefangen und verschleppt sie als Sklavin auf sein Drachenboot.

Sie segeln gen Norden, hoch hinauf zu den eisigen Fjorden jenseits der Polargrenze, wo Eriks Heimatdorf liegt und wo sein Vater als Jarl über viele Stämme herrscht. Dort lernt Deirdre eine ganz neue Welt kennen. Als Küchenmagd führt sie ein hartes, entbehrungsreiches Leben, dennoch knüpft sie langsam zartere Bande zu ihrem Herrn, dem rauhbeinigen Erik, und obwohl sie ihm Rache geschworen hat, weil bei dem Überfall ihre treue Amme getötet wurde, verliert sie nach und nach ihr Herz an den wilden Wikinger. Sie erwirbt sich außerdem zunehmende Beliebtheit bei den übrigen Dorfbewohnern, weil sie in der Kunst des Heilens bewandert ist und sich für die damaligen Verhältnisse perfekt mit Geburtshilfe auskennt. Eines Tages entbrennt aus nichtigem Anlaß heraus zwischen Deirdre und Erik ein heftiger Streit, in dessen Verlauf Erik restlos die Beherrschung verliert und der jungen Keltin auf einem Eisbärenfell Gewalt antut.

Erik, voller Scham über sein schändliches Tun, bricht im Morgengrauen mit seinen Mannen zu neuen Beutezügen auf.

Deirdre bleibt allein im Dorf zurück und betätigt sich weiter als Heilerin.

Doch da gibt es noch jene andere Frau, die Deirdre haßt, weil sie Erik für sich selbst gewinnen will. Von Eifersucht getrieben, läßt sie keine Gelegenheit zur Intrige aus und schafft es schließlich, die Totgeburt einer Frau im Dorf als Verschulden Deirdres hinzustellen. Nun schlägt Deirdre von allen Seiten Haß und Feindseligkeit entgegen, so daß sie gezwungen ist, in eine Einsiedlerhütte in der Wildnis zu ziehen, weil sie sonst ihres Lebens nicht mehr sicher wäre.

Zu allem Überfluß merkt sie nach kurzer Zeit, daß sie von Erik schwanger ist. Trotz ihrer verzweifelten Lage gibt sie nicht auf. Mühsam aber redlich bringt sie sich mit Kräutersammeln und Fallenstellen über den Winter.

Mitten in einem heftigen Schneesturm kommt Erik mit seiner Truppe zurück. Er ist schwer verwundet, und notgedrungen schicken die Dörfler nach Deirdre, denn nur sie kann dem verletzten Krieger noch helfen.

Sie schafft es tatsächlich unter heroischem Einsatz, ihn dem Tod zu entreißen, und erst nach vielen Stunden, als er in heilsamen Schlaf gesunken ist und sie weiß, daß er weiterleben wird, kehrt sie zurück in ihre einsame Hütte jenseits des Fjordes. Dort sinkt sie alsbald nieder, denn die Geburtswehen haben eingesetzt. Sie bringt Eriks Sohn zur Welt, und während sie noch geschwächt auf ihrem Lager ruht, schleicht sich die böse Nebenbuhlerin herein, um Deirdre endgültig auszuschalten.

In letzter Sekunde kommt der genesene Erik hinzu und rettet sie. Sie schwören sich Liebe und ewige Treue.

Dann noch ein Epilog, in dem geschildert wird, wie Erik und Deirdre mit ihrem Söhnchen über den eisblauen Fjord südwärts segeln, um an fremden Gestaden aufregende neue Abenteuer zu erleben – Ende.

Ich fange an zu heulen, weil ich wieder schreiben kann. Und weil diese Historienschmonzette so ergreifend romantisch ist. Warum habe ich all die Jahre auf zeitgenössische Liebesromane vergeudet?

Noch heute werde ich den Prolog in Angriff nehmen.

Samstag, 1. Januar 2000, 12.00 Uhr

Anke ruft an und wünscht mir ein frohes neues Jahrtausend. Ich weine immer noch, und sie will wissen, was los ist.

»Ich kann wieder schreiben«, schluchze ich glücklich. Und dann reiße ich mich zusammen und erzähle ihr von Konrad und davon, was mir in seinem riesigen Bett widerfahren ist.

»Oh, Karo, das freut mich so für dich!« Sie selbst klingt nicht besonders fröhlich, doch als ich sie frage, ob ihr eine Laus über die Leber gelaufen ist, weicht sie aus.

»Ach, es ist nichts. Ich möchte jetzt nicht drüber reden.« Natürlich will sie das doch, und schon im nächsten Augenblick heult sie los wie eine Sirene. »Ich glaube, Hannes hat eine andere Frau!«

»Wie kommst du denn auf die Idee?«

»Ich hab im Altpapier lauter Entwürfe gefunden.«

»Was für Entwürfe?«

»Zettel. *Zerknüllte* Zettel. Mit Botschaften.« Anke liest schluchzend vor. »*Danke für die feuchtfröhliche Kissenschlacht.*«

Ich höre Papier rascheln. »Oder der hier: *Danke für eine zauberhafte Nacht.*«

Erneutes Rascheln, Schniefen. »*Für meine kleine Granate. Danke für die vielen wunderbaren Explosionen.*«

Ich muß schlucken. »Vielleicht hat er das für dich entworfen.«

Anke weint durchdringend laut. »Es lag ganz unten im Karton, bei den Septemberzeitungen. Jetzt ist Januar. Ich hab seitdem nichts gekriegt, in dem das Wort *Granate* oder *zauberhaft* vorgekommen ist. Geschweige denn *feuchtfröhlich*!« Sie unterbricht sich und schluchzt haltlos.

»Anke, nicht doch! Beruhige dich! Sicher gibt es eine ganz einleuchtende Erklärung!«

»Natürlich gibt es die! Er hat eine Affäre!«

»Du kannst doch nicht gleich das Schlimmste annehmen!«

»Doch«, sagt sie mit zitternder Stimme. »Und weißt du auch, wieso? Weil ich noch was entdeckt habe. Direkt unter den Zetteln. Eine Pappschachtel. Eine *leere* Pappschachtel, wohlgemerkt, und zwar eine *Groß*packung!«

»Eine Großpackung von was?«

»Wenn er nicht so ein fanatischer Mülltrenner wäre, hätte ich das gar nicht gefunden!« heult sie.

»Eine Großpackung von was?«

»Aber er sortiert ja buchstäblich alles auseinander, er reißt sogar die Etiketten von den Weinflaschen ab und gibt sie zum Altpapier! Er rupft die Haare aus meiner Fönbürste und legt sie fein säuberlich in den Biomüll!«

158

»Eine Großpackung von was?«

»Kondome«, stößt sie hervor.

»Aber ihr benutzt doch auch Kondome«, sage ich ratlos.

»Nicht *diese*. Nicht die mit Fruchtgeschmack. Wir hatten noch nie welche mit Geschmack! Niemals! Nie, nie, nie!«

Ich höre, wie sie wimmernd am anderen Ende der Leitung zusammenbricht.

»Anke? Hast du ihn schon zur Rede gestellt?«

»Er ist im Restaurant, Weinbestände prüfen. Heute abend konfrontiere ich ihn mit dem Beweismaterial.«

»Verlier bloß nicht die Nerven!« beschwöre ich sie. »Und falls doch was im Busch ist, komm zu mir, ja?«

Samstag, 1. Januar 2000, 14.00 Uhr

Zu meinem Leidwesen kommen Roland und Fabian zurück. Sie streiten wie die Kesselflicker, kaum daß sie zur Türe herein sind.

»Wir haben ausgemacht, daß wir nur die Schlafsäcke abholen«, brüllt Fabian Roland an.

»Ich ha-hab's mir anders überlegt!« nuschelt Roland. »Ich w-will hier bei meiner großen Liebe Karoline bleiben.«

Er sieht aus wie ein Ding aus einer Mülltonne – unrasiert, die Augen blutunterlaufen, das Haar in alle Richtungen abstehend, das Hemd mit zahlreichen Flecken undefinierbarer Herkunft übersät. Ohne die Whiskyflasche abzustellen, die er unterm Arm klemmen hat, wankt er auf mich zu und fällt mir in die Arme. »Rette mich vor diesem M-Menschen«, lallt er mir mit alkoholgeschwängertem Atem ins Ohr. »Hilf mir, um unserer w-wunderbaren gemeinsamen Zeiten willen!«

Fabian stößt einen schrillen Schrei der Eifersucht aus und blickt sich hektisch nach einer geeigneten Mordwaffe um. Dann besinnt er sich und packt Roland beim Ärmel, um ihn von mir wegzuzerren. »Tu das nicht, Roland!« bettelt er.

Roland klammert sich mit aller Kraft an mir fest. »Karo, laß ihn das nicht mit mir machen!«

Die Whiskyflasche fällt runter und geht zu Bruch, und flugs bildet sich eine Pfütze, die sich bis in meinen Chaosstapel hinein ausbreitet. Sekunden später riecht es wie in einer schottischen Destille.

Fabian reißt Roland von mir los, und rücklings landen sie beide auf der Halde.

Während sie sich weiterhin gegenseitig anbrüllen, gehe ich zurück und arbeite an meinem Roman.

Samstag, 1. Januar 2000, 16.00 Uhr

Die Geräuschkulisse stört mich kaum. Die wüste Streiterei von nebenan erhöht sogar die Grundstimmung von Aggressivität, die ich unbedingt für den Entwurf des blutigen Prologs benötige. Wenn Roland nicht gerade auf dem Klo sitzt, fliegen im Wohnzimmer die Fetzen. Fabian behauptet mehrmals, er würde sich umbringen, wenn Roland so weitermacht. Mir soll es recht sein, dann bringt er wenigstens mich nicht um. Hoffentlich tut er es nicht hier im Haus.

Annemarie ruft an, um mir ein frohes neues Jahr zu wünschen. Sie weiß zu berichten, daß V. und seine neue

Flamme nicht auf der Silvesterfete des Verlags erschienen sind und daß man munkelt, die beiden hätten Streit.

Im Austausch habe ich auch eine frohe Botschaft für sie. Als ich ihr erzähle, daß ich wieder schreibe, stößt sie einen Freudenschrei aus.

Sie will, daß ich auf der Stelle den Vertrag unterschreibe und baldmöglichst ein Exposé anfertige. Ich erzähle, daß es diesmal ein historischer Roman aus der Wikingerzeit wird, voller Tragik, Verzweiflung und Romantik.

Annemarie schweigt eine Weile, und dann will sie wissen, ob es wenigstens im entfernteren Sinne eine Beziehungskomödie ist, wie ich sie sonst immer schreibe, und als ich das verneine, wird sie merklich zurückhaltend und meint, daß unter dieser Prämisse die Modalitäten des Vertrags vielleicht zuerst neu überdacht werden sollten, bevor ich ihn unterschreibe, schließlich sei Karoline Valentin ein eingeführtes Markenprodukt auf dem Buchmarkt, Garant für witzige Beziehungskomödien und nicht für historische Schmachtschinken.

Mir ist es egal. Scheiß auf den Vertrag. Ich liebe Deirdre und Erik über alles. Niemand wird mich daran hindern, ihre Geschichte zu Papier zu bringen.

6

Kurz vor sechs läutete es an der Haustür, und mein Herz schlug schneller, als ich sah, wer der unangemeldete Besucher war: Konrad. Er lächelte mich ein wenig unsicher an und überreichte mir eine einzelne rote Rose.

»Hast du genug nachgedacht, Karo?«

Ich nickte atemlos, doch sagen konnte ich nichts, denn er erstickte mich sofort in einer ungestümen, bärenhaften Umarmung und küßte mich, bis mir schwindlig wurde. Anscheinend hatte ein Halali nicht gereicht, um seinen Jagdinstinkt zu befriedigen.

Genau genommen hatten wir in unserem Abkommen nicht ausdrücklich vereinbart, daß es mehr als einmal passieren müßte, doch ich fand, daß dies kein Punkt war, auf dem man unbedingt herumreiten mußte.

»Was ist denn da los?« fragte Konrad, als der Disput im Wohnzimmer an Lautstärke zunahm.

»Ach, das sind bloß Roland und Fabian. Die beiden streiten seit heute mittag.« Ich wühlte in den Küchenkisten und suchte eine Vase für die wundervolle, langstielige Rose, doch da ich keine fand, nahm ich eine von den leeren Flaschen, die hier zuhauf herumstanden.

»Hier sieht es überall ziemlich chaotisch aus«, meinte Konrad.

Ich nickte fromm. »Das ist immer das größte Problem mit den Logiergästen.«

»Es besteht wohl nicht die Hoffnung, daß die beiden sich innerhalb der nächsten halben Stunde oder so verziehen?«

»Ich bin schon froh, wenn sie im nächsten halben Jahr abhauen.« Ich öffnete einen Küchenschrank und sichtete meine Vorräte an vollen Flaschen. »Kann ich dir was anbieten?«

»Allerdings. Ich hab heute nichts mehr vor.«

Ich blinzelte und dachte nach, was er mir damit sagen wollte, doch ich kam erst darauf, als er mir die Hand auf den Hintern legte und mir lüstern ins Ohrläppchen biß. Danach verlor er keine Zeit. Ohne Rolands und Fabians Gezeter weiter zu beachten, ging er in mein Schlafzimmer, packte meine Matratze und zerrte sie die Treppe hoch in eines der fertigen Zimmer.

»Aber da oben ist es kalt«, protestierte ich, während ich ihm mit den Decken folgte.

»Ich sorg schon dafür, daß dir warm wird.«

Er hatte recht. Mir wurde nicht nur warm, sondern heiß.

Diesmal machten wir es mit Kondomen (Mehrzahl!) – Konrad hatte eine Großpackung mitgebracht.

Es wurde trotzdem wieder ziemlich metaphysisch. Konrad sprengte meine Erfahrungen, es war fast so, als hätte er von allem ein wenig zu viel. Er war sehr groß, sehr kräftig, sehr behaart – und sehr, sehr ausdauernd. Er konnte gar nicht genug kriegen. Mir ging es genauso. Ich beschloß, meinen neuen Roman *Im Rausch der Ekstase* zu nennen. Vielleicht hätte ich es schon viel früher mit einem Mann versuchen sollen, der jünger ist als ich.

Beim ersten Mal geschah es wie gestern – eine wilde Explosion. Meine Schreie waren sicher noch im Erdgeschoß zu hören. Hinterher wollte Konrad irritiert wissen, wer zum Teufel Erik wäre. Keine Konkurrenz, versicherte ich ihm.

Das zweite Mal ähnelte einer langsam, aber gewaltig ansteigenden Flutwelle. Das dritte Mal war wie betäubend süßer, ausgedehnter Ausflug ins Paradies. Das vierte Mal hätte uns vielleicht endgültig ins Nirwana befördert, doch bevor wir diesen ultimativen Liebesakt in Angriff nehmen konnten, klingelte es an der Haustür.

»Karoline, hier ist Besuch für dich«, brüllte Fabian die Treppe hoch. Ich schlüpfte rasch in meine Sachen und rannte nach unten, von einer unguten Vorahnung erfüllt. Tatsächlich, es war Anke, und sie hatte einen Schlafsack und eine Reisetasche dabei.

Sie ließ die Tasche und den Schlafsack auf die Fliesen fallen, sank mir in die Arme und schluchzte zum Steinerweichen. »Er hat es zugegeben! Er hat eine andere!«

Ich war bestürzt. Hannes ging fremd! Ausgerechnet der sanfte, zuverlässige Hannes! Nie hätte ich das geglaubt!

Andererseits hatte ich es ja auch von Vinzenz nicht geglaubt. Die Männer waren eben alle gleich. Kaum sichteten sie irgendwo einen tollen Busen, fingen sie an zu sabbern. Man sollte sie alle umbringen. Sofort fiel mir ein guter Romantitel dazu ein: *Nur tote Männer bleiben treu.* Ich beschloß, ihn mir sichern zu lassen, nur für den Fall, daß ich jemals wieder einen zeitgenössischen Roman verfassen sollte.

Ich ging mit Anke in die Küche und goß ihr einen Doppelten von Rolands Whisky ein. »Geht das schon lange mit Hannes und der anderen?«

»Hannes behauptet, es wäre nur eine Nacht gewesen, im September. Nur ein einziges Mal, im beiderseitigen

Einverständnis.« Anke rieb sich die rotgeweinten Augen und kippte den Whisky. »Ein One-Night-Stand.«

»Ist das denn so furchtbar? Ihr kennt euch jetzt so lange, da kann man darüber doch reden, oder? Könntest du ihm das nicht verzeihen?«

»Du weißt ja das Schlimmste noch nicht.« Sie schloß die Augen und legte den Kopf auf den Tisch. »Die Frau ist schwanger.«

Ich zuckte entsetzt zusammen. »Von Hannes?«

»Hat sie ihm jedenfalls gesagt. Er hat gemeint, jetzt, wo ich es rausgekriegt hätte, will er reinen Tisch machen, bevor ich auch das noch durch Zufall erfahre.«

»Aber er hat doch Kondome benutzt!«

Anke nickte, den Kopf immer noch auf dem Tisch. »Hat er auch, eine ganze Packung, rot und extra feucht. Himbeer, Kirsch und Erdbeer. Die Packung hat noch ganz penetrant gerochen, wie rote Grütze.« Sie goß sich noch einen Whisky ein, hob kurz den Kopf und trank das Glas leer, dann legte sie die Wange wieder auf die Tischplatte. »Er hat alle aufgebraucht. Nur beim ersten Mal hat er's ohne gemacht. Da hat es ihn einfach übermannt, hat er gemeint. Er hat gesagt, er wäre quasi hinüber gewesen.«

»Oh«, sagte ich schwächlich. Ich holte hastig Luft. »Und was jetzt? Will er zu der anderen ziehen oder was?«

»M-m.« Anke malte mit dem Zeigefinger Kreise auf den staubigen Tisch. »Sie hat schon einen Typ, dem hat sie das Kind als seines untergejubelt.«

»Du lieber Gott«, sagte ich angewidert.

Anke trank noch mehr Whisky, diesmal gleich aus der Flasche. »Sie hat Hannes das mit dem Kind nur gesagt, damit ihm klar ist, wie furchtbar das alles für sie ist, diese schreckliche Zerrissenheit und so.«

»Wer ist es denn? Kennst du sie?«

»Er hat sie beim Weinseminar kennengelernt. Den Namen will er mir nicht sagen. Er behauptet, ich kenne sie sowieso nicht, und wir sollen doch bitte, bitte, bitte alles einfach vergessen.« Anke hickste. »Ich hab ihn gefragt, wie ich das vergessen soll, wenn irgendwo in der Stadt demnächst ein kleiner Hannes rumläuft. Von einer anderen Frau.« Anke schlürfte aus der Flasche und wischte sich den Mund ab. »Dazu ist ihm dann nichts mehr eingefallen.«

»Das ist natürlich hart.« Niedergeschlagen setzte ich mich auf den zweiten Schemel und stützte die Ellbogen auf den Tisch.

»Viel härter finde ich, daß er bei ihr ü-übermannt war«, sagte Anke mit schwerer Zunge. »B-bei mir war er noch nie übermannt. Jedenfalls nicht so, daß er seinen G-Gummi vergessen hätte.«

»Wie soll es jetzt weitergehen?«

Anke gab ein blechern klingendes Lachen von sich. »Er will nicht ausziehen. Er hat gesagt, er will auf keinen Fall zulassen, daß wir unsere drei gemeinsamen Jahre so mir nichts, dir nichts w-wegwerfen. Er sagt, er liebt mich, daran könnte so ein Ausrutscher nichts ändern. Er will B-Beziehungsarbeit leisten.«

Sie äugte durch ihre dunklen Ponyfransen zu mir hoch. »Die Beziehung kann er sich irgendwo hinstecken. Wenn er nicht auszieht, m-muß ich es tun.«

»Du kannst hierbleiben, solange du möchtest.«

»D-das weiß ich. Ich danke dir. Dieses Haus hier ist scheußlich unordentlich, aber das stört m-mich nicht, ehrlich.«

Inzwischen war sie ziemlich betrunken. Ein bißchen

Schlaf würde ihr guttun, das wußte ich aus eigener schrecklicher Trennungserfahrung.

Ich verfrachtete sie auf meine Matratze, die Konrad inzwischen wieder in mein Schlafzimmer geschleift hatte.

Vinzenz hatte eine andere Frau geschwängert, Hannes hatte eine andere Frau geschwängert, und Anke und ich waren die Leidtragenden. Zwei Freundinnen, vom selben Schicksalsschlag getroffen, und das quasi zur selben Zeit. Wenn das nicht wirklich verrückt war!

Trübsinnig überlegte ich, daß diese verblüffende Duplizität der Ereignisse geradezu danach schrie, als Romanstoff verarbeitet zu werden. Das Leben erfand eben doch immer noch die besten Geschichten.

Ich deckte die arme Anke zu und drückte ihr einen Kuß auf die Stirn. Anscheinend litt sie an einem Alptraum. Sie streckte abwehrend die Hand aus und phantasierte. »Nein«, stöhnte sie, »bloß nicht das Erdbeerkondom!«

»Es kommt alles in Ordnung«, versicherte ich ihr.

Dann hörte ich die merkwürdigen Geräusche von nebenan.

Im Wohnzimmer waren Konrad und Fabian damit beschäftigt, mein überall herumliegendes Hab und Gut in die leeren Kisten zu werfen, die an den Wänden aufgereiht standen.

»Was macht ihr da?« wollte ich verblüfft wissen.

»Aufräumen«, antwortete Fabian mit einem verächtlichen Schnauben.

»He, ich werde nachher nichts mehr wiederfinden«, gab ich zu bedenken.

Konrad zeigte auf die Kisten, die er mit einem neongrünen Markierstift gekennzeichnet hatte. Wo, zum Teufel, hatte er die blöden Stifte gefunden?

»Wir gehen ganz systematisch vor. Bücher zu Büchern. Kleider zu Kleidern. Schuhe zu Schuhen. Jeans zu Jeans. Pullis zu Pullis und Jacken zu Jacken.«

»Und Müll in die Tonne«, erklärte Fabian, mit angeekelter Miene eine leere Flasche hochhaltend.

»Die ist von Roland«, verteidigte ich mich. »Wo ist er überhaupt?«

Vom Bad her war das Rauschen der Klospülung zu hören.

Am späten Abend – Konrad war inzwischen gegangen – war mir danach, ein paar besonders delikate Liebesszenen in Worte zu kleiden. Ich war noch so erfüllt von meiner letzten leidenschaftlichen Begegnung mit Konrad, daß mir unglaublich feurige Formulierungen glückten.

Anke beugte sich über meine Schulter, die rechte Hand gegen ihren brummenden Schädel gepreßt, die linke um eine Whiskyflasche gekrampft. Sie war vor einer halben Stunde aufgewacht und hatte auf der Stelle sterben wollen. Davon hatte sie erst wieder Abstand genommen, als sie die Flasche auf der Fensterbank gesehen hatte.

»Das verstehe ich nicht«, nörgelte sie mit schwerer Zunge. »Wieso schreibst du *steil aufgerichteter Schaft* und nicht einfach *Riesenschwanz*? Und was, zum Henker, meinst du mit *Seine Lippen glitten über die verborgene Blüte ihrer Weiblichkeit?* Soll das heißen, dieser Erik macht Fellatio mit seiner Tussi?«

»Cunnilingus.«

»Hä?«

»Wenn Männer das bei Frauen machen, heißt es Cunnilingus. Umgekehrt ist es Fellatio.«

Ankes verhangener Blick verlor sich in der Ferne. »Das fand Hannes immer so toll.«

»Das eine oder das andere?«

»Dreimal darfst du raten«, schnaubte sie. Dann setzte sie die Flasche an den Hals und trank einen guten Doppelten in einem Zug.

Ich schaltete den Bildschirm aus und seufzte. »Komm, gib mir die Flasche. Wir gehen in die Küche und essen was. Es ist schon fast zehn, und du brauchst unbedingt was Alkoholfreies zwischen die Kiemen.«

Schon seit einer Weile waren mir die köstlichen Gerüche aufgefallen, die durchs Haus zogen. Irgend jemand hatte gekocht, und da Roland vorhin noch einen ziemlich betrunkenen Eindruck gemacht hatte, vermutete ich, daß es der Möchtegern-Othello war, der sich drüben am Herd betätigte.

Und tatsächlich, er hatte irgendwo Spaghetti mit Tomatensauce gefunden und sie vorschriftsmäßig zubereitet. Roland holte zwei Klappstühle aus dem Keller, so daß wir zusammen mit den beiden Schemeln über vier Sitzgelegenheiten verfügten. Er war zwar weit davon entfernt, nüchtern zu sein, zeigte sich aber durchaus imstande, Anke und mir galant die Stühle zurechtzurücken und uns Komplimente über unser gutes Aussehen zu machen. Fabian knirschte mit den Zähnen über diese neue weibliche Bedrohung, doch Anke rülpste bloß und stopfte sich mit Spaghetti voll. Irgendwas ging ihr unablässig im Kopf herum.

»In der Packung waren sechs Stück«, meinte sie plötzlich, den Mund voller tomatentriefender Nudeln.

»Sechs was?« erkundigte sich Roland.

»Kondome mit Geschmack. Zwei Erdbeer, zwei Himbeer, zwei Kirsch.«

»Oh, diese Sorte kenne ich«, sagte Roland eifrig.

»Woher?« fragte Fabian mit umwölkter Stirn.

»Ach, ich hab sie wohl mal in der Drogerie gesehen, beim Einkaufen.«

»Die gibt's aber nur im Sexshop«, sagte Fabian mit wütend geblähten Nasenlöchern.

Ich versuchte es mit Ablenkung. »Was wolltest du sagen?« wandte ich mich an Anke.

Sie schlürfte geräuschvoll eine lange Nudel ein. »Von wegen Fellatio.«

Ich verschluckte mich. »Was?«

»Ich hab mir ausgerechnet, daß er es sieben Mal mit dieser Tussi gemacht hat. Sechs mal mit und das eine Mal ohne, als es ihn übermannt hat.«

»Wovon redet sie?« wollte Fabian stirnrunzelnd wissen.

»Sei still«, befahl Roland ihm. »Wovon redest du, Anke?«

»Fellatio. Wenn er das auch mit ihr gemacht hat – oder besser, sie mit ihm – dann hat er dafür bestimmt kein Kondom gebraucht, oder?«

»Das weiß man nicht«, meinte Fabian. »Viele nehmen auch für Fellatio ein Kondom. Wegen Aids und so weiter.«

»Und wie ist es mit Cunnilingus?«

»Ich weiß aus sicherer Kenntnis, daß das auch ohne Kondom geht«, sagte Roland grinsend.

Fabian versteifte sich und warf ihm mörderische Blicke zu.

Anke stach wütend mit der Gabel in ihre Nudeln. »Rein theoretisch könnte er es also hundert Mal mit ihr getrieben haben – ich meine, wenn man jeden Oralverkehr mitzählt. Praktisch also beliebig oft.«

»Nicht in einer Nacht«, warf ich begütigend ein. »Und außerdem ist sie *davon* garantiert nicht schwanger geworden.«

Sie hörte es gar nicht. »Sieben Mal Bumsen ist schon schlimm genug, aber wenn ich mir vorstelle, daß sie bei ihm ... Oder er bei ihr ...« Sie schauderte und schob sich eine Riesenladung Spaghetti in den Mund. »Ich kann niemals darüber hinwegkommen«, erklärte sie mit vollen Backen kauend. »Ich könnte nie den Schwanz eines Mannes lutschen, den schon eine andere Frau im Mund gehabt hat. Das fände ich so was von ekelhaft und unhygienisch, daß mir dafür total die Worte fehlen.«

»Ja, Eifersucht ist eine Kraft, die mit Eifer sucht, was Leiden schafft«, philosophierte Roland, ganz der versierte Autor. Er aß seine Spaghetti mit Appetit und präsentierte sich trotz seines sicher beträchtlichen Alkoholpegels einigermaßen erträglich für seine Mitmenschen. Irgendwann im Laufe des Abends hatte er geduscht und sich umgezogen. Sein dunkelblondes Haar war frisch gefönt, und seine Wangen waren glatt rasiert.

»Ich bin nicht eifersüchtig«, sagte Anke mit geschlossenen Augen. »Ich bin ... ach, ich weiß auch nicht, was ich bin.«

Sofort meldete Fabian sich zu Wort. »Ich bin Therapeut. Zufällig leite ich ab nächster Woche eine Gruppentherapie mit Schwerpunkt Trennungsproblematik. Falls du Interesse hast – es wäre noch ein Platz frei.« Er wandte sich an mich. »Ich wollte dich übrigens noch fragen, ob ich vielleicht fürs erste meine nächsten Sitzungen drüben im

Eßzimmer abhalten dürfte. Ich möchte Roland in seinem jetzigen Zustand ungern allein lassen.«

»In welchem Zustand?« fragte Roland erzürnt.

Fabian warf beleidigt seine Gabel in den Teller. »Das weißt du genau.«

»Nein, keine Ahnung. Mir geht es gut. Mir geht es sogar bestens. Jedenfalls solange du mich in Ruhe läßt. Ich bin sicher, daß mein Drehbuch schon längst fertig wäre, wenn du dich nicht permanent eingemischt hättest!«

Und schon war wieder der schönste Streit im Gange.

Über Nacht fielen fast zwanzig Zentimeter Neuschnee, und am nächsten Morgen türmte sich die weiße Pracht rund ums Haus. Wir waren kaum richtig wach, als wir auch schon darum stritten, wer Schnee schippen sollte.

Fabian erklärte, daß das die Aufgabe des Hauseigentümers sei; dieser müsse seiner gesetzlich verankerten Räum- und Streupflicht nachkommen, da er anderenfalls haftbar gemacht werden könne.

Ich hatte keine Lust, im Schneegestöber herumzulaufen und wies ihn darauf hin, daß jeder Eigentümer, der noch alle Sinne beisammen hatte, die Räum- und Streupflicht auf die Mieter abwälzte, das sei völlig normal und obendrein ganz legal.

Fabian erdreistete sich sodann zu der kühnen Behauptung, er und Roland seien keine Mieter, weil sie keine Miete zahlten. Roland hatte dazu keine Meinung, er hockte seit dem Frühstück auf der Toilette.

Anke, die triefäugig in der Küche saß und Kaffee trank, meinte, daß sie normalerweise gerne bereit wäre, Schnee zu schippen, heute aber – emotional und überhaupt – zu

172

solch kräftezehrenden Aktionen auf keinen Fall imstande sei.

»Okay«, sagte ich zu Fabian, dessen körperliche Verfassung mir von all meinen neu zugezogenen Hausgenossen am brauchbarsten erschien, »wenn du keine Miete zahlst, sehe ich keinen Grund, warum du länger hier rumhängen solltest.«

»Was willst du damit sagen?«

»Damit«, so belehrte ich ihn freundlich, »will ich sagen, daß du hier nicht länger rumhängen solltest, wenn du nicht vorhast, Miete zu zahlen.«

»Aber Roland und Anke zahlen auch keine Miete«, protestierte er.

»Die beiden kenne ich seit Jahren. Sie sind meine besten Freunde.«

»Du willst mich erpressen!«

»Nein, aber wie wäre es mit Miete?«

Er zeigte mit spitzem Finger herum. »Für diesen Saustall?«

»Wieso? Ist doch alles aufgeräumt. Und hattest du nicht was von irgendwelchen Therapiesitzungen gesagt, die hier stattfinden sollen?«

Er kämpfte mit einem mittelschweren Wutanfall, erklärte sich aber schließlich doch bereit, Schnee zu räumen. Eine Zeitlang hegte er dann noch die Hoffnung, daß die Räumaktion ausfallen würde, weil trotz eingehender Suche weder Streugut noch Schneeschaufel im Keller aufzutreiben waren, doch irgend eine vorausschauende Seele (Konrad?) hatte die erforderlichen Utensilien in der Garage deponiert. Kurz darauf stemmte sich Fabian, angetan mit Schal, Mütze und Thermojacke, draußen auf dem Gehweg gegen den stürmischen

Januarwind und schob den Schnee kubikmeterweise auf die Seite.

Roland saß im Wohnzimmer und brütete über seinem aufgeklappten Laptop. Zwischendurch kam er in die Küche, um Kaffee zu schnorren und zu reden. Er hatte mittlerweile mitgekriegt, daß ich wieder schreiben konnte, und wollte wissen, wie ich das geschafft hatte.

»Das Wunder der Liebe«, sagte ich lässig.

»Du meinst wohl Sex«, meinte er. »Fabian und ich haben gestern alles gehört.«

»Was habt ihr gehört?« wollte Anke wissen. Sie war blaß. Die Nacht war schrecklich gewesen. Sie hatte sich herumgewälzt und immer wieder um Hilfe gerufen, weil sie sich von Monsterkondomen verfolgt sah. Da ich neben ihr auf derselben Matratze gelegen hatte, kann man sich vorstellen, daß es mit meinem Schlaf auch nicht weit her gewesen war.

»Wie sie es getrieben haben«, sagte Roland. »Dreimal mindestens.«

In Ankes Augen sammelten sich Tränen. »Du hattest gestern wieder Sex mit Konrad?«

Ich fühlte, wie ich hochrot wurde. »Ich finde, das geht euch überhaupt nichts an.«

»Dann darfst du das nächste Mal nicht so laut schreien«, meinte Roland spitz.

»Hattest du einen Orgasmus?« fragte Anke neidisch.

»Mehrere«, behauptete Roland.

»Woher willst du wissen, ob ich nicht alles vorgetäuscht habe?« fragte ich patzig.

»Wir waren fast ein Jahr zusammen, hast du das vergessen? Du hast mir nie einen Orgasmus vorgetäuscht.«

»Ja«, sagte ich bissig, »die mit dir waren immer echt. Alle beide.«

»Habt ihr Kondome genommen?« wollte Anke wissen.

Roland dachte nach. »Jedesmal«, meinte er dann.

Anke schüttelte den Kopf. »Ich meinte Karo und Konrad.«

»Äh … ja«, sagte ich lahm.

»Ich wußte es!« Anke zog die Nase hoch und legte die Hand über die Augen. Das Thema *Kondome* war offenbar momentan sehr ergiebig. Und außerdem sehr strapaziös. Sie stand allem Anschein nach dicht vor einem Nervenzusammenbruch.

Ich zog mich kurzerhand an meinen PC zurück und widmete mich Erik und Deirdre.

Der Überfall auf das Gut des widerwärtigen Barons war Balsam für meine Seele. Ich schilderte genüßlich und in allen Einzelheiten, wie Erik sein tödliches Breitschwert bis zum Heft in den Eingeweiden von Deirdres ungeliebtem Gemahl vergrub und ihm so den Garaus machte.

Hinter mir warf Anke sich leise weinend auf die Matratze. »Ich hasse ihn!« schluchzte sie ins Kopfkissen. »Oh, Gott, ich hasse ihn so!«

Was mich nahtlos an die Stelle führte, wo einer von Eriks stürmischen jungen Kriegern Deirdres alte, treue Amme niedermetzelt und dann mit seinem Dolch Deirdres Gewand vom Hals bis zum Schamhügel aufschlitzt.

Deirdre schreit aus voller Kehle und fällt dann in eine gnädige Ohnmacht. Erik kann seinen Gefolgsmann gerade noch daran hindern, Deirdre Gewalt anzutun. An ihrem zarten, vollkommenen Körper erkennt er natürlich sofort, daß sie von edlem Geblüt ist und zu schade für einen gewöhnlichen Krieger. Kaum, daß er sie gesehen hat, will er sie als seine persönliche Leibsklavin. Er packt sie, wirft sie über die Schulter und schleppt sie auf sein Langboot, wo sie auf einem Stapel schmutziger, stinkender Felle eine Überfahrt ins Ungewisse antreten muß.

Ich seufzte ergriffen. Himmel, war das dramatisch!

»Was hast du gesagt?« fragte ich zerstreut über die Schulter in Ankes Richtung. Sie brabbelte die ganze Zeit irgend etwas vor sich in, das ich nicht verstand.

»Ich hab dich jetzt schon dreimal gefragt, ob das was bringt. So quasi als Heileffekt, meine ich.«

»Hm?« meinte ich geistesabwesend. »Was?«

»Mit einem anderen ins Bett zu springen. Einfach nur Sex zu haben. Ohne tiefe Gefühle und so.«

»O ja, wenn der Krieger tapfer ist und von edler Gestalt«, sagte ich verträumt.

»Mit dir kann man nicht ernsthaft reden«, behauptete Anke niedergeschlagen. Sie zog sich die Decke über den Kopf und stellte sich tot.

Der Rest des Tages verflog im Nu. Der erste Teil meines neuen Romans machte gewaltige Fortschritte. Meine Finger flitzten nur so über die Tasten.

Besondere Mühe verwandte ich auf eine der wichtigen Schlüsselszenen im ersten Teil. Ein ungeheurer Sturm zieht auf und droht das Drachenboot zum Kentern zu bringen. Die Wogen türmen sich auf und verwandeln sich im Nu in donnernde Brecher, und der Orkan wirft das Boot wie eine Nußschale auf dem tosenden Meer hin und her. Gerade an der Stelle, als Erik unter Einsatz seines eigenen Lebens verhindert, daß Deirdre von einer gewaltigen Flutwelle über Bord gespült wird, rief meine Mutter an.

»Wie fühlst du dich?« wollte sie wissen.

»Danke, ausgezeichnet«, sagte ich aufgeräumt. »Völlig im Einklang mit mir und der Welt. Und mit meiner Idealfigur und meiner reinen Haut.«

»Was habe ich da über dich und den jungen Bauarbeiter gehört?«

Klang ihr Tonfall etwa eine Idee mißbilligend? Nun ja, es gab nichts daran zu deuten, Mama war ein Snob. Sie meinte von jeher, ihre Töchter seien zu Höherem berufen. Oder ging es hier um die schlichte Tatsache, daß ich mit einem Mann im Bett gewesen war?

»Was hat Melanie denn gesagt?« fragte ich vorsichtig zurück.

»Genug«, schnappte Mama.

»Oh«, sagte ich lahm.

»Prinzipiell könnte es mir ja völlig egal sein. Im Gegensatz zu deiner Schwester bist du schließlich eine erwachsene Frau und mußt wissen, was du tust. Und außerdem sei es dir gegönnt, denn du wirst nicht jünger. Immerhin gibt es für die Figur und die Haut einer Frau nicht Besseres als guter Sex.«

»Äh … ja«, sagte ich betreten.

»Der Punkt ist nur der: Eine Menage à trois kann ich nicht dulden.« Bei der letzten Bemerkung klirrte ihre Stimme förmlich vor Eiseskälte.

»Eh … Menage à trois?« fragte ich dümmlich.

»Da wir ziemlich viel Geld in deine Bildung investiert haben, darf ich wohl annehmen, daß du weißt, was das bedeutet.«

»Natürlich weiß ich es. Aber ich habe keine Ahnung, worauf es sich bezieht.«

»Auf dich, den jungen Bauarbeiter und deine Schwester.«

177

»Sekunde mal«, protestierte ich. »Erstens ist er strenggenommen kein Bauarbeiter, sondern ein BWL-Student im letzten Semester, der demnächst in die Geschäftsleitung eines renommierten Unternehmens einsteigt.« Ich nannte ihr den Namen der Firma, damit sie eine ungefähre Vorstellung von Konrads beeindruckender Tüchtigkeit bekam. »Und zweitens ist er nur achtzehn Monate jünger als ich. Und drittens habe ich ihn voller Absicht von Melanie ferngehalten, indem ich ...« – ich hüstelte und suchte nach einer vornehmen Umschreibung für das, was Konrad und ich in der Silvesternacht getrieben hatten – » ...indem ich mit Konrad ... ähm, indem ich – das heißt, indem wir ...«

»Dein ganzes *Indem*-Gestottere ändert nichts daran, daß deine Schwester nach wie vor in den Burschen verliebt ist wie ein hypnotisiertes Schaf. Sie träumt den ganzen Tag vor sich hin. Und heute nachmittag hat sie sich mit dem Kerl getroffen.«

Ich schnappte nach Luft und umklammerte den Hörer. »Sie hat *was*?«

»Wie sonst erklärst du es dir, daß sie heute abend summend und lächelnd nach Hause kam? Mit verschmiertem Make-up und einem Knutschfleck am Hals?«

Ich schaltete meinen PC aus und legte mich zu Anke ins Bett, um nachzudenken.

Fassungslos rekapitulierte ich den Bericht meiner Mutter. Ich konnte es nicht glauben! Auf keinen Fall würde Konrad sich erdreisten, mit meiner Schwester rumzuknutschen, nachdem er vorgestern und gestern mit mir den heißesten Sex aller Zeiten erlebt hatte! Deshalb mußte es für das, was meine Mutter mir da erzählt hatte, eine ganz einfache Erklärung geben. In meinem Gehirn rasten die Gedanken durcheinander. Eine gehässige kleine Stimme in meinem Kopf flüsterte mir zu: *Natürlich gibt es eine ganz einfache Erklärung. Er ist ein Sexmaniac! Dreimal hintereinander sind doch für den gar nix, und bestimmt braucht er das jeden Tag! Da hast du's!*

»Männer sind Schweine«, greinte Anke im Schlaf. »Sie wollen immer nur das eine.«

»Nein!« rief ich bestürzt. »Nicht alle!«

Sie fuhr hoch. »Ist Hannes da?«

»Nein, schlaf weiter.«

Sie sank wieder auf die Matratze. »Ich möchte unbedingt eine Waffe, für den Fall, daß er kommt«, murmelte sie. »Sie sollte möglichst spitz und sehr, sehr scharf sein. Wie ein Tranchiermesser zum Beispiel.«

Alarmiert betrachtete ich ihr vom Schlaf erhitztes Gesicht. »Was willst du damit machen?«

»Ihn kastrieren natürlich.«

Sie zog sich die Decke über den Wuschelkopf und schlief wieder ein.

Das konnte ja heiter werden. Hannes würde sicher über kurz oder lang hier aufkreuzen. Möglicherweise sogar noch heute abend. Für den Fall sollte ich sicherstellen, daß keine Kastrationsinstrumente offen herumlagen. Doch zuerst mußte ich abklären, woher meine Schwester einen Knutschfleck hatte. Für derlei Dinge hatte Mama ein Auge. Wenn sie sagte, daß es ein Knutschfleck war, dann war es auch einer.

Ich stand wieder auf und nahm das Telefon vom Schreibtisch. Konrads Nummer hatte ich auf einen Zettel notiert, den ich an die Korkwand hinter meinem Schreibtisch gepinnt hatte. Leider meldete sich nur sein Anrufbeantworter. Ich schaute auf die Uhr. Schon halb zehn.

Wo trieb er sich so spät noch herum? An einem Sonntagabend, wo alle Welt daheim gemütlich vorm Fernseher hockte und Tatort oder Sportsendungen anschaute?

»Hier ist der Anschluß von Konrad Melchior«, sagte seine sonore Stimme. Gegen meinen Willen wurde mir warm, und in meinem Bauch begann ein ganzes Heer von Ameisen zu krabbeln. »Leider bin ich persönlich im Augenblick nicht zu sprechen. Hinterlassen Sie nach dem Signalton eine Nachricht, ich rufe dann zurück. Danke, auf Wiederhören.«

Piep, machte der Anrufbeantworter.

Ich legte schnell auf. Normalerweise hatte ich keine Probleme, Anrufbeantwortern Nachrichten anzuvertrauen, kurz, präzise, lässig, souverän, gänzlich frei von Stottern und so weiter und so fort. Doch diesmal fiel mir nichts ein. Nicht das kleinste Sterbenswörtchen. Schlimmer noch: Mir war völlig klar, daß ich außer hilflosem Gestammel nichts würde hervorbringen können, das auch nur entfernt mein Anliegen gestreift hätte. Niemals hätte ich mich so weit erniedrigen können, von Knutschflecken zu reden!

Morgen, dachte ich zähneknirschend. Morgen war schließlich auch noch ein Tag. Ich würde ihm die Hölle heiß machen. Schließlich hatten wir ein Abkommen, oder nicht? Wildsau ja, Rehlein nein. Der Bursche sollte mich kennenlernen!

Neben mir meldete Anke sich murmelnd zu Wort. »Wir können es zu zweit erledigen. Du hältst ihn fest, und ich schneide ihm die Eier ab.«

»Darüber sollten wir noch mal reden«, schlug ich vor. Doch damit drang ich nicht bis zu ihr durch, da sie zu tief schlief. Ihre Träume mußten es wahrlich in sich haben!

Kurz darauf stellte ich fest, daß die Realität der Phantasie in – fast! – nichts nachstand. Es läutete an der Haustür, und wie nicht anders zu erwarten, war es Hannes, der in seinem Restaurant sonntags immer um diese Zeit herum Feierabend machte und es anscheinend gar nicht erwarten konnte, endlich mit der Beziehungsarbeit anzufangen.

»Sie ist da, ich weiß es genau«, rief er, bevor ich auch nur einen Ton von mir geben konnte. »Ihr Wagen steht vor der Tür! Versuch nicht, mich anzulügen!«

»Wer sagt denn, daß ich dich anlügen will?«

Er starrte mich an, das sonst so gutmütige Gesicht ganz starr vor Verzweiflung. »Wo ist sie? Um Himmels willen, laß mich mit ihr sprechen!«

Er schob sich mit wilden Blicken an mir vorbei ins Haus hinein. »Anke?«

»Pst«, zischte ich, »sie schläft!«

»Nein«, sagte Anke hinter mir. »Sie ist wach.«

Sie stand in der Diele, mit verknautschtem T-Shirt, das Haar vom Schlafen zerrauft, die Augen vom vielen Heulen verschwollen – und den Mund zu einem mordlüsternen Lächeln verzogen. »Was führt dich her, lieber Hannes?«

»Anke«, sagte ich besorgt, »tu nichts Unüberlegtes!«

»Oh«, meinte sie beiläufig, »ich hab es mir *gut* überlegt. Sehr, sehr gut sogar.«

Sprach's und zog hinterm Rücken ein riesiges, rasiermesserscharfes Tranchiermesser hervor. Wo, um alles in der Welt, hatte sie das nur so schnell finden können? Ich hätte schwören können, daß es bis eben noch ganz tief in einer der vielen Küchenkisten vergraben gewesen war! Das kam davon, wenn sich lauter Männer um einen herum aufhielten, die glaubten, daß sie nichts Besseres zu tun hätten, als auf- und umzuräumen!

181

Anke grinste mit dem Charme einer Schwarzen Witwe und kam einen Schritt näher. »Ja, lieber Hannes? Wolltest du dich mit mir unterhalten?«

»Anke!« rief Hannes gequält. »Um Himmels willen, was hast du mit dem Messer vor?«

Fabian trat neben Anke und nahm ihr sanft das Mordgerät aus der Hand. »Du solltest in dieser Angelegenheit nichts überstürzen, meine Liebe. Wir hatten doch darüber gesprochen, wie wir an die Sache herangehen wollten.«

»Wer ist der Kerl?« wandte Hannes sich mißtrauisch an mich.

Anke starrte ihn an. Ihre Lippen zitterten, und plötzlich fing sie an, hysterisch zu lachen. »Das ist Fabian. Mein neuer Lover. Dein Nachfolger, lieber Hannes!«

Verdutzt starrte ich sie an. Nachfolger? Fabian? War mir da heute vielleicht irgend etwas entgangen, während ich so versunken und abgekehrt von meiner Umwelt an meinem neuen Roman gearbeitet hatte? Doch schon im nächsten Moment wurde mir klar, daß Anke hier ein Paradeschaustück weiblicher Rachsucht präsentierte.

Bevor ich näher über diese verblüffende Wendung nachdenken konnte, beobachtete ich zu meinem grenzenlosen Erstaunen, wie Anke Fabian um den Hals fiel und ihn in einer wilden Umklammerung umfangen hielt. Ihr Mund klebte sich schmatzend auf Fabians Lippen und erstickte jeglichen nur denkbaren Protestlaut.

»Mphf!« keuchte Fabian. Er ließ das Messer fallen, als Ankes Hände suchend seinen Hintern betasteten. Als nächstes kam von ihm ein leises, erschrockenes Fiepen, weil seine Hände beim Versuch, sie von sich zu schieben, exakt auf ihren Brüsten landeten.

»Ach, so ist das also«, meinte Hannes in bitterem Tonfall.

Anke löste sich ein wenig von Fabian, der halb bewußtlos in ihrem unerbittlichen Haltegriff hing.

Ihre Augen blitzten triumphierend. »Ja, so ist das, Hannes. Gleiches Recht für alle. Und du ahnst ja gar nicht, wie lustvoll es für mich ist, es mal ohne Gummi zu tun! Fabian hat da überhaupt keine Berührungsängste! Stimmt's, Fabian?«

Fabian war noch immer nicht richtig bei sich. Er gab ein schwaches Keuchen von sich, das Hannes jedoch allem Anschein nach für eine Art Zustimmung hielt, zumal Anke im selben Moment wieder mit dem Küssen und Grabschen anfing.

Hannes betrachtete die beiden entsetzt. »Das hat ja nicht lange gedauert«, stieß er mit zitternder Stimme hervor. Dann stürmte er hinaus. Die Haustür schlug donnernd hinter ihm ins Schloß.

Einen Sekundenbruchteil später stieß Anke Fabian weg, und er stützte sich haltsuchend und nach Luft ringend an der Wand ab. »Ich weiß nicht, ob das der richtige Ansatz war«, brachte er in piepsigem Ton heraus.

Anke wischte sich energisch die Lippen. »Da hast du eindeutig recht. Das Küssen mußt du noch üben. Aber dafür ist dein Arsch echt klasse.«

Aus Karos Tagebuch

Montag, 3. Januar 2000, 7.45 Uhr

Heute heißt es früher aufstehen, weil wieder Bauarbeiter erwartet werden. Draußen ist es noch stockfinster, und ich möchte viel lieber liegen bleiben, doch der Gedanke an Verrat und an Knutschflecken treibt mich schließlich schnell aus dem Bett.

Anke schläft noch. In der Nacht habe ich ihr eine halbe Valium genehmigt, nachdem sie bis um halb zwei geheult hat. Mein ganzes Kopfkissen war naß, und die Matratze hat so gebebt, daß ich mir eine Isomatte auf dem Boden neben dem Bett ausrollen mußte, um überhaupt ein Auge zuzukriegen.

Über Nacht hat es wieder kräftig geschneit, doch diesmal gibt es keinen Streit über die Räum- und Streupflicht. Ich kann es kaum glauben: Während Roland faul und verkatert in der Küche hockt und Kaffee trinkt, schippt Fabian freiwillig Schnee!

Doch das ist noch gar nichts: Er ist kaum fertig, als er auch schon die Besenkammer nach Putzutensilien durchwühlt und kurz darauf mit Eimer und Wischmop zum Vorschein kommt!

Montag, 3. Januar 2000, 8.15 Uhr

Mit seiner weißblondierten Bürstenfrisur und den perfekt sitzenden Calvin-Klein-Jeans sieht Fabian nicht gerade aus wie die typische Putzfrau, doch den Schrubber schwingt er wie kein Zweiter. Er hat sich das Eßzimmer vorgenommen. Ich luge durch die angelehnte Verbindungstür und beobachte ihn heimlich. Er schaut ungeheuer empört und gleichzeitig verunsichert drein, kein Wunder bei der Sklavenarbeit. Anscheinend glaubt er, sich nun täglich für mich abschuften zu müssen, damit ich ihn nicht rauswerfe. Mein Gewissen meldet sich, und ich will ihm gerade mit einer launig hingeworfenen Bemerkung versichern, daß er keineswegs mein Dienstmädchen ist und auch ohne niedere Arbeiten ruhig noch ein paar Tage mein Logiergast bleiben darf. Doch dann höre ich, was er da in wütendem Selbstgespräch von sich gibt, und mir wird klar, daß nicht Schneeschippen oder Putzen der Grund für seinen desolaten Gemütszustand sind, sondern ihn wohl eher davon ablenken sollen.

»Ich hatte *keine* Erektion«, murmelt er verbissen. »Ihre Hände auf meinem Hintern waren mir total unangenehm. Und ihre Zunge in meinem Mund war das Ekelhafteste, das mir je passiert ist. Das Gefühl, ihren Busen anzufassen, war einfach bloß Scheiße. Ich hatte keine – ich wiederhole – *keine* Erektion!«

Na so was! Man stelle sich vor! Fabian kriegt einen Ständer, weil eine Frau ihm an die Wäsche geht! Für eine meiner banalen Beziehungskomödien wäre dieses Event ein echter Brüller. Doch da ich momentan eine schwülstige historische Romanze auf die Festplatte banne, kann ich damit leider nichts anfangen.

Fabian brabbelt weiter vor sich hin und schiebt derweil den Mop vor sich her. Ich mache ein bißchen Lärm und tue so, als käme ich gerade erst dazu. Mit fröhlichem Lächeln informiere ich ihn, daß ich ihn auf keinen Fall

dazu erpressen will, mein Haus zu putzen. Er starrt mich
haßerfüllt an und erklärt mir, daß er nicht das Haus putzt,
sondern bloß das Eßzimmer, weil heute abend um acht
in eben diesem Raum seine neue Gruppentherapie für
acht Personen anfängt.

Als ich ihn mit milder Freundlichkeit darauf hinweise,
daß ich keine acht Stühle besitze, meint er schnippisch,
daß die Leute sich zu seinen Therapiestunden immer ihre
eigenen Sitzmatten mitbringen. Sofas sind out. Minimalis-
mus ist angesagt.

Die Umgebung darf ruhig kühl und karg sein, wie die
Zelle eines tibetanischen Mönchs. Damit seine Proban-
den in die richtige, mönchisch-minimalistische Stimmung
kommen, läßt Fabian sogar extra leise Tempelmusik vom
Band laufen.

Montag, 3. Januar 2000, 8.30 Uhr

Anke schläft immer noch. Im Wohnzimmer sitzt Roland
mit trüben Augen vor seinem Laptop und schreibt zum
fünfzigsten Mal dieselbe Szene um. Er kann sich nicht entscheiden, ob das zweite Mordopfer aufgeschlitzt oder einfach nur erstochen werden soll. Ständig faselt er von Mes-
serprofilen und Stichkanälen. Mit Rücksicht auf Anke, die
sicher bald aufstehen wird, rate ich ihm, das Opfer vom
Mörder aus dem Fenster werfen zu lassen, dann könnte
der ahnungslose Kommissar es anfangs für Selbstmord
halten – eine falsche Fährte zur Spannungssteigerung.

Roland ist spontan begeistert und will mich als Dreh-
buchdoktor anheuern.

»Karo, du verstehst es echt, einen Mann aufzubauen!

186

Ich fühle jeden Tag, wie richtig die Entscheidung war, hier bei dir zu schreiben!«

Seine Bemerkung ruft bei Fabian, der gerade damit beschäftigt ist, säuberlich die Schlafsäcke zusammenzurollen, othellomäßige Betroffenheit hervor. »Roland, denkst du eigentlich manchmal darüber nach, wie sehr du mich mit gewissen Äußerungen kränkst?«

Doch Roland tippt schon wieder und läßt sich durch nichts ablenken.

Fabian läßt mit waidwunder Miene den Kopf hängen und sagt kein Wort mehr.

Montag, 3. Januar 2000, 8.40 Uhr

Anke steht auf und nimmt auf ihrem Weg zum Bad die Abkürzung durchs Wohnzimmer. Ich sitze im Schlafzimmer und sehe durch die offene Verbindungstür, was nebenan bei Ankes Auftritt passiert.

Roland reagiert überhaupt nicht, er ist völlig vertieft in sein Skript. Doch Fabian zuckt bei Ankes Anblick wie vom Blitz getroffen zusammen; er wird knallrot und kriegt keine Luft mehr: Anke ist sozusagen nackt, sie trägt nichts außer einem winzigen Slip und einem offenherzigen Bustier.

Sie tapert verschlafen an ihm vorbei. Dann wendet sie sich noch um. »Ich hab übrigens noch mal drüber nachgedacht und bin jetzt der Meinung, daß wir es machen sollten.«

Fabian glotzt auf ihren Busen und schluckt. Dann gibt er ein Geräusch von sich, das sich anhört wie das Quieken eines asthmatischen Hamsters.

»Was ist jetzt? Steht dein Angebot noch oder nicht?«

Wieder ein Quieken. Er scheint nichts zu kapieren.

Anke wedelt ungeduldig mit der Hand. »Die Therapie.«

Fabian glotzt und nickt. Anke geht weiter zur Dielentür, was Fabian ungehinderten Ausblick auf ihren Hintern verschafft, der in dem knappen Slip ganz schön was hermacht.

Fabian starrt ihr hinterher. Sehe ich da eine Ausbuchtung vorn an seiner Jeans?

Ich recke mich auf meinem Beobachtungsposten vor und versuche, genauer Augenmaß zu nehmen, doch schon einen Augenblick darauf fährt Fabian herum und späht durch die Verbindungstür herüber zu mir, um zu ergründen, ob ich irgend etwas mitbekommen habe. Ich gebe mich beschäftigt und betrachte eingehend meinen schwarzen Bildschirm.

Montag, 3. Januar 2000, 8.45 Uhr

Jemand von der Baufirma ruft an und teilt mit, daß die Arbeiter wegen der schlechten Straßenverhältnisse und aufgrund des Ausfalls einer Autobatterie erst eine Stunde später kommen können. Das ist mir nur recht, weil mir dann noch Zeit bleibt, rasch zu duschen, nachdem meine Mitbewohner den ganzen Morgen das Bad blockiert haben. Außerdem kann ich mir zurechtlegen, was ich Konrad an den Kopf schleudere, wenn er nachher kommt. *Falls* er kommt. Vielleicht wagt er es ja gar nicht, weil er unser Abkommen gebrochen hat! Wenn er nicht kommt, wäre das also der Beweis für sein schlechtes Gewissen.

Oder dafür, daß er krank ist?

Während des Fönens erweitere ich den Exkurs in Wahrscheinlichkeitsrechnung und überlege, daß er möglicherweise trotz Verstoßes gegen das Abkommen erscheint, um mich in Sicherheit zu wiegen!

Eine andere Alternative wäre beispielsweise, daß meine Mutter sich wegen des Knutschflecks doch geirrt hat. Vielleicht ist es nur eine Allergie oder ein Mückenstich.

Ich erkenne, daß alles Mögliche möglich ist und will fürs erste nicht länger darüber nachdenken. Leider schaffe ich es nicht, denn als nächstes fällt mir ein, daß Melanie noch nie gegen irgend etwas allergisch war. Und wie war das noch mal mit Mücken im Januar?

Montag, 3. Januar 2000, 8.50 Uhr

Kaum räume ich das Bad, stürmt Roland hinein, der dringend aufs Klo muß, ausgerechnet jetzt, wo ich eigentlich selbst noch mal dringend müßte. Denn langsam wird's spannend. Konrad kann jeden Moment hier sein.

Es klingelt an der Tür, doch zu meinem Verdruß ist es nicht Konrad mitsamt Handwerkerkolonne, sondern bloß Hannes. Anscheinend gibt er nicht so schnell auf.

Ich will ihn abwimmeln, doch er läßt nicht locker.

»Anke?« ruft er flehend über meine Schulter nach drinnen. »Laß uns wenigstens ganz kurz miteinander sprechen. Nur eine Minute. Um mehr bitte ich dich nicht! Ich möchte dir was wahnsinnig Wichtiges erzählen!«

Ich befehle ihm, im Vestibül zu warten, und gehe ins Schlafzimmer. Dort frage ich Anke, ob sie eine Minute

Zeit für ihren Ex hat, woraufhin sich mir ein denkwürdiges Spektakel bietet. Anke, die sich nach dem Duschen noch nicht angezogen hat, rennt in ihrer Reizwäsche durch die Verbindungstür hinüber ins Wohnzimmer. Wie eine Tigerin beim Beutesprung wirft sie sich auf Fabian und bringt ihn zu Fall. Mit einem Griff reißt sie sein Hemd auf und zerrt es ihm aus der Hose. Ein Ruck, und auch seine Hose steht offen.

Und dann – Hannes' Schritte sind schon zu hören – fällt sie über den armen Fabian her, daß mir schon beim Hinschauen ganz schwindlig wird. Hannes bleibt fassungslos in der offenen Tür stehen. Anke löst ihre Lippen mit sattem Schmatzen von Fabians röchelndem Mund, hebt den Kopf und starrt Hannes triumphierend an. Unter ihr schnappt Fabian nach Luft wie ein Karpfen auf dem Trockenen, und dann, ich kann es gar nicht glauben, zerrt er eine seiner Hände aus Ankes Umklammerung und umfaßt besitzergreifend ihre rechte Brust. Hannes sieht es sofort. Er stürmt wie ein wütender Stier hinaus, und Fabian reißt die Hand zurück, als hätte er sich verbrannt. Ungläubig und entsetzt beglotzt er zuerst seine Finger und dann die runde Brust, die über ihm hängt und die er gerade noch so intim gedrückt hat.

Anke betrachtet ihn verblüfft, stemmt sich hoch und rückt ihren BH zurecht.

»Dieser Scheißer! Ich bring ihn um!« Dann sieht sie auf Fabian hinunter. »Nicht dich. Hannes.« Sie streckt die Hand aus und hilft ihm hoch. »Danke. Das war echt cool von dir.« Sie hilft ihm sogar beim Zuknöpfen des Hemdes, was er sich überraschenderweise gern gefallen läßt. Vielleicht, weil er dabei ihren prall gefüllten Wonderbra direkt vor der Nase hat?

Roland kommt vom Klo zurück. Er hat den Lärm gehört und will wissen, ob er was verpaßt hat.

Wir versichern einstimmig, daß ihm nichts entgangen ist.

7

Inzwischen war es fast halb zehn, also mußte Konrad jeden Augenblick eintreffen. Ungeduldig ging ich auf und ab und horchte auf Geräusche, die auf seine Ankunft hindeuten. Gegen neun Uhr war von draußen das Brummen eines LKW zu hören, und ich rannte augenblicklich zum Fenster. Tatsächlich, gerade durchpflügte das Baufahrzeug den Schnee in der Einfahrt, und als erster sprang Konrad heraus, den göttlichen Körper umhüllt von einem Lammfellparka, unter dem dekorativ ein Blaumann hervorblitzte. Die anderen Türen öffneten sich ebenfalls, und nach und nach stiegen die drei Installateure aus, die an diesem Morgen im Obergeschoß bei den Sanitäranschlüssen letzte Hand anlegen sollten. Sie entluden ihr Werkzeug und ein Sortiment an Armaturen. Der Klang ihres Gelächters erfüllte die winterliche Morgenluft.

Ich sah, wie Konrad durch den verbliebenen Schnee zur Haustür stapfte, und zwei Sekunden später klingelte es. Fabian kicherte schadenfroh, weil ich bei meinem Sprint zur Haustür stolperte und gegen die Wand knallte.

Anke rief mir nach, daß ich mich bloß nicht einkochen lassen sollte.

Im nächsten Moment riß ich die Haustür auf, und Konrad stand vor mir, Atemwolken vor dem lächelnden Mund. Ich schaute ihm in die unglaublich blauen Augen und fühlte, wie meine Knie wacklig wurden.

»Hallo, meine Schöne.« Er zwinkerte mir zu, und ich wußte, daß er mich bloß deswegen nicht umarmte, weil hinter ihm gerade die Arbeiter die Eingangstreppe hochkamen. Augenblicklich stellte ich mir vor, wie er mich an Ort und Stelle gegen die Wand drängte und mich küßte, bis mir die Sinne schwanden.

Doch der Gedanke an den Knutschfleck gab mir die Kraft, mich zusammenzureißen und ihn kühl anzublicken. »Kann ich dich kurz sprechen? Es betrifft unser Abkommen. Du weißt schon.«

»Wie kann ich das vergessen?«

Er lächelte mich verheißungsvoll an und ließ die Arbeiter vorbei, und während sie mit ihren schneenassen Schuhen durch die Halle und dann die Treppe hochstiefelten, blieb Konrad bei mir im Vestibül stehen. Wir warteten, bis die Installateure oben waren. Ich war noch dabei, mir eine passende Einleitung zurechtzulegen, als er plötzlich genau das tat, was mir vorhin in meiner grenzenlos schlüpfrigen Phantasie durch den Kopf geschossen war. Er packte mich, drückte mich gegen die Haustür, faßte mich unter den Kniekehlen und hob mich hoch, so daß ich gezwungen war, wie ein Affe mit meinen Beinen seine Hüften zu umklammern, wenn ich nicht runterfallen wollte.

»Konrad«, protestierte ich, doch sein Kuß erstickte den Satz sofort.

Ich verschwand fast völlig unter Konrads offenem Parka. Sein Mund verschlang mich, seine Hände rutschten unter meinen Pulli und stellten all die Dinge mit mir an, die mich zum Wahnsinn trieben. Genau wie seine Erektion, die unter dem Blaumann gigantische Ausmaße annahm und sich zielsicher gegen meinen Venushügel preßte. Ich schmolz wie Butter in der Sonne und fühlte, wie sich binnen Sekunden eine unerträgliche Erregung in mir aufbaute. Konrads Mund verließ meine Lippen, glitt über meinen Hals und saugte sich unter meinem rechten Ohr fest, womit ich Gelegenheit bekam, ihn an unser Abkommen zu erinnern, doch alles, was ich von mir geben konnte, war ein kehliges Stöhnen. Himmel, war ich verrückt nach diesem Mann! Konrad schmeckte und roch auf so betäubende Weise köstlich männlich, daß mein Denkvermögen zuerst erlahmte und sich dann völlig verflüchtigte. Er brauchte mich nur anzufassen, und ich wurde heiß wie ein Hochofen! Irgend etwas in der Art muß ich wohl geäußert haben, denn er flüsterte: »Nicht so heiß wie ich!«

Er fing an, sich an mir zu reiben und stemmte mich dabei automatisch ein Stück höher. Dabei fiel mein lustgetrübter Blick über seine Schulter durch die offenstehende Tür des Vorraums in die Diele, wo Roland gerade wieder mal zum Klo unterwegs war. Bei unserem Anblick blieb er wie angewurzelt stehen.

»Na so was«, rief er leutselig. »Ich dachte, heute würde nur oben gearbeitet. Aber anscheinend muß hier unten auch noch ein Rohr verlegt werden.«

Konrad ließ mich langsam runter und drehte sich um, Mordlust im Blick. Roland hob in gespielter Unterwürfigkeit beide Hände und verschwand grinsend im Bad.

Noch ganz benommen von Konrads Umarmung überlegte ich, daß ich die Sache mit der Rohrverlegung, die mir neulich noch Rätsel aufgegeben hatte, wohl gerade eben kapiert hatte.

»Der Typ ist ja immer noch hier«, sagte Konrad. »Ist das nicht eigentlich dein Haus?« Dann bedachte er mich mit seinem unvergleichlichen Grübchenlächeln. »Ich sehe schon, wenn wir in Ruhe unser Abkommen einhalten wollen, mußt du zu mir kommen.«

»Vergiß nicht, daß ich dich vor der sinnlosen Geilheit der Männer gewarnt habe«, schallte Ankes Stimme aus der Küche. Sie stand an der Anrichte und rührte Pfannkuchenteig für ein verspätetes Frühstück an.

Als dann noch Fabian mitsamt Putzeimer auf der Bildfläche erschien, um mit hausmännischer Gründlichkeit die Schneepfützen vom Eingang bis zur Treppe wegzumoppen, war es um Konrads Fassung geschehen. Er hielt sich die Hand vor den Mund, um nicht laut herauszuprusten. Ich selbst sah zwar ebenfalls das Komisch-Groteske an meiner derzeitigen Wohnsituation, konnte es aber im Unterschied zu Konrad nicht zum Lachen finden.

»Wo du gerade über unser Abkommen redest«, begann ich streng.

Bei meinen Worten zuckte er zusammen. Entdeckte ich da einen Anflug von Schuldbewußtsein in seiner Miene?

»Ach, Karo, hör mal, dieses blödsinnige Abkommen … Es tut mir leid, aber ich …«

Er druckste herum, und ich starrte ihn empört an.

»Also stimmt es!« rief ich schrill. »Du hast mich reingelegt!«

Er wurde rot, und ich merkte, wie blinde Wut in mir hochkochte.

»Du hast dich mit ihr getroffen und ihr einen Knutschfleck gemacht!«

Konrad schaute verwirrt drein. »Knutschfleck? Was für ein Knutschfleck?«

»Der am Hals meiner Schwester«, fauchte ich.

Automatisch legte ich die Hand auf meinen eigenen

195

Hals, wo ich ebenfalls ein Liebesmal besagter Art heranblühen fühlte. »Darin bist du ja so ungeheuer gut, du … du … »

»Schwein«, schlug Anke vor. Sie kam aus der Küche und gesellte sich solidarisch zu mir. »Ich hab's dir ja gesagt, Karo. Soll ich ihn festhalten? Dann kannst du das Messer nehmen und es ihm richtig damit besorgen.«

»Sekunde mal.« Konrad hob drei Finger. »Ich schwöre feierlich, daß ich deine Schwester seit Silvester nicht ein einziges Mal getroffen habe. Und einen Knutschfleck habe ich ihr auch nicht verpaßt. Ich habe mich an unser Abkommen gehalten. Ganz ehrlich.«

»Der Typ lügt wie gedruckt«, befand Anke.

»So ein Unfug«, widersprach er ärgerlich.

Ich fühlte mich ganz schwach vor lauter Erleichterung. Ich glaubte ihm vorbehaltlos. Ein Blick in seine Augen, und ich wußte, woran ich war. Inzwischen kannte ich ihn gut genug, um Wahrheit und Lüge unterscheiden zu können. Gerade eben jedenfalls hatte er die reine Wahrheit gesagt. Sicher hatte Melanie sich bloß gekratzt. Meine Mutter war nicht mehr die Jüngste. Ihre Augen waren auch nicht mehr die besten. Hatte sie nicht neulich erst erzählt, daß sie unbedingt eine neue Brille benötigte?

Wie auch immer, mein Verdacht war nachhaltig zerstreut, erst recht, als Konrad mich zärtlich in den Arm nahm und mir ins Ohr flüsterte, wie wir heute abend unser Abkommen aufs neue besiegeln sollten. Ich bekam schon vom bloßen Zuhören beinahe einen Orgasmus.

Anke nahm es grollend zur Kenntnis und prophezeite mir, daß ich mir mit meiner dämlichen Leichtsinnigkeit noch jede Menge Psychostreß einhandeln würde. Immerhin erhob sie keine Einwände dagegen, daß Konrad einen Pfannkuchen abbekam. Als die Arbeiter gegen elf ihr Gehämmer im Obergeschoß einstellten und eine Viertelstunde Frühstückspause machten, kam Konrad zum Essen zu uns in die Küche. Er hockte sich auf eine der Kisten, den Teller in der Hand. Ich hatte seinen Pfannkuchen liebevoll mit ein paar Löffeln von dem Zimtzucker bestreut, den Fabian aus den Tiefen eines Kartons gegraben hatte.

»Der beste Pfannkuchen, den ich je hatte«, behauptete Konrad. Er leckte sich die Finger ab, ein Anblick, der bei mir akute Atemnot auslöste.

»Danke schön, Anke.«

»Keine Ursache«, meinte sie ungnädig.

Dann gab er mir einen Kuß und ging wieder nach oben an die Arbeit. Ich starrte ihm nach und seufzte unwillkürlich.

»Dich hat's ja schwer erwischt«, sagte Roland.

»Sie wird schon sehen, was sie davon hat«, erklärte Anke.

Sie bückte sich beim Einräumen der Spülmaschine, und Fabian, der ihr die leeren Teller reichte, betrachtete verstohlen ihren Hintern in der engen Jeans.

Roland nahm es mit geschlitzten Augen zur Kenntnis. »Fehlt dir was, Fabian?« wollte er wissen.

Fabian schrak zusammen. »Wieso?«

»Du bist ganz rot im Gesicht.«

»Ich fühl mich prima«, versicherte Fabian trotzig.

»Das ist ja mal ganz was Neues«, meinte Roland mißfällig.

»Morgen will ich einen italienischen Fischauflauf machen«, verkündete Anke. »Mit Tomaten, Zwiebeln und

Basilikum. Und Fischfilet natürlich. Hat jemand was dagegen?«

»Wenn das nur halb so gut schmeckt wie deine Pfannkuchen – bestimmt nicht«, meinte Fabian begeistert.

»Ich steh nicht auf Fisch«, erklärte Roland schlecht gelaunt.

»Du brauchst ja keinen zu essen«, versetzte Fabian spitz.

»Da würde dir was entgehen«, erklärte ich. »Sie macht den besten italienischen Fischauflauf nördlich der Toskana.«

»Woher kannst du so gut kochen?« wollte Fabian interessiert wissen.

Anke zuckte die Achseln. »Ich hab's gelernt. Berufsfachschule, Hauswirtschaftsstudium mit Schwerpunkt Kochen, Zusatzausbildung in Paris ...«

»Im Ritz«, warf ich ein.

Fabian und Roland staunten nicht schlecht.

Nachmittags widmete ich mich wieder mit Feuereifer meiner Wikingerbraut und ihren aufregenden Erlebnissen in der zerklüfteten Fjordlandschaft, wo der blonde Hüne Erik zu Hause ist. Deirdre kämpft wacker gegen das Mißtrauen und die Fremdenfeindlichkeit ihrer neuen Umgebung und versucht trotz aller Unbilden, sich ihre Würde und ihre Freude am Leben zu bewahren. Sie steht einer Frau aus dem Dorf während einer Sturzgeburt bei und gewinnt dadurch auf einen Schlag erheblich an Ansehen. Im Laufe der Zeit freundet sie sich mit einer anderen Frau an, der sie ebenfalls bei der Niederkunft geholfen hat, ein weiterer Schritt aus der Isolation. Nach und nach macht sie sich mit der Sprache und den Gebräuchen dieses Volkes vertraut. Auch gewöhnt sie sich allmählich an das nordisch-rauhe Klima und die hellen Nächte, doch sie schafft es trotz aller Anstrengung nicht, ihrer wachsenden Verwirrung Herr zu werden, die sie jedesmal überkommt, wenn sie dem Mann begegnet, der sie versklavt hat und den sie eigentlich bis auf den Tod zu hassen geschworen hat, jener strenge, aber gerechte junge Mann mit den gletscherblauen Augen und dem umwerfend sinnlichen Lächeln …

»Sag mal, Karo«, unterbrach Roland meine literarischen Höhenflüge, »was würdest du davon halten, wenn ich deine Möbel aus dem Keller hole und sie aufbaue?«

»Wozu denn?«

»Na, du kannst doch nicht ewig aus Kisten leben!« Er wies mit dem Daumen über die Schulter ins Wohnzimmer, wo am Rande des Kistensortiments bereits wieder ein ansehnlicher Chaosstapel entstanden war. Konrads und Fabians gemeinsame Aufräumaktion hatte nur kurzzeitig Wirkung gezeigt. Auf der Suche nach den Dingen des täglichen Lebens hatte ich wieder jede Menge Kram hervorgezerrt.

Rolands Hilfsangebot weckte mein Mißtrauen, nicht nur, weil er zwei linke Hände hatte, sondern weil er normalerweise keinen Finger krumm machte, wenn es um Arbeit im Haushalt oder ähnlich niedere Dienste ging. Wenn er anbot, mir zu helfen, versprach er sich davon eine Gegenleistung, soviel war sicher.

»Bist du pleite? Willst du deshalb hier den Möbeltischler spielen?«

Er wirkte schuldbewußt. »Nicht doch. Ich hab noch ein bißchen Geld …«

»Aber nicht mehr genug, oder?«

Er wand sich. »Ich weiß nicht, ob ich den Ablieferungstermin einhalten kann«, platzte er dann heraus. »Kein Drehbuch, kein Geld. Und kein neuer Auftrag – das heißt, daß dann bei mir finanziell endgültig die Luft endgültig raus ist.«

»Du hast doch noch vier Wochen Zeit bis zur Abgabe.«

»Ja, aber was ich bis jetzt geschrieben habe, ist unter aller Sau«, bekannte er freimütig, »das schlägt mir der Produzent um die Ohren.«

»Und was ist mit Fabian?«

»Der ist auch nicht flüssig. Mit den Therapiegruppen braucht er mindestens noch zwei Jahre, bis er schwarze Zahlen schreibt. Ich bin von uns beiden derjenige, der alles zahlt. Miete, Versicherungen, Auto, Klamotten. Bis jetzt habe ich ja auch nicht schlecht verdient.« Er ließ den Kopf hängen. »Bis zu dieser Scheißblockade.«

Ich seufzte. »Ich würde dir gerne unter die Arme greifen, ehrlich. Aber ich hab selber keine müde Mark. Ich kann ja nicht mal meine Hypothek aus eigener Tasche bezahlen.«

»Du schreibst doch wieder. Was ist mit deinem neuen Vertrag?«

Ich trommelte verärgert mit den Fingernägeln auf meine Schreibtischplatte. »Du hast ihn gesehen, hm?«

»Äh … Er lag da in all dem Gerümpel. Ich wollte nicht schnüffeln, ehrlich nicht.«

»Schon gut«, wehrte ich niedergeschlagen ab. »Es ist ja kein Geheimnis. Ich kann ihn nicht unterschreiben, weil ich ihn nicht erfüllen kann. Jedenfalls nicht zu den Konditionen, die mir der Verlag vorgibt. Ich müßte wieder eine Beziehungskomödie schreiben. Das kann ich aber im Augenblick nicht. Ich habe derzeit einfach keine auf

Lager.« Ich zeigte auf meinen PC. »Ich arbeite an einem historischen Liebesroman. Das ist im Augenblick der Stoff, der in mir drin ist und jetzt raus muß.«

Er war Autor und kannte sich aus. Schreiben kann ein starker, ja ein unbezähmbarer Trieb sein und läßt sich nicht immer in bestimmte Bahnen lenken. Für mich existierten momentan keine anderen Romanfiguren außer Erik und Deirdre. Eventuell würde mir danach wieder was Komisches einfallen. Aber eben erst *danach*. Erst, wenn dieses Buch beendet war. Und dann auch nur vielleicht.

Roland setzte sich bekümmert auf eine Bücherkiste. »Tja, da kann man nichts machen. Inspiration kann man nicht zwingen.« In einer Aufwallung von Großmut setzte er hinzu: »Aber wenn du willst, baue ich dir die Möbel trotzdem auf.«

»Von mir aus. Aber eigentlich hatte ich nicht vor, hier großartig heimisch zu werden. Das Haus soll im Frühjahr wieder verkauft werden. Ich kann es finanziell leider nicht halten.«

»Wie schade!« rief Roland betroffen aus. »Dieses Haus ist einmalig! Und es paßt so gut zu dir!«

Ich schluckte. Damit hatte er einen wunden Punkt berührt. Ich war ja ebenfalls der Überzeugung, daß das Haus einmalig war. Und inzwischen fand ich auch, daß es gut zu mir paßte. Es war und blieb mein Traumhaus. Die Vorstellung, diese schöne alte Villa bald wieder hergeben zu müssen, fraß an mir wie ein langsam wirkendes Gift. Häufig ging ich einfach nur so durchs Haus und erfreute mich an den klassischen, ausgewogenen Proportionen der Räume, an dem anmutigen Schwung der Treppe mit dem kunstvoll gedrechselten Geländer, den

Stuckornamenten, den schönen Paneelen und an den herrlich bunten, verschlungenen Mustern der alten Jugenstilfenster in der Halle und im unteren Badezimmer.

Erik und Deirdre konnten mir auch nicht aus dieser Klemme helfen, selbst dann nicht, wenn ein Verleger sich gnädigerweise bereitfand, sie zwischen Buchdeckel zu pressen. Annemarie hatte völlig recht. Karoline Valentin war ein eingeführtes Produkt. Mein neuer Roman konnte höchstens unter Pseudonym erscheinen, denn sonst wäre es eine Art Markenbetrug, gerade so, als würde man eine Schachtel mit dem Aufdruck *Kekse* verkaufen, obwohl in Wirklichkeit Nüsse drin waren.

Das Problem war, daß ich mit einem Pseudonym wieder ganz von vorne anfangen müßte, dort, wo ich als Karoline Valentin vor fünf Jahren gestanden hatte: Praktisch bei null. Mein historischer Liebesroman war, jedenfalls soweit es ums Geld ging, so gut wie gar kein Roman. Als No-Name-Autorin eines historisch-schwülstigen Titels bekäme ich kaum genug Garantiehonorar, um davon für den Rest des Jahres Wasser und Strom zu bezahlen, und kaufen würde das Buch sowieso kein Mensch, weil dieser Markt fest in den Krallen der Amerikaner war.

Die Villa war so gut wie fertig renoviert. Konrad hatte gemeint, daß die restlichen Arbeiten in höchstens zwei Wochen erledigt sein dürften. Ich hatte deshalb schon darüber nachgedacht, das Haus vorübergehend zu vermieten, bis ich wieder besser bei Kasse war, doch welcher Mieter, der klar bei Verstand war, würde sich darauf einlassen, quasi nur auf Vorbehalt hier einzuziehen? Außerdem hätte ich dann nicht nur meine Freunde rausschmeißen, sondern mir auch selbst eine neue Bleibe suchen und dafür sicher tiefer in die Tasche greifen müssen, als mir momentan lieb sein konnte.

Theoretisch hätte ich zwar jederzeit bei meinen Eltern in meinem alten Kinderzimmer unterschlüpfen können, doch damit wäre ich gleichzeitig zwangsläufig von früh bis spät den wachsamen Blicken meiner Mutter ausgesetzt. Ich erinnerte mich nur zu gut, was für ein Zerberus sie sein konnte, wenn es um einen schlampig aufgeräumten Kleiderschrank oder Naschen nach dem abendlichen Zähneputzen ging. Sie würde mir beim Mittagessen jede Kalorie einzeln in den Mund zählen und darauf bestehen, daß ich täglich mein Bett machte und sonntags mit in die Kirche ging. Am Abend würde es höchstens ein einziges kleines Glas Wein geben, Lesen beim Essen war verboten, Essen nach acht sowieso, und wer gar fluchte, lief Gefahr, sich stundenlange Strafpredigten anhören zu müssen. Möglicherweise würde Mama sogar von mir verlangen, daß ich Melanie Nachhilfe in Französisch gab. Nein, es war völlig ausgeschlossen, daß ich zu meinen Eltern zog.

Wie ich es auch drehte und wendete – meine Situation blieb unverändert, sprich miserabel. Bis auf eine kleine, aber bedeutsame Ausnahme, denn immerhin eines funktionierte vollkommen reibungslos: mein Sexualleben.

Ich schrieb den ganzen restlichen Nachmittag weiter und machte erst gegen sechs eine kleine Pause. Nebenan im Wohnzimmer herrschte ein Höllenlärm. Roland hatte seine Ankündigung wahrgemacht und schraubte und hämmerte, was das Zeug hielt. Er hatte bereits eine Kommode zusammengebaut und arbeitete gerade unter lauten Flüchen an einem Regal, bei dem, wie ich aus seinem Wutgebrüll schloß, mindestens drei Scheißschrauben fehlten, und der dämliche Imbusschlüssel war auch nirgends zu finden.

Fabian war außer Haus; er besuchte seine Mutter, die seit gestern mit einem Bandscheibenvorfall im Krankenhaus lag.

Auch Anke hatte den Krach nicht ausgehalten. Sie war zu Conny gefahren, einer gemeinsamen Freundin von uns beiden, die heute aus dem Skiurlaub zurückgekehrt war und nun darauf brannte, daß Anke bei einer Tasse Kaffee all die gräßlichen Einzelheiten ihres Trennungsdramas vor ihr ausbreitete.

Verträumt schaute ich auf meinen Bildschirm und überflog die letzte Seite. Ich hatte gerade mit klopfendem Herzen eine Szene beendet, in deren Verlauf Erik im diffusen Licht der Mitternachtssonne die süße, jungfräuliche Keltin beim Nacktbaden beobachtet und beim Anblick ihrer festen weißen Brüste mit den köstlichen, korallenfarbenen Spitzen kaum noch seine Frühlingsgefühle kontrollieren kann.

Im unmittelbaren Anschluß an diese anregende Schilderung erschien es mir nur folgerichtig, an Konrad zu denken. Und an unser spezielles Abkommen.

Es ging längst nicht mehr darum, Konrad von Melanie fernzuhalten, sondern darum, ihn möglichst oft in mein Bett zu kriegen. Anscheinend war ich in letzter Zeit zu einer Art Sexmonster mutiert. Ich konnte mich nicht erinnern, es jemals davor innerhalb so kurzer Zeit so oft hintereinander getan zu haben. Konrad hatte wohl eine bisher unentdeckte, archaisch-brünstige Ader in mir freigelegt. Ich fragte mich, ob das alles noch normal war. War ich eventuell pervers?

Schlagwörter wie *Nymphomanie* und *sexuelle Hörigkeit* huschten vor meinem geistigen Auge vorbei, doch zu meiner eigenen Überraschung war ich deswegen nicht allzu besorgt, denn ich erkannte sofort, daß ich damit ziemlich weit danebenlag. Weit mehr beunruhigte mich eine Erkenntnis, die bei genauerem Nachdenken ganz langsam in mir herandämmerte und die sich dann rasch als ebenso logische wie naheliegende Erklärung für meinen Ausnahmezustand erwies. Ich befürchtete, daß ich im Begriff war, etwas sehr, sehr Unvernünftiges zu tun: Möglicherweise war ich gerade dabei, mich ganz fürchterlich in Konrad zu verknallen.

An diesem Abend sprang Fabian noch bis kurz vor acht hektisch herum und legte letzte Hand an das mönchische Ambiente des leeren Eßzimmers, indem er mit dem Staubtuch das Fensterbrett abfeudelte und ein paar imaginäre Flusen vom Parkett wischte. Für die Klienten seiner Trennungstherapie war nur das Beste gut genug. Er hatte sogar daran gedacht, eine Sparpackung Tempos bereitzulegen – eine Idee von Anke, die gemeint hatte, daß man als Trennungsopfer davon nie genug in der Nähe haben konnte. Sie selbst hätte seit dem Debakel mit Hannes bestimmt schon für hundert Mark Tempos und Küchenrollen vollgeheult.

Ich selbst hatte launig vorgeschlagen, doch lieber eine Kiste Prosecco bereitzustellen, das würde bestimmt für nette Stimmung sorgen, aber Fabian hatte – wie immer ohne einen Funken Humor – sofort kategorisch erklärt, daß Alkohol bei der Aufarbeitung von Problemen nach einer gescheiterten Beziehung kontraproduktiv sei. Statt dessen hatte er in meinen Kellerkisten herumgewühlt, bis er die Auflagen für die Gartenstühle gefunden hatte. Ihm war eingefallen, daß siebzig Prozent aller Erwachsenen an Hämorrhoiden litten, es aber ungern zugaben. Deshalb wollte er für alle Fälle die Auflagen zusätzlich in einer Ecke bereitlegen, damit die Leute sich bedienen konnten, möglichst unauffällig und ganz zwanglos.

Im Augenblick dekorierte er zum zehnten Mal die sechs rotweiß-gestreiften Auflagen zu einem gefällig-dezenten Stapel, den er von allen Seiten begutachtete.

»Ist das so in Ordnung?« fragte er Anke, die ihre Isomatte bereits vor der Heizung ausgerollt hatte und gerade prüfte, ob die Kassette mit der Tempelmusik eingelegt war.

»Super.« Ihr war anzusehen, daß sie sich ein kleines Grinsen verkniff. »Sag mal – ist das etwa deine erste Therapiegruppe?«

»Meine zweite«, sagte Fabian nervös. »Ich hab erst letzten Oktober mein Diplom gemacht.«

»Bleib ganz cool. Sonst werden die Leute bloß kribbelig.«

Es klingelte an der Haustür. »Da kommen schon die ersten«, sagte Anke.

Sie ging zur Haustür und öffnete. Dann hörten wir ihren empörten Aufschrei: »Hau bloß ab, du Wichser!«

Im nächsten Augenblick wurde die Tür mit Brachialgewalt wieder zugeschlagen.

»Das war bestimmt Hannes«, seufzte Fabian mitleidig.

Anke kam zurück. Ihre Augen funkelten vor Zorn. »Dieser Drecksack! Er wagt es wirklich, sich hier blicken zu lassen!«

Fabians Blicke ruhten bewundernd auf ihrem wogenden Busen. »Ja, mach deinem Zorn nur Luft. Das ist unheimlich wichtig in dieser Phase der Trennung.«

»Ich finde, du solltest dir wenigstens anhören, was er dir seit Tagen so dringend erzählen will«, meinte ich besänftigend.

Fabian reagierte merkwürdig aufgebracht. »Soweit ist sie noch nicht. Noch *lange* nicht. Und wenn Hannes das nicht versteht, ist das sein Problem.«

»Das war gar nicht Hannes«, meinte Anke verächtlich. »Es war Vinzenz, der Oberarsch.«

Ich fuhr erschrocken zusammen. »Vinzenz? Was wollte er?«

Anke zuckte die Achseln. »Keine Ahnung. Dich blöd belabern, wahrscheinlich. Das tun sie doch immer, wenn sie nicht gerade Sportschau gucken oder fremde Weiber bumsen.«

»Was hat er denn gesagt?«

»Woher soll ich das wissen? Ich hab ihm sofort die Tür vor der Nase zugedonnert.«

Fabian fuhr mit dem Finger über seine Anmeldungsliste. »Vinzenz … Etwa Vinzenz Weberknecht? Der hatte sich noch ganz kurzfristig angemeldet. Bezahlt hat er auch schon. Die volle Gebühr. Fünfhundert Mark.« Fabian schluckte, dann setzte er kläglich hinzu: »Ich kann's ihm nicht wiedergeben. Mein Konto ist sowieso schon in den Miesen.«

»Oh, Scheiße«, sagte ich wütend.

»Warte mal.« In Ankes Augen glomm ein teuflisches Feuer auf. »Wenn er sich zu dieser Therapie angemeldet hat, dann heißt das …«

Fabian nickte. »Er muß eine Trennung verarbeiten.«

»Das soll er gefälligst woanders machen«, sagte ich erbost. »Ich mußte auch alleine damit fertig werden! Außerdem hat er damals nicht den Eindruck gemacht, als würde ihn unsere Trennung auch nur im geringsten kratzen. Im Gegenteil – er konnte gar nicht schnell genug abhauen!«

»Ich glaube nicht, daß er sich angemeldet hat, um eure Trennung zu verarbeiten«, frohlockte Anke. Es klingelte erneut an der Haustür. »Das ist er noch mal, wetten?« Sie flitzte sofort los, um aufzumachen. Ich schaute ihr ratlos hinterher und überlegte, wie ich mich am besten unsichtbar machen konnte. Doch wie ich es auch anstellte, Vinzenz würde mich garantiert sehen, weil wie immer alle Verbindungstüren offenstanden.

Ankes nächste Worte trieften förmlich vor liebenswürdigem Bedauern. »Oh, Vinzenz, du bist's noch mal! Dachte ich mir doch, daß du nicht so schnell aufgibst! Tut mir leid, du mußt meinen Ausbruch von vorhin bitte entschuldigen, ich hab ganz kurzfristig die Beherrschung verloren – liegt wohl noch an meiner Trennung! Komm doch rein!«

Dann ertönte Vinzenz' Stimme. »Machst du etwa auch bei der Therapie mit? Habt ihr Schluß, du und Hannes? Du lieber Himmel, ich fasse es nicht! Das war doch die ganz große Liebe!«

»Ja, ja, wir haben alle unser Kreuz zu tragen«, entgegnete Anke mit falscher Freundlichkeit. »Und so treffen wir uns also wieder, ganz überraschend von einem grausamen Schicksal geeint!«

»Ich hatte mich schon gewundert, als ich die Adresse gesehen habe. Ich wußte gar nicht, daß Karo das Haus schon verkauft hat.«

»Ich auch nicht«, meinte Anke schadenfroh.

Im nächsten Augenblick kamen die beiden ins Eß-

Therapiezimmer, und zum ersten Mal seit jenem gräßlichen Tag im letzten Jahrtausend stand ich Vinzenz von
Angesicht zu Angesicht gegenüber.

»Hallo, Vinzenz«, sagte ich kühl.

»Oh, Karo. Guten Abend.« Er wirkte überrascht und
peinlich berührt. Anscheinend überlegte er, wie er mich
begrüßen sollte. Da ich keine Anstalten machte, ihm ent-
gegenzukommen, beschränkte er sich auf ein schwaches
Wedeln mit der Hand und ein lahmes Lächeln. »Du hast
das Haus also doch nicht verkauft, sondern bloß ver-
mietet.«

Fabian hüstelte. »So was Ähnliches.« Er ging lächelnd
auf Vinzenz zu und gab ihm die Hand. »Ich bin Fabian.
Wir hatten telefoniert. Wenn du möchtest, kannst du
schon irgendwo deine Matte ausrollen.«

Vinzenz blickte sich irritiert in dem kahlen Raum um.
»Ich hab keine dabei. Sollte man eine mitbringen?«

»Du kannst auch eins von den Hämorrhoidenkissen
benutzen«, erklärte Anke mit schleimig-zuvorkommen-
dem Grinsen.

»Machst du auch bei der Therapie mit?« wollte Vinzenz
beunruhigt von mir wissen.

»Oh, nicht doch!« Ich zwang mir ein breites, frohes
Lächeln ab. »Ich bin im Moment sehr glücklich liiert.«

»Kenne ich ihn?«

»Ich glaube nicht. Er studiert noch und ist viel jünger
als ich.« Diese letzte Information ließ ich absichtlich las-
ziv klingen, und gleichzeitig drehte ich den Hals, um wie
zufällig meinen frischen Knutschfleck zu präsentieren,
damit erst gar kein Zweifel daran aufkam, daß mein
neuer Lover nicht nur blutjung, sondern ein wahrer Aus-
bund an männlicher Potenz war.

Vinzenz nickte müde. »Ich verstehe. Hoffentlich hast du mit ihm mehr Glück als ich mit Daggi.«

Verblüfft begriff ich, daß er sich von *Deren Ruhm wie der Tag leuchtet* getrennt hatte. *Diese* Trennung mußte er aufarbeiten, nicht die von mir! Ich hätte es gleich wissen müssen, daß er nicht hier war, weil ihm unsere alte Sache nachhing. Anke war manchmal wirklich wesentlich schneller von Begriff als ich.

Während Fabian in die Ecke rannte, um für Vinzenz eine Gartenstuhlauflage vom Stapel zu nehmen, musterte ich meinen Ex mit klinischer Gründlichkeit. Von dem sanft gebräunten, strahlenden, erfolgsverwöhnten Manager, der mich noch vor ein paar Monaten hatte heiraten wollen, war nicht mehr viel zu sehen. Er hatte abgenommen und wirkte müde und depressiv. Sein Gesicht zeigte eine ungesunde Blässe, und unter den Augen hatte er Tränensäcke, die ihn älter aussehen ließen als Anfang Vierzig. Er war schlecht rasiert, in seiner teuren Jeans waren jede Menge Knitterfalten, und vorn auf seinem hellen Hemd prangte ein Kaffeefleck.

Ich horchte in mich hinein um festzustellen, ob mir das Scheitern unserer Beziehung noch etwas ausmachte, doch zu meiner Erleichterung fühlte ich weder Schmerz noch Kummer, sondern bestenfalls handfesten Ärger, weil er sich so unversehens wieder in mein Leben drängte. Und natürlich auch ganz profane Schadenfreude, weil er und Dackel-Daggi auseinander waren. Was noch? Ach ja, Neugier. Wieso hatte es mit den beiden nicht geklappt? Was war schiefgegangen? Hatte Daggi ihm iranischen Kaviar aufs blütenweiße Hemd gespuckt? Oder ihn mit dem Fitneßtrainer betrogen? Was auch immer geschehen war, es mußte letzte Woche passiert sein, denn vergangenen Dienstag hatte sie dem Masseur im Kosmetikstudio noch von der bevorstehenden Verlagsfete vorgeschwärmt. Es kam mir vor, als sei seitdem schon eine ganze Ewigkeit vergangen. Für mich war in dieser kurzen Zeit viel geschehen, und unvermittelt erkannte ich, daß es oft nicht länger als ein paar Tage dauert, ein völlig neues Leben anzufangen. Und sich mit Haut und Haaren in die Arme eines anderen Mannes zu werfen.

Wieder läutete es. »Ich geh schon aufmachen«, sagte ich lässig. Wie erwartet waren es die nächsten Trennungsopfer, eine verhuschte Blondine in meinem Alter, die sich als Anita vorstellte, und ein schlaksiger Enddreißiger mit Stirnglatze und Acht-Dioptrienbrille, der überhaupt nichts sagte, sondern nur leidend vor sich hinstierte. Ich führte sie in die Arme ihres Retters und Therapeuten, der ganz in seinem Element war. Fabian verströmte soviel tapfere Zuversicht, daß ich beinahe versucht war, mich auch noch für seine Therapie anzumelden. Schon deshalb, weil ich dann erfahren hätte, weshalb Vinzenz neuerdings ein Trennungsopfer war.

Kaum hatten Anita und der kurzsichtige Typ auf ihren mitgebrachten Matten Platz genommen, als auch schon in kurzer Folge die vier übrigen Teilnehmer eintrudelten, zuerst eine grimmig dreinblickende Frau um die Fünfzig, die sich militärisch knapp als Frau Meise vorstellte, und dann, im Abstand von nur einer Minute, zwei Männer in den Vierzigern. Der eine hieß Specht, der andere witzigerweise Vogel. Beide trugen ihre Trennungsqual vor sich her wie ein Banner und machten einen ähnlich zerknitterten Eindruck wie Vinzenz. Die Frau, die zuletzt eintraf, war höchstens Mitte Zwanzig, hieß Miriam und hatte außer ihrer Isomatte auch eine Großpackung Tempos dabei.

Ganz die zuvorkommende Hausherrin, geleitete ich jeden einzelnen hinüber in die bereits von sanften Tempelklängen durchschwebte Therapiestätte. Dann schloß ich höflich die Tür – und preßte von außen mein Ohr an die Füllung, um auch ja keinen Ton zu verpassen.

Fabian gab ein paar einleitende Floskeln über Intentionen und Ziele seiner Therapiemethode von sich, und nach dieser ziemlich hochtrabenden Einführung bat er die Leute, sich vorzustellen und, falls sie Lust dazu hatten, etwas zu ihrer besonderen Situation zu erzählen. Er fragte, wer anfangen wollte. Anscheinend niemand, denn ich hörte keinen Mucks, so sehr ich auch die Ohren spitzte.

Schließlich ergriff Frau Meise die Initiative. »Ich heiße Margot Meise und bin zweiundfünfzig Jahre alt. Mein Mann hat mich wegen einer jüngeren Frau verlassen. Er ist zu seiner Sekretärin gezogen.«

Danach herrschte erwartungsvolle Stille, doch es kam nichts mehr. Margot Meise war anscheinend fürs erste fertig.

»Vielleicht möchtest du weitermachen, Anke«, meinte Fabian aufmunternd.

»Wenn's sein muß. Ich heiße Anke Berger, bin zweiunddreißig Jahre alt und von Beruf Köchin. Genauer gesagt, bin ich selbständig und betreibe ein kleines Cateringunternehmen.«

»Was ist das?« wollte Frau Meise wissen.

»Ein Partyservice«, klärte Herr Specht sie auf.

»Anke hat im Ritz in Paris gelernt«, setzte Fabian stolz hinzu.

212

»Was hat das mit der Trennung zu tun?« mischte Vinzenz sich ein. »Erzähl uns von Hannes, Anke.«

Ich glaubte förmlich, ihre Zähne knirschen zu hören. Ihre Stimme zitterte vor unterdrückter Wut, als sie sagte: »Warum erzählst *du* uns nicht was? Zum Beispiel von *deiner* Sekretärin, derentwegen du eine andere am Abend der Verlobung auf einem Berg Schulden sitzengelassen hast?«

»Ja«, sagte Miriam, die junge Frau mit den vielen Tempos begierig, »das würde ich auch gerne hören.«

»Zuerst sollten wir uns alle vorstellen«, erinnerte Fabian.

»Ich heiße Miriam und bin vierundzwanzig. Ich habe mich ganz kurzfristig hier bei der Gruppe angemeldet, weil ich wahnsinnig fertig bin. Mein Ex hat mich mit einer total aufgebrezelten Schlampe betrogen, die Kundin in dem Kosmetikstudio ist.«

»In welchem Kosmetikstudio?« fragte Anita.

»Wo er arbeitet. Im *Fit und Frisch*. Er ist da Masseur.«

»Oh, da gehe ich auch immer hin«, sagte Frau Meise. »Ist das so ein großer, blonder junger Mann? Ich glaube, der hat mich auch schon massiert.«

»Ja«, seufzte Miriam. »Das kann er toll!«

»Ich war auch schon mal im *Fit und Frisch*, aber nur zum Körperpeeling«, erzählte Anita. »Massage war mir zu teuer.«

»Ich hab sie mir verschreiben lassen«, meinte Frau Meise. »Es gibt nichts Besseres. Aber es muß ein Mann machen. Die haben einfach mehr Kraft in den Händen.«

»Wie heißt der Kerl?« wollte Vinzenz wissen.

»Wer?« fragte Frau Meise irritiert.

»Der Masseur.«

»Wir wollten uns erst alle vorstellen«, mahnte Fabian.

»Nein«, sagte Vinzenz. »Mich würde das jetzt mit dem Masseur viel mehr interessieren.«

»Erst mußt du *deine* Trennungskiste aufmachen«, verlangte Anke.

»Nur, wenn er möchte«, warf Fabian ein.

»Dazu bin ich schließlich hier«, meinte Vinzenz mit kummervoller Stimme.

Meine Ohren wurden tellergroß. Jetzt kam's!

»Ich heiße Vinzenz Weberknecht, bin zweiundvierzig Jahre alt und Geschäftsführer in einem namhaften Belletristikverlag.«

Das war für mich nichts Neues. Für die anderen Anwesenden allerdings schon, was sofort zu ärgerlichen Verzögerungen führte.

»Wie heißt der Verlag?« wollte einer der Männer wissen, vermutlich Herr Vogel. Nein, doch eher der Typ mit den acht Dioptrien, denn die Stimme hatte ich bisher noch nicht gehört.

»Wo ich arbeite, tut hier nichts zur Sache«, erklärte Vinzenz kühl.

»Rein gar nichts«, pflichtete ich ihm murmelnd bei.

Doch Brillenschlange war anderer Ansicht. »Verlegen Sie auch Krimis? Von unbekannten Autoren? Ich hätte da zum Beispiel …«

»Vinzenz, erzähl uns von Dagmar«, rief Anke dazwischen.

Ja, dachte ich ungeduldig, erzähl uns endlich von ihr!

»Keine Namen«, verwahrte sich Vinzenz pikiert. »Sicher will niemand wissen, wie sie heißt.«

»Wieso denn nicht?« gab Anke patzig zurück. »Du wolltest ja auch den Namen von dem Masseur wissen!«

»Er heißt Sven«, warf Miriam ein. Sie fing an zu schluchzen, und dann hörte ich, wie eine Packung Tempos aufgerissen wurde.

»Oh, Scheiße«, sagte Vinzenz. »Dann ist es derselbe.«

»Welcher selbe?« wollte Anke begierig wissen.

»Der, mit dem Dagmar … Aber das geht dich nichts an.«

»Du meinst, sie hat dich mit dem Masseur betrogen?
Bist du etwa gar nicht der Vater?«

»Der Vater von wem?« fragte Herr Specht interessiert.

»Von dem Kind seiner schwangeren Sekretärin«, erklärte Anke.

»Nein, ich bin nicht der Vater«, sagte Vinzenz erschöpft.

Ich klammerte mich am Türstock fest, weil ich vor lauter Aufregung anfing zu schwanken. Vinzenz war gar
nicht der Vater! Ich dachte an die Stäbchenszene am
Abend meiner geplatzten Verlobung und mußte mir ge-
waltsam einen Aufschrei der Entrüstung verkneifen.

»Was bedeutet das?« rief Miriam mit tränenerstickter
Stimme, und dann ging ihr Schluchzen nahtlos in ein
schrilles Geheul über. »Kriegt diese Dagmar jetzt etwa
auch noch ein Kind von Sven?«

»Nein, den hat sie ja erst neulich kennengelernt«, murmelte ich vor mich hin, »der kann's nicht gewesen sein,
weil sie da schon im dritten Monat war.«

»Nein«, sagte Vinzenz, »es war nicht der Masseur, sondern irgend so ein Kerl, mit dem sie mich auch betrogen
hat. Im Herbst. Sie hat gesagt, sie hätte an dem Abend
ziemlich viel Wein getrunken. Es war nur ein One-Night-
Stand, aber ich hab einen Zettel von dem Kerl gefunden,
mit dem er sich bei ihr für die tolle Nacht bedankt hat …
Da hat bei mir was ausgesetzt …« Seine Stimme brach
plötzlich. »Das kann sich kein Mensch vorstellen, was das

215

für ein Gefühl ist, wenn man auf einmal hört, daß man über Monate hinweg zum Hahnrei gemacht wurde!«

»Deshalb sind wir alle hier«, sagte Fabian tröstend. »Laß deine Gefühle nur raus. Das ist unheimlich wichtig in dieser Phase der Trennung!«

»Wer ist eigentlich Dagmar?« fragte Herr Vogel irritiert. »Die Sekretärin oder die Masseuse? Und wem hat sie einen Zettel geschrieben?«

Er hatte eindeutig nicht richtig aufgepaßt. Im Gegensatz zu mir. Ich hatte alles genau gehört und fragte mich nun, woher das ungute Gefühl stammte, das sich plötzlich in mir ausbreitete. Wein? Herbst? One-Night-Stand? Zettel? Kam mir das nicht irgendwie bekannt vor?

»Der Krimi, an dem ich schreibe, spielt in einem kleinen Weinort im Elsaß«, erklärte der Achtdioptrientyp eifrig. »Ich bin schon beim achten Kapitel. Ich heiße übrigens Karl-Heinz. Mein Freund Markus hat mich verlassen und so einen schmierigen kleinen Friseur geheiratet.«

»Warte mal«, sagte Anke. Ihre Stimme klang eigentümlich schleppend. »Wann genau war das im Herbst?«

»Nein«, widersprach Karl-Heinz. »Es war im Mai. In Kopenhagen. Ich komme einfach nicht drüber weg.«

»Wann, Vinzenz?« beharrte Anke.

»Im September. Wieso?«

»Nur so«, sagte Anke kalt und merkwürdig unbeteiligt. »Weißt du vielleicht noch, was auf dem Zettel stand?«

»Ach, irgend so ein Scheiß mit Granaten und Explosionen. Es war zum Kotzen. Ich hab das Ding gleich weggeschmissen.«

»O nein, bitte nicht«, flüsterte ich entsetzt. »Lieber Gott, laß es nicht Hannes sein!«

Dann klingelte es an der Haustür, und vor Schreck

machte ich eine unbedachte Bewegung, bei der ich mit dem Kopf an den Türrahmen knallte. Möglichst geräuschlos löste ich mich von meinem Lauschposten und flitzte in Richtung Vestibül, doch ich hatte noch keine drei Schritte gemacht, als auch schon die Tür vom Therapieraum aufgerissen wurde.

»Karo?« fragte Fabian mißtrauisch. »Wolltest du was?«

Ich wich zurück. »Äh ... eben hat es geläutet. Ich muß aufmachen.«

Im Hintergrund hockten seine acht Klienten auf dem Fußboden und starrten mich befremdet an. Ich wich noch weiter zurück und machte die Haustür auf. Draußen stand Konrad, das männlich-hübsche Gesicht vor Kälte gerötet und ein erwartungsfrohes Lächeln auf den Lippen. Und eine riesengroße, funkelnagelneue Matratze vor sich herschiebend. Ich sprang zur Seite, als er das Ungetüm durch die Tür wuchtete und ins Haus schleppte. Mitten in der Halle blieb er stehen. »Guck mal, was ich dir mitgebracht habe!« rief er fröhlich aus. Dabei rieb er begeistert über die knisternde Plastikumhüllung. »Wenn du willst, können wir sie gleich auspacken und einweihen!«

Dann fuhr er zusammen, weil er merkte, daß wir nicht allein waren. Durch die weit offenen Flügeltüren des Therapieraumes musterten neun Augenpaare den Neuankömmling und sein Mitbringsel mit profundem Interesse.

Ich fühlte, wie mein Gesicht von brennender Röte überflutet wurde.

»Ähm ... das ist Konrad«, stieß ich schließlich mühsam hervor. »Konrad, das ist die Trennungstherapiegruppe, die jetzt immer montags und donnerstags hier stattfindet.«

217

Konrad starrte verdutzt die Versammlung an. »Angenehm«, murmelte er mechanisch. Dann fiel sein Blick auf Vinzenz, und Wut blitzte in seinen Augen auf.

»Was zum Teufel ...«

»Er macht bei der Therapie mit«, fiel ich ihm erklärend ins Wort. »Er hat sich nämlich letzte Woche wieder mal getrennt.«

Frau Meise ordnete diese Information ganz offensichtlich falsch ein.

»Der Mann kommt viel zu spät«, wandte sie sich kritisch an Fabian. »Das finde ich nicht korrekt den anderen Teilnehmern gegenüber. Und außerdem haben Sie nichts davon gesagt, daß man zur Therapie auch seine eigene Matratze mitbringen darf.«

Aus Karos Tagebuch

Mittwoch, 5. Januar 2000, 20.30 Uhr

Ich mache mir Sorgen um Anke. Seit dieser blöden ersten Therapiestunde ist sie still und in sich gekehrt. Sie trinkt mehr, als ihr guttut. Ich wage nicht, sie auf meinen Verdacht wegen Hannes und Dagmar anzusprechen, obwohl ich im Grunde überzeugt davon bin, daß sie schon längst auf dieselbe Idee gekommen ist. Trotzdem will ich nicht riskieren, Anke mit der Nase draufzustoßen, immerhin besteht die – leider nur verschwindend geringe – Wahrscheinlichkeit, daß sie ausnahmsweise mal weniger schnell geschaltet hat als ich. Mir ist bewußt, daß ich mir damit etwas vormache, denn sogar der letzte Trottel muß sofort die Parallelen erkennen, die darauf hindeuten, daß *Deren Ruhm wie der Tag leuchtet* und die Frau, die Hannes geschwängert hat, ein- und dieselbe Person sind. Und Anke ist alles andere als trottelig.

Dagmar scheint die geborene Sirene zu sein. Wo immer sie hintritt, bleiben Beziehungsleichen zurück. Nicht, daß es allein ihre Schuld wäre. Wie es so schön heißt: Wo gehobelt wird, fallen Späne. Keine Schwangerschaft ohne besagten Akt. Den sowohl Vinzenz als auch ganz offensichtlich Hannes mit Dagmar freudig vollzogen haben.

Anke weiß es, ich bin so gut wie sicher. Niemandem kann entgehen, wie es in ihr brodelt. In dem Fischfilet, das sie gestern gekocht hat, war außer dem Basilikum auch ungeheuer viel Pfeffer. Ich mußte hinterher mindestens zwei Liter Wasser trinken.

Ich habe das Gefühl, daß bald irgend etwas Schlimmes

passiert und traue mich deshalb nicht aus dem Haus. Um halb neun ruft Konrad an und fragt, wo ich bleibe. Wir haben uns für diesen Abend bei ihm zu Hause verabredet, doch wegen Anke wage ich es nicht, wegzugehen. Vorhin hat sie in der Küche gemeinsam mit Fabian den Abwasch vom Abendessen in die Spülmaschine geräumt, und ich habe zufällig eine Unterhaltung belauscht, die bei mir Alarmstufe Rot ausgelöst hat – und dabei habe ich nicht mal das Ende mitgekriegt, weil das Telefon geklingelt hat!

Anke: »Fabian, sag mal, kannst du dir vorstellen, jemanden zu therapieren, der einen Mord im Affekt begangen hat?«

Fabian: »Darüber habe ich mir noch keine Gedanken gemacht.« Pause, dann noch mal Fabian: »Weißt du, was ich dir die ganze Zeit schon sagen wollte?«

Anke: »Nein, keine Ahnung.«

Fabian: »Ich will dir nicht zu nahetreten.«

Anke, spöttisch: »*Das* wolltest du mir sagen?«

Fabian, verlegen: »Nein, ich wollte dir sagen, daß du einen wahnsinnig schönen Busen hast.«

Anke: »Ich dachte, du bist schwul.«

Fabian: »Das dachte ich eigentlich auch.«

Anke, großmütig: »Wenn du willst, darfst du meine Titten mal anfassen. Alle beide.«

Fabian, zittrig: »Oh! Ich ... Was machst du da ... Ach, du lieber Gott! Aaahhh!«

Exakt an dieser Stelle ruft Konrad an. In meiner Aufregung erzähle ich ihm sofort alles, doch seine Bestürzung hält sich in Grenzen. Zu meinem Ärger lacht er bloß. Er hat für meine Unruhe wenig Verständnis, und noch weniger Verständnis hat er dafür, daß ich deswegen unsere

Verabredung absagen will. Er meckert, weil er extra was gekocht hat. Und dann hat er tatsächlich die Frechheit, mich an unsere Abmachung zu erinnern! Wörtlich sagt er: »Du hast doch nicht etwa vor, unser Abkommen zu sabotieren, oder?«

»Moment«, sage ich mit knirschenden Zähnen, »willst du mir etwa damit drohen, im Falle meiner Unwilligkeit wieder auf meine Schwester zurückzugreifen? Das sieht dir ähnlich! Aber ich werde es zu verhindern wissen, du ... du Bock!«

»Bitte, Karo, Liebes, das war doch nur ein ...«

Ich lege einfach auf.

Donnerstag, 6. Januar 2000, 17.00 Uhr

Es wird immer schlimmer mit Roland. Seine klaren Momente scheinen seltener zu werden. Entweder liegt er schlaff und unzurechnungsfähig in seinem Schlafsack oder er hockt stöhnend auf dem Klo. (Zum Glück ist das Bad im Obergeschoß jetzt fertig, sonst wäre es nicht mehr auszuhalten!)

Zwischendurch entwickelt er krankhafte Aktivitäten, etwa, indem er mit berserkerhaften Hammerschlägen und unter tausend Flüchen diverse Möbel zusammenzimmert. Heute morgen beispielsweise hat er in einer Anwandlung von Arbeitswut eine Kommode und den großen Eßtisch aufgebaut. Danach hat er in einem Anfall geistiger Umnachtung die leeren Whiskyflaschen eingesammelt, sie zu einer Pyramide aufeinandergestellt und wie bei einer Schießbude auf dem Rummel mit Schuhen oder anderen Gebrauchsgegenständen aus meinem Chaosstapel nach

den Flaschen geworfen. Die Scherben hat er Fabian überlassen.

Im Laufe des Nachmittags hat er sich dann fast eine
ganze Flasche Whisky einverleibt, zum Teil wegen des
scharfen Essens (heute mittag hat Anke uns das feurigste
Paprikagulasch aller Zeiten aufgetischt), hauptsächlich
aber wegen des letzten Wendepunkts in seinem Drehbuch, der ihm einfach nicht gelingen will. Der Schlußteil
des Films muß von rasanter Spannung sein, meint Roland, nur hat er leider überhaupt keine Ahnung, woher
dieser dringend benötigte Drive kommen soll, denn er
behauptet, schon die beiden ersten Teile seien so gäh-
nend langweilig, daß er sie sich als Schlafmittel patentie-
ren lassen könnte. Er hat zwei Morde erfunden, einen im
ersten, einen im zweiten Akt, aber blöderweise immer
noch keine Ahnung, wer am Schluß der Täter sein soll.
Ich schlage ihm den Hausmeister vor, doch Roland meint,
der wäre ganz ungeeignet, weil er keine Sprechrolle hat
und außerdem nur in der Eingangssequenz vorkommt.

Daraufhin habe ich die kühne Idee, daß er den Krimi
Krimi sein läßt und einfach mal was ganz anderes
schreibt. Zum Beispiel eine Komödie. Da hätte er nicht
mal viel zu konstruieren. Er braucht sich ja bloß in seiner
unmittelbaren Umgebung umzusehen.

Donnerstag, 6. Januar 2000, 18.00 Uhr

Fabian scheint sein Othellosyndrom restlos überwunden
zu haben. Als Roland mir volltrunken anvertraut, daß er
unheimlich gerne mal wieder Sex mit einer Frau hätte, und
zwar am liebsten mit mir, verzieht Fabian keine Miene. Es

scheint ihm tatsächlich völlig gleichgültig zu sein. Später belausche ich ihn dabei, wie er Anke in der Küche fragt, ob sie sich vorstellen könnte, mal seinen Schwanz anzufassen, er würde furchtbar gerne wissen, wie es sich für ihn anfühlt, wenn eine Frau ihn da berührt. Daraufhin will sie wissen, ob er sich dazu ein Kondom überziehen oder lieber ohne Gummi angefaßt werden möchte.

Ich glaube, ich lebe in einem Irrenhaus.

Donnerstag, 6. Januar 2000, 18.30 Uhr

Jetzt weiß ich, daß ich in einem Irrenhaus lebe: Anke wühlt in den Küchenkisten, bis sie den Wetzstahl findet. Danach wetzt sie in der Küche selbstvergessen alle Messer, deren sie habhaft wird, mindestens ein Dutzend, und zwar mit einer Hingabe, die mich sofort an meinen PC treibt, wo ich in aller Eile eine E-Mail entwerfe. Ich will nicht, daß in meinem Haus ein Mord passiert, und die Vorstellung, daß meine beste Freundin jahrelang hinter Gittern schmachtet, zerreißt mir das Herz. Also gehe ich gleich online und schicke meine E-Mail an Hannes.

Wenn Dir Dein Leben lieb ist, komm nicht mehr her. Anke weiß alles (Dagmar!) und ist in einem absoluten Ausnahmezustand. Sie wetzt die Messer (keine Allegorie!). Bleib bitte weg. Es ist mein blutiger Ernst. Karo.

Donnerstag, 6. Januar 2000, 19.30 Uhr

Es klingelt, und ich rase zur Tür, um ein Menschenleben zu retten, für den Fall, daß es Hannes ist, der alle Vorsicht in den Wind geschlagen hat. Aber es ist weder Hannes noch ein zu früh gekommenes Trennungsopfer, sondern Konrad. Mit einer einzelnen roten Rose und einem kleinen, in Geschenkpapier eingewickelten Gegenstand springt er ins Vestibül, bevor ich ihm die Tür vor der Nase zuknallen kann.

Er hält mir mit bittender Miene seine Mitbringsel hin. Ich nehme wortlos beides entgegen, und Konrad nutzt sofort aus, daß ich keine Hand mehr frei habe. Er packt mich, drängt mich in der schon bekannten Manier gegen die Wand und küßt mich, bis ich am Rande einer Ohnmacht schwanke.

»Kannst du mir verzeihen?« fragt er anschließend, während er mich mit einer Hand stützt und mit der anderen die Rose aufhebt, die mir im Eifer des Gefechts runtergefallen ist.

»Wofür?« frage ich schwach zurück, haltsuchend an ihn geklammert. Und tatsächlich, ich habe längst vergessen, weswegen ich überhaupt sauer auf ihn sein sollte.

Immer noch ganz atemlos packe ich mein Geschenk aus. Es ist eine Kassette für die Stereoanlage in meinem Wagen, ein Sampler mit Musik aus den Siebzigern, lauter Lieblingslieder von mir. Konrad hat jeden Song einzeln überspielt, entweder von alten Platten, die er sich geborgt hat, oder von Oldies, die er aus dem Internet heruntergeladen, auf CD gebrannt und dann mühselig auf Kassette aufgenommen hat. Ganz befangen bedanke ich mich. Ich bin so überwältigt, daß ich am liebsten heulen möchte, denn ich kann mich nicht erinnern, wann ich das letzte Mal ein Geschenk bekommen habe, über das ich mich aus so tiefem Herzen gefreut habe wie über dieses hier.

Konrad lächelt mich an, und aus seinen Augen leuchtet die schiere Freude darüber, daß mir sein Geschenk gefällt.

Und in diesem Moment wird mir klar, daß mir genau das passiert ist, was ich befürchtet habe.

Ich bin rettungslos verliebt.

Wie erschlagen von dieser Erkenntnis stehe ich mitten in der Diele und starre auf meine Füße. Konrad sagt nichts, sondern nimmt nur ganz selbstverständlich meine Hand, und als wäre dies in diesem Moment das Natürlichste von der Welt, gehen wir zusammen in die Küche, wo ich die Rose ins Wasser stelle und Wasser für eine Kanne Tee aufsetze. Mit einem Ohr lausche ich ins Therapiezimmer, wo Anke und Fabian alles für die Sitzung vorbereiten, die gleich anfängt. Möglicherweise tun sie da drin auch noch was anderes, doch darüber kann ich momentan nicht nachdenken. Nicht in diesem Zustand. Auf einmal bin ich schrecklich aufgeregt, fast so wie damals mit dreizehn, als ich bis zum Wahnsinn in unseren Französischlehrer verknallt war und mich binnen drei Monaten von einer Fünf auf eine Eins gesteigert habe. Es ist ein Gefühl, als müßte ich nur einmal tief Luft holen, um abzuheben und dem Himmel entgegenzufliegen.

Donnerstag, 6. Januar 2000, 20.00 Uhr

Ich sitze mit Konrad in der Küche und trinke Tee. Wir sehen einander nur an und sagen nicht viel. Meine Aufregung hat sich zum Glück gelegt. Die Stimmung ist jetzt entspannt, fast träumerisch. Nicht einmal Vinzenz' Erscheinen bringt mich aus der Ruhe, obwohl er, als er zur Gruppentherapie eintrifft, ohne großes Federlesen in die

Küche marschiert kommt und eine Tasse Tee schnorrt, als wäre er hier immer noch zu Hause. Er trinkt ihn wie immer im Stehen, mit durchgedrücktem Kreuz und abgespreiztem kleinen Finger.

»Ist das nicht einer von unseren Bauarbeitern?« fragt er.

»Das ist Konrad Melchior«, versetze ich gelassen, »der Juniorchef der Baufirma, die für *mich* tätig ist.«

Vinzenz und Konrad starren einander an. Konrad erweist sich als Platzhirsch. Vinzenz' Schultern sacken resigniert herab, und er wendet den Blick zur Seite. »Ja, ja, es tut mir leid. Das möchtest du doch hören, oder? Daß ich mich vor dir erniedrige und dir was vorjammere?« Plötzlich fährt er zornbebend zu mir herum. »Was willst du denn noch? Daß ich zugebe, mich wie der letzte Idiot benommen zu haben? Daß ich eine Superfrau abserviert habe, weil ich mich unbedingt zum Fußabtreter für ein mannstolles Flittchen machen mußte? Das wissen doch sowieso schon alle!«

Fabian schaut herein. »Du, die Therapie findet drüben statt. Ich verstehe dein Bedürfnis, auch die Probleme aus länger zurückliegenden Trennungen aufarbeiten zu wollen, aber das hier ist vielleicht nicht der ideale Ansatz.«

»Scheißansatz«, murrt Vinzenz.

»Laß uns das drüben ausdiskutieren«, meint Fabian fröhlich. »Die anderen sind jetzt auch alle da.«

»Ich komm ja schon.« Vinzenz stellt mit trostloser Gebärde die leere Tasse in die Spüle. »Ich wohne übrigens momentan im Hotel«, teilt er mir trübselig mit. Dann sieht er sich prüfend um, als fiele ihm erst jetzt auf, wie groß dieses Haus doch ist.

Ich registriere es alarmiert und beschließe, eine Sprechanlage einbauen zu lassen. Oder noch besser, eine Videoüberwachung. Dann dürfen nur noch Leute ins Haus, die keinen Schlafsack und keine Reisetasche dabei haben.

Donnerstag, 6. Januar 2000, 22.00 Uhr

Wie nicht anders zu erwarten, sind Konrad und ich doch noch auf der neuen Matratze gelandet, die er am Montag mitgebracht hat. Sie ist frisch bezogen und liegt im Obergeschoß, in dem großen Zimmer, direkt vor dem Fenster. Hoch über uns, draußen am Nachthimmel, funkeln die Sterne, winzige Feuerpunkte auf schwarzem Samt. Ich liege in Konrads Armen, und wie Wachs durchlaufe ich verschiedene Aggregatzustände von nachgiebig über weich bis flüssig. Die Welt ist weit weg – bis zu dem Augenblick, in dem die Tür aufgeht. Das einfallende Licht der Dielenbeleuchtung spiegelt sich in einer Acht-Dioptrien-Brille, durch die der Störenfried eulenartig in die Dunkelheit des Zimmers glubscht.

»Karoline Valentin?« kommt es zaghaft.

Ich will gerade behaupten, daß er sich in der Tür geirrt hat, doch da ist Karl-Heinz auch schon ins Zimmer gestolpert. Im ersten Moment sieht es so aus, als trüge er einen Säugling in den Armen, doch bei näherem Hinsehen erkenne ich trotz der Dunkelheit, daß es sich bei dem Gegenstand um ein zerfleddertes Manuskript handelt. Karl-Heinz tritt näher und äugt kurzsichtig herum, und dann, als er in der Dunkelheit die Matratze ausmacht, tut er einen erschrockenen Satz rückwärts.

»Oh!« stammelt er. »Ich wußte ja nicht … Sie ruhen schon …«

»Von wegen Ruhe«, brummt Konrad.

Die Anwesenheit eines zweiten Matratzenbenutzers bringt Karl-Heinz erst recht aus dem Konzept. »Ich dachte wirklich nicht … Es tut mir ja so leid … Entschuldigen Sie bitte … Ich wollte nur ….« Er streckt mit einer flehenden Geste das Manuskript in meine Richtung.

Ich weiß genau, was er will. Einen Verleger. Anscheinend ist er bei Vinzenz nicht weitergekommen und hat rausgekriegt, daß ich gewissermaßen ebenfalls mit der Materie zu tun habe. Er ist ein Autor und gehört damit zu einem merkwürdigen Menschenschlag. Jemand, der Bücher schreibt, will nur das eine: verlegt werden. Karl-Heinz' Verzweiflung ist echt. Jedes Mittel ist ihm recht. Ich kann ihn verstehen und empfinde Mitleid. Schließlich habe ich genauso angefangen.

»Legen Sie es einfach bei der Tür ab. Ich schau's mir demnächst an und sehe, ob ich was tun kann. Aber ich kann nichts garantieren.«

Karl-Heinz tut wie geheißen und bedankt sich überschwenglich.

Als er weg ist, will Konrad verblüfft wissen, was der Typ eben da vorn bei der Tür deponiert hat. Ich erkläre es ihm, und dann erzähle ich ihm einiges über die Verzweiflung und die Hoffnung und die dunklen, dunklen Ängste von Autoren, woraufhin mein Geliebter in nachdenkliches Schweigen verfällt.

Plötzlich meint er leichthin: »Habe ich dir schon gesagt, daß du die Frau meines Lebens bist?«

Über diesen Scherz muß ich lachen und falle mit tausend Küssen über ihn her, doch irgendwo, ganz tief drin, ist mir nach seinen Worten ein wenig komisch zumute.

8

In den beiden folgenden Wochen verbrachte ich viel Zeit mit Konrad. Er schien nicht genug von mir bekommen zu können, und umgekehrt war es genau so.

Wir waren meist bei ihm in seiner Wohnung, weil wir dort ungestört reden und uns lieben konnten.

Binnen kürzester Zeit kannte ich seinen großen, kräftigen Körper so gut wie meinen eigenen. Ich liebte den Geruch seiner erhitzten Haut, das Gefühl seiner widerspenstigen Brustbehaarung unter meinen tastenden Händen, die lustvollen Geräusche, die er von sich gab, wenn er langsam in mich eindrang. Er ließ dabei immer ganz tief in der Kehle eine Art Brummen ertönen, so, wie ich mir einen liebestollen Grizzly vorstellte. Als ich es ihm einmal sagte, mußte er derartig lachen, daß er fast aus dem Bett gefallen wäre.

Wir redeten oft miteinander, über Gott und die Welt, und wir stellten dabei fest, wie häufig unsere Interessen übereinstimmten. Wir mochten dieselben Filme (Hongkong-Karate mit Bruce Lee und alte Hollywoodschnulzen mit Cary Grant, außerdem sämtliche Trash-Streifen mit Leslie Nielsen), und wir lasen beide notorisch beim Essen. Wir mochten frisch gezapftes Starkbier und haßten Weißwurst. Wir waren beide Langschläfer und liebten den Geruch von Dieselöl auf der Tankstelle.

Wir gewöhnten uns an, nachmittags zusammen Kaffee

oder Tee zu trinken und abends gemeinsam zu essen. Es stellte sich heraus, daß er gern und gut kochte, vor allem italienisch. Pasta mit Meeresfrüchten war seine Spezialität.

Konrad war ein unterhaltsamer, witziger Gesprächspartner und ein aufmerksamer Gastgeber. Immer hatte er eine gute Flasche Wein vorrätig oder genau die Eissorte, für die ich jeden anderen Nachtisch stehen ließ.

Besonders angetan war ich von Konrads Sinn für Humor. Wir beide liebten dieselben schrägen Witze, und wie ich war er ein eingefleischter Fan schwarzer Komödien. Einmal sahen wir uns zusammen einen besonders amüsanten, aber auch höchst makabren Film im Fernsehen an, *From Dusk Till Dawn*, ein rasantes Splattermovie, von einem erstklassigen Regisseur und hervorragenden Schauspielern in Szene gesetzt, eine absolut verrückte Story, über die wir beide lachten, bis uns die Seiten wehtaten.

Kurz, wir schienen in jeder Beziehung bestens miteinander zu harmonieren. Kein Wunder, daß mich bereits nach kurzer Zeit der Verdacht beschlich, daß er genau das für mich war, worüber er neulich im Bett mit mir gescherzt hatte: der Mann meines Lebens. Zu dem Zeitpunkt konnte ich noch nicht wissen, daß ich bald darauf ganz anderer Meinung sein sollte.

Der 15. Januar war ein Tag von einiger Bedeutung. Um es vorwegzunehmen: An diesem Tag merkte ich nicht, daß etwas Bedeutsames vorgefallen war – beziehungsweise nicht vorgefallen war. Das ging mir erst später auf.

Besagter Tag war ein Samstag, was ich deshalb noch genau weiß, weil an diesem Tag meine Periode fällig gewesen wäre. Das kann ich mit solcher Bestimmtheit sagen, weil ich meine Periode immer an einem Samstag bekam, und zwar schon, solange ich zurückdenken konnte. Meine Menstruation erfolgte immer ganz genau im Abstand von vier Wochen; ich wußte keinen einzigen Fall, in dem sie einmal zu früh oder zu spät gekommen wäre. Normalerweise funktionierte es immer nach demselben Muster: Ich stand an den besagten Samstagen morgens auf und fand eine winzige Blutspur in der Slipeinlage. Im Laufe des Vormittags setzte dann die Menstruation ein, die ganz regelmäßig fünf Tage andauerte.

Natürlich liegt auf der Hand, warum ich auf diesem Thema herumreite: An jenem Samstagmorgen stand ich auf und fand – nichts.

Nicht, daß es mir überhaupt aufgefallen wäre. Ich hatte mir vorher keine Minute lang Gedanken darüber gemacht, ob meine Periode pünktlich käme. Das hatte ich noch nie getan, und zwar deshalb nicht, weil sie eben *immer* pünktlich kam. Deshalb war ich auch in diesem Samstagmorgen nicht beunruhigt, weil ich gar nicht daran dachte, daß eigentlich an diesem Tag meine Periode hätte kommen müssen.

Es fiel mir nicht einmal am Montag auf. Und auch nicht am Dienstag. Erst am Mittwoch, als ich zum Einkaufen in den Supermarkt ging und an dem Regal mit den Binden vorbeikam, verschwendete ich in diesem Jahrtausend den ersten Gedanken auf das leidige Thema Menstruation, doch nicht etwa, indem ich entsetzlich erschrak, sondern indem ich mir eine Packung Binden in den Einkaufswagen legte. Für den kommenden Samstag, an dem, wie ich zu der Zeit irrtümlich meinte, meine Periode wieder mal fällig war.

Ich packte meine Einkäufe in Tüten, trug alles zum Wagen und fuhr nach Hause.

Und erst dann, beim Einräumen, passierte es. Ich legte das Paket mit den Binden ins Badezimmerregal, um sie am Samstag gleich griffbereit zu haben – und blieb mit erhobener Hand stehen. Ich starrte die Packung an, und dann schloß ich die Augen. Mir war eben eingefallen, wann ich die letzte Periode gehabt hatte. Es war in der Woche vor Weihnachten gewesen, daran erinnerte ich mich genau. Ich hatte meine Monatsbinden nicht gefunden und statt dessen Servietten benutzt. Das war – ich rechnete hektisch – länger her als vier Wochen.

»Oh-oh«, sagte ich, dann ließ ich mich kraftlos auf den zugeklappten Toilettendeckel fallen. Dabei fragte ich mich, ob es auch nur eine einzige Frau im ganzen weiten Erdenrund gab, die naiver war als ich. Hatte ich mich vielleicht durch Konrads gewaltigen Kondomverbrauch in den letzten Wochen in Sicherheit wiegen lassen? So mußte es wohl sein. Anscheinend hatte mein Unterbewußtsein mir seitdem fleißig suggeriert, daß bei soviel Schutz ja gar nichts passieren konnte. Anders konnte ich mir nicht erklären, wieso ich mir kein einziges Mal über unser hitziges erstes Zusammentreffen in der Silvesternacht den Kopf zerbrochen hatte, frei nach dem Motto: Einmal ist keinmal.

Dabei weiß schließlich jedes Kind, daß einmal reicht!

Ich wußte es natürlich auch. Doch ich hatte seither keinen Gedanken daran verschwendet. Auf die Idee, daß meine metaphysische Erfahrung in der Silvesternacht außer einem feuchten Slip auch noch andere konkrete Folgen zeitigen konnte, war ich dämlicherweise nicht gekommen.

Ich rappelte mich von der Toilette hoch und spritzte mir Unmengen kaltes Wasser ins Gesicht, um besser überlegen zu können, wie es jetzt weitergehen sollte. Doch ich brachte keinen klaren Gedanken zustande. In meinem Kopf herrschte gähnende Leere.

Deshalb ging ich erst mal in die Küche, um mir auf den Schreck einen doppelten Whisky einzugießen. Doch dann besann ich mich, denn ich las auf dem Flaschenetikett, wie hoch der Alkoholgehalt war. Für den Fall der Fälle sollte ich auf Hochprozentiges lieber verzichten, jedenfalls so lange, bis ich wußte, woran ich war. Man konnte ja nie wissen.

Statt dessen kochte ich mir zur Beruhigung einen Kamillentee. Inzwischen konnte ich wieder denken, wenn auch nicht besonders gut. Mir schoß immer dasselbe durch den Kopf: Noch ist nichts entschieden! Es kann alles mögliche sein! Man hört ja so vieles, von der einfachen Regelstörung über die Scheinschwangerschaft bis hin zum plötzlichen Einsetzen der Wechseljahre!

Anke kam in die Küche, um nach dem Makkaroni-Auflauf zu schauen, der im Ofen schmurgelte und die köstlichsten Gerüche im Haus verbreitete. Sie zog die Form hervor und streute geriebenen Käse auf die brutzelnden Nudeln. Dabei gab sie ein melodisches Summen von sich, was auf eine passable Tagesform hindeutete. Allerdings konnte das auch täuschen, denn Anke war nach wie vor häufigen Stimmungsschwankungen unterworfen; an manchen Tagen wirkte sie fröhlich, an anderen eher depressiv. Wenn sie gut drauf war, zauberte sie die feinsten lukullischen Genüsse für uns alle – auch für Konrad, wenn er zu Besuch hier war. War sie schlechter Laune, stolzierte sie wie ein wütendes Raubtier auf und ab und geizte nicht mit zornigen Bemerkungen. Oder sie schaute mir, wenn ich an meinem Wikingerroman schrieb, über

die Schulter, um an meinen Formulierungen herumzu-
meckern oder sich über die wunderbar leidenschaftliche
Liebe der Protagonisten lustig zu machen.

Dann wieder lag sie stundenlang auf der Matratze in
meinem Schlafzimmer, trank Sherry, Wein oder Whisky
und litt stumm vor sich hin.

Hannes hatte meine E-Mail beherzigt und sich nicht
mehr blicken lassen, was ich ihm hoch anrechnete, denn
ich war der Meinung, daß Anke nur Abstand gewinnen
konnte, wenn er sie für eine Weile in Ruhe ließ. Sie selbst
sollte den Zeitpunkt einer Aussprache bestimmen – so-
fern es überhaupt jemals dazu kommen sollte.

Ich mochte mich täuschen, doch insgesamt kam es mir
vor, als ob es ihr seit einer Woche wieder ein wenig besser ging. Auch beruflich lief bei ihr alles in einigermaßen
geordneten Bahnen. Sie hatte in den beiden ersten Januar-
wochen drei Aufträge gehabt, zwei Hochzeiten und eine
Taufe. Für die nötigen Vorarbeiten hatte sie kurzerhand
meine Küche samt Inventar requiriert, weil sie auf keinen
Fall länger Hannes Restaurantküche mitbenutzen wollte.
Immerhin durften Fabian, Roland und ich uns als Pro-
bierköche betätigen und kamen auf diese Weise in den
Genuß einiger köstlicher Menüs. Besonders Fabian sparte
nicht mit begeistertem Lob.

Die Beziehung der beiden war im übrigen ein Kapitel
für sich. Ich wußte nicht genau, wie weit ihre Verbindung
inzwischen gediehen war, weil ich nicht alles mitkriegte,
was sie so trieben – obwohl ich mir wahrhaftig Mühe
gab, auf dem laufenden zu bleiben. Mein Ohr war vom
vielen Lauschen schon ganz schwielig. Immerhin schienen sie noch nicht bis zum Äußersten vorgestoßen zu
sein, was ich aus einer Unterhaltung schloß, die ich vor-

234

gestern in Fragmenten aufgeschnappt hatte. Fabian, der ja vor jeder Handgreiflichkeit erst fragte, ob Anke damit einverstanden war, hatte allem Anschein nach wieder mal irgend etwas von Anke gewollt – was genau, hatte ich leider nicht verstanden. Daraufhin hatte sie gemeint, so weit wäre sie noch nicht. Ich fragte mich, was es diesmal war. Es mußte schon mehr sein als Schwanz- und Tittengrabschen, weil sie das ja schon gemacht hatten. Vielleicht ein Zungenkuß? Obwohl es mir so vorgekommen war, als hätten sie auch das schon ausprobiert. Anke war neulich so merkwürdig erhitzt aus dem Keller gekommen, wo sie mit Fabian nach alten Einmachgläsern gesucht hatte.

Anke klappte den Backofen zu. »Noch zehn Minuten. Wir können schon den Tisch decken.« Sie holte Besteck aus der Schublade und nahm einen Stapel Teller aus dem Schrank. Dann schnupperte sie an der Teekanne, die auf der Anrichte stand. »Kamillentee? Bist du krank?«

»Nicht direkt«, meinte ich nervös. Ich war alles andere als überzeugt, daß Anke in der Gemütsverfassung war, sich mit meiner überfälligen Periode auseinanderzusetzen.

»Was heißt nicht direkt?« wollte sie wissen. »Kann man auch indirekt krank sein?« Sie lachte.

Da sie lachte, mußte sie gut drauf sein. Ich beschloß, es zu wagen. Wenn ich nicht mit meiner allerbesten Freundin darüber reden konnte, mit wem dann?

Ich räusperte mich kräftig, dann stieß ich hervor: »Ich bin seit Samstag überfällig.«

Anke ließ sich mir gegenüber auf einen Stuhl sinken und starrte mich an. Ich starrte beklommen zurück, in der Befürchtung, gerade eben einen schweren Fehler begangen zu haben. Womöglich hatte ich mit dieser Information einen akuten neurotischen Schub bei ihr ausgelöst!

Doch zu meiner Erleichterung schielte sie weder nach scharfen Messern noch nach Papiertaschentüchern. Sie reagierte denkbar normal.

»Hast du einen Test gemacht?« fragte sie aufgeregt.

Ich schüttelte verlegen den Kopf.

»Was?« rief sie aus. »Du bist seit Samstag überfällig und hast noch keinen Test gemacht? Hast du schon mit Konrad geredet?«

»Ich hab's doch selbst erst gerade gemerkt.«

Sie zählte an den Fingern die Tage ab. »Samstag ... Das war der Fünfzehnte. Minus zwei Wochen. Plus minus zwei Tage, höchstens ... Dann muß es ziemlich am Anfang passiert sein.«

Ich nickte. »Es war gleich in der ersten Nacht. An Silvester.«

Ihre Augen blitzten. »Ist euch ein Kondom geplatzt?«

Ich schaute betreten in meinen Kamillentee. »Wir haben beim ersten Mal nicht dran gedacht. Wir waren irgendwie zu ... wild.«

»Kommt mir sehr bekannt vor«, murmelte sie.

Ich wartete ängstlich auf Anzeichen einer Explosion – schließlich war genau dieses Thema wochenlang Ankes neuralgischer Punkt gewesen –, doch sie machte keine Anstalten, in irgendeiner Form auszurasten.

Zu meiner Überraschung lächelte sie sogar. »Ein Millenniumsbaby! Gezeugt an der Schwelle eines neuen Zeitalters!«

»Ich bin doch noch gar nicht sicher«, protestierte ich.

Anke schnalzte mit der Zunge. »Ich weiß, daß du noch nie einen einzigen Tag drüber warst, Karo.« Dann beugte sie sich vor und sah mich ehrlich besorgt an. »Wie fühlst du dich überhaupt?« Sie suchte nach Worten, dann fügte sie hinzu: »Ich meine, emotional und so?« Gestikulierend fuhr sie fort: »Was ich eigentlich wissen möchte: Falls der Test positiv ausfällt – gibt es da für dich ein Dilemma?«

Ratlos zuckte ich die Achseln. »Darüber hab ich ehrlich gesagt noch nicht nachgedacht. Ich hab gerade vor zehn Minuten gemerkt, daß ich überfällig bin. Wahrscheinlich muß ich erst mal meine Gefühle sortieren.«

»Nein, erst mal mußt du in die Apotheke.« Sie stand entschlossen auf und machte den Backofen aus. »Essen können wir auch später noch. Ich komme natürlich mit.«

»Meinst du nicht, daß es viel zu früh für einen Test ist?« fragte ich während der Fahrt.

»Keine Ahnung. Wir lassen uns beraten. Vielleicht kaufe ich mir ja auch gleich einen Test. Nur so, für alle Fälle.«

Ich überfuhr um ein Haar eine rote Ampel, dann lenkte ich den Wagen mit quietschenden Bremsen rechts an den Straßenrand und hielt an.

»*Was* hast du gerade gesagt?«

Sie wurde rot. »Daß ich vielleicht auch bald einen Test mache.«

»Sag das noch mal.«

»Du hast es genau verstanden.«

»Heißt das, du und Fabian ... Aber du hast doch zu ihm gesagt, du bist noch nicht so weit!«

Sie hob die Brauen. »Du hast gelauscht.«

Ich senkte beschämt den Kopf. »Nur das eine Mal.«

»Lüg nicht. Du bist die Neugier in Person. Ich kenne nur einen Menschen, der neugieriger ist als du.« Sie grinste breit. »Ich selber.«

»Du hast mit ihm geschlafen!«

»Nicht nur einmal.«

»Erzähl«, sagte ich begierig. »Wie war es mit ihm?«

Sie zuckte die Achseln. »Ganz süß, irgendwie. Er war ja sozusagen noch Jungfrau. Es ging ein bißchen zu schnell. Aber daran arbeiten wir noch.« Sie lächelte verschmitzt. »Er ist unheimlich lernwillig.«

Meine Verwirrung wuchs. »Aber ich versteh das nicht … Wenn du schon mit ihm geschlafen hast … Wieso hast du dann zu ihm gesagt, du wärst noch nicht soweit?«

»Er will mit mir zusammenziehen, Karo.«

Ich prustete los, hörte aber sofort damit auf, als ich begriff, daß es kein Scherz gewesen war. »Das glaub ich nicht«, entfuhr es mir.

»Es ist aber so«, erwiderte Anke ruhig.

»Du liebe Zeit!« Ich war bestürzt. »Der Typ ist doch stockschwul!«

»Wenn überhaupt, dann ist er bi«, erklärte sie sachlich, »genau wie Roland. Und wie viele, viele andere Männer auch. Offen gestanden wäre das für mich kein Grund, nein zu sagen.«

Ich war völlig fassungslos. »Soll das heißen, du ziehst ernsthaft in Erwägung, sein Angebot anzunehmen? Du würdest zusammenleben mit diesem … diesem …«

»Karo«, fiel Anke mir wütend ins Wort, »ich finde, du machst dir ziemlich viele falsche Vorstellungen. Und damit meine ich nicht bloß deine Vorurteile gegenüber Schwulen, sondern speziell gegenüber Fabian. Ich glaube, du willst nicht recht wahrhaben, was für ein Mensch er wirklich ist.«

»Dann klär mich doch bitte auf«, meinte ich bissig.

Sie seufzte. »Du willst es doch gar nicht hören. Aber gut. Ich will's versuchen: Er ist liebevoll, zärtlich, einfühlsam, intelligent, hilfsbereit, loyal, gutmütig …«

»Hör auf, das reicht«, wehrte ich ab. »Wenn er so toll ist – warum heiratest du ihn nicht vom Fleck weg? Soweit ich dich vorhin richtig verstanden habe, besteht ja sogar die Möglichkeit, daß du von ihm schwanger bist!« Ich hielt inne. »Hast du es darauf angelegt?« wollte ich dann wissen.

»Nein, es ist nur einmal ohne passiert, in der Hitze des Gefechts, genau so wie bei dir und Konrad«, gab sie zu.

Und wie bei Hannes und Dagmar, dachte ich bei mir.

»Bist du schon über die Zeit?«

»Ach, Blödsinn, ich bin erst nächste Woche dran. Wahrscheinlich ist auch gar nichts passiert. Es war nicht der passende Zyklustag.«

»Und wie soll das mit dir und Fabian jetzt weitergehen?«

»Ich bin über die Sache mit Hannes noch nicht hinweg«, sagte Anke niedergeschlagen. »Ich träume ziemlich viel von ihm. Manchmal wache ich nachts heulend vor Glück auf, weil ich geträumt habe, daß alles nur ein Versehen war. Dann wieder träume ich, daß er tot ist, und ich könnte verrückt werden vor Kummer. Es ist leider so, daß ich immer noch ziemlich durcheinander bin.«

Betroffen erwiderte ich ihren Blick. »Oh, Anke, das muß ja furchtbar für dich sein!«

»Du hast letztes Jahr doch dasselbe durchgemacht.«

»Ach, das hab ich alles schon wieder verdrängt. Jetzt hab ich ja Konrad.«

»Und ich Fabian.« Sie zögerte. »Ich glaube, es geht mir vielleicht sogar ganz allmählich wieder besser.«

Also hatte mein Eindruck mich nicht getrogen. Doch dafür fiel mir plötzlich ein anderer Aspekt dieses ganzen Verwirrspiels auf, den sie bislang unerwähnt gelassen hatte.

»Moment mal.« Ich runzelte die Stirn. »Was ist mit Roland? Weiß er das mit dir und Fabian überhaupt?«

Anke sah mich überrascht an. »Zwischen den beiden ist es vorbei. Wußtest du das nicht?«

Ich starrte sie an. »Nein. Woher auch? Es hat mir niemand gesagt.«

»Du warst die letzte Zeit kaum zu Hause«, gab Anke zu bedenken.

Richtig. Weil ich gezwungen war, mein Liebesleben woanders zu pflegen, da sich in meinem – wohlgemerkt: *meinem*! – Haus schon eine verrückte Wohngemeinschaft breitmachte, die anscheinend fortwährend damit beschäftigt war, *Bäumchen-Bäumchen-wechsle-dich* zu spielen. Doch diesen Hinweis verkniff ich mir. Statt dessen fragte ich: »Wie ist es denn dazu gekommen?«

»Fabian wollte klare Verhältnisse. Er hat sich in mich verliebt und hat es Roland ganz offen gesagt. Vor drei Tagen.«

»Und was hat Roland gesagt?«

»Nicht viel.«

»Wieso nicht?«

»Er war total besoffen«, räumte Anke ein. »Aber auf jeden Fall leben die beiden jetzt getrennt.«

Ich legte die Fingerspitzen an die Schläfen. Hatte ich vorhin nicht richtig aufgepaßt? War mir da eben ein wesentlicher Punkt entgangen? Ich versuchte, meine Frage möglichst diplomatisch zu formulieren, doch dann platzte ich unvermittelt mit dem Satz heraus, der mir als erstes in den Sinn kam.

»Wie können sie getrennt leben, wenn sie noch alle beide da sind?«

»Na ja. Du schläfst ja jetzt immer oben auf deiner

neuen Matratze, wenn du überhaupt mal da bist. Roland pennt nach wie vor im Wohnzimmer in seinem Schlafsack. Und Fabian …« Sie verstummte errötend, doch ich erriet es auch so. Fabian teilte vermutlich mit Anke meine alte Matratze in meinem Schlafzimmer. Abends, sobald ich meinen PC ausgeknipst und zu Bett gegangen war. Und tagsüber, wenn ich bei Konrad war.

Blieb nur noch eins zu klären. »Wenn die zwei sich jetzt quasi offiziell getrennt haben, verstehe ich nicht, wieso sie überhaupt noch da sind.«

Anke hüstelte verlegen. »Ich bin noch da, weil ich nicht weiß, wo ich sonst wohnen soll. Jedenfalls nicht auf die Schnelle.«

»Dich meine ich doch gar nicht. Du bist jederzeit herzlich willkommen und kannst bleiben, solange du willst! Das weißt du genau!«

»Äh … Fabian ist meinetwegen noch da.«

Na gut. Das mußte ich wohl akzeptieren, wenn ich mir nicht Feinde fürs Leben schaffen wollte. Was Roland betraf, so war er wahrscheinlich deswegen noch da, weil ich es nicht schaffte, ihn rauszuschmeißen.

Aus diesem ganzen Durcheinander sollte noch ein Mensch schlau werden.

Der Apotheker meinte, daß der Test frühestens am Tag nach dem Ausbleiben der Periode zuverlässige Ergebnisse brachte, doch Anke kaufte vorsorglich trotzdem auch einen für sich selbst.

»Du möchtest wohl ganz gerne ein Kind, oder?« fragte ich mit gemischten Gefühlen.

»Furchtbar gern«, gab sie zu.

»Und wer der Vater ist, spielt keine Rolle?«

»Ich bin die Mutter«, entgegnete sie patzig. »Das ist alles, was zählt.«

Zu Hause bestand sie darauf, daß ich sofort auf die Toilette ging. Sie wollte zusehen.

Wir mußten ins Obergeschoß ausweichen, weil Roland unten auf dem Klo hockte.

Dann saß ich oben auf der Toilette, das Stäbchen unterm Hintern, und konnte nicht pinkeln.

»Es geht nicht«, sagte ich kläglich.

Anke wußte Rat. Sie drehte das Wasser am Waschbecken an.

»Das hat meine Mutter früher auch immer gemacht, wenn ich kein Pipi konnte. Versuch's noch mal.«

Ich versuchte es, doch es klappte nicht.

»Vielleicht funktioniert es besser, wenn du rausgehst«, wagte ich vorzuschlagen.

»Kommt nicht in Frage. Ich will alles genau mitkriegen, damit ich weiß, wie es nächste Woche bei mir funktioniert.«

Sie ließ einen Zahnputzbecher voll Wasser laufen und reichte ihn mir. »Da, trink aus. Auf einen Zug. Dann läuft es gleich wie geschmiert.«

Ich trank gehorsam das Wasser in einem Zug hinunter und wartete. Und wartete.

»Ich glaube, jetzt kommt schon ein Tröpfchen«, rief ich aufgeregt.

»Nein, bloß nicht!« schrie Anke. »Wenn du nur ein Tröpfchen kannst, laß es lieber sein!« Sie hielt mir hastig die Gebrauchsanleitung für den Schwangerschaftstest vor die Nase. »Hier steht, daß es ein Strahl sein muß! Ein kräftiger Strahl!«

»Dann muß ich bis heute abend warten«, sagte ich. »Ich

war vorhin noch auf dem Klo, bevor wir zur Apotheke gefahren sind.«

Doch das wollte Anke nicht gelten lassen. Sie verabfolgte mir drei weitere randvolle Zahnputzbecher und drehte dann den Hahn auf und zu, bis das Plätschern des Wasserstrahls in ihren Ohren anregend genug klang.

»Das hört sich jetzt gut an, oder?«

»Ja«, antwortete ich nervös. »Ich glaube, es wirkt.«

»Mach nur, wenn du richtig kannst«, warnte sie mich.

»Ich glaube, ich kann.«

Von draußen klopfte es an der Tür. »Karoline?« rief es energisch.

»Oh, Shit, das ist meine Mutter«, zischte ich.

»Ich hab's gar nicht klingeln hören«, zischte Anke zurück.

»Sie hat einen Schlüssel.«

»Aber sie ist doch noch nie hiergewesen!«

»Dann muß es ein Notfall sein«, flüsterte ich beklommen.

»Karoline! Ich muß unbedingt mit dir sprechen!«

»Oh, Himmel, ich muß pissen«, wisperte ich.

»Dann mach! Ich lenk sie schon ab!«

»Wie denn? Du bist doch hier drin!«

»Karoline!« rief Mama empört. »Ich weiß genau, daß du da drin bist! Warum antwortest du nicht?«

»Ich bin auf dem Klo!« brüllte ich.

»Beeil dich bitte! Ich warte hier vor der Tür!«

Und sofort hatte ich wieder Ladehemmung. »Ich kann nicht mehr«, informierte ich Anke flüsternd.

»Mist«, meinte sie unterdrückt.

»Wir probieren es nachher noch mal«, versprach ich.

Dann drückte ich mehrmals die Spülung, um meinem

243

Aufenthalt in dieser Lokalität eine authentische Note zu verleihen. Anke versteckte sich nach einer kurzen pantomimischen Verständigung in der Ecke hinter der Tür, und ich tat so, als käme ich von einer längeren Sitzung.

»Tag, Mama«, tönte ich jovial, während ich die Tür öffnete.

Meine Mutter betrachtete mich irritiert. »Läßt du immer das Wasser laufen, wenn du auf der Toilette bist?«

»Ach, das hab ich ganz vergessen!« Ich lächelte verbindlich und streckte die Hand aus, um den Hahn zuzudrehen, eifrig bemüht, meiner Mutter die Sicht ins Badezimmer zu versperren.

»Das ist ja richtig nett geworden«, meinte sie beifällig. Sie reckte den Kopf. »Diese Fliesen sind wirklich ganz ausgefallen schön!« Und zu meinem Entsetzen schob sie sich an mir vorbei ins Bad, um die frisch renovierte Pracht aus nächster Nähe bewundern zu können.

Als ihr Blick auf Anke fiel, die sich hinter der Tür in die Ecke quetschte, erstarrte sie. Anke grinste dämlich vor lauter Verlegenheit, doch meine Mutter konnte an der Situation nichts Lustiges entdecken. Im Gegenteil.

»Ich wußte es«, sagte sie mit zitternder Stimme. »Als ich vorhin ins Haus kam, dachte ich, daß der äußere Anschein täuscht. Aber es ist genau das, wonach es aussieht. Ein Sodom und Gomorrha, wohin man schaut!«

»Sekunde mal«, begehrte ich auf, doch Mama war noch lange nicht fertig.

»Matratzen und Kisten wie in einem Zigeunerlager! Es ist ein einziges Chaos! Überall! Und im Ofen vergammelt das Essen!«

»Das ist Makkaroni-Auflauf«, protestierte Anke, »den kann man prima noch mal aufwärmen!«

Der Blick meiner Mutter saugte sich an dem Gegenstand fest, den Anke in den Händen hielt. Es war zufällig die Packung mit dem Schwangerschaftstest. Mein eigener lag auf dem Spülkasten der Toilette. Auch der entging Mamas Argusaugen nicht.

»Oh, du lieber Himmel!« flüsterte sie, schieres Grauen im Blick.

»Es ist nicht das, was du denkst!« rief ich begütigend.

»Was ist es dann? Eine Attrappe? In meinen Augen sieht das aus wie ein Schwangerschaftstest. Ist es einer oder nicht?«

»Eigentlich eher zwei«, meinte Anke. »Einer für mich, und einer für …«

»Verräterin«, fauchte ich.

»Deine Mutter ist doch nicht blöd«, verteidigte sich Anke.

»Nein«, giftete Mama, »das ist sie keineswegs!«

Mama verlangte, daß ich den Test sofort und in ihrem Beisein anwendete, doch dazu war ich völlig außerstande. Schlimmer noch – ich hatte sogar das untrügliche Gefühl, nie wieder Wasser lassen zu können.

Anke bestand darauf, daß als nächstes ihr Auflauf gegessen wurde. Meine Mutter betrachtete sich als eingeladen. Sie würde keinen Schritt aus dem Haus tun, erklärte sie, ohne vorher das Ergebnis des Tests persönlich in Augenschein genommen zu haben. Außerdem hatte sie eine ungeheuer dringende Angelegenheit mit mir zu besprechen, die keinen Aufschub duldete. Also setzten wir uns alle an den großen Eßtisch, der mittlerweile im Wohnzimmer stand.

»Warum steht der Tisch nicht im Eßzimmer?« fragte

Mama mit hochgezogenen Brauen, während Anke und Fabian schweigend den Tisch deckten.

Ich hätte ihr sagen können, daß das Eßzimmer für die Therapiestunden leerbleiben mußte, die immer noch zweimal die Woche hier stattfanden, doch ich ahnte, daß das meine Mutter noch mehr aufgebracht hätte. Sie befand sich ohnehin schon am Rande ihrer Nervenkraft. Wenn sie das Haus letzte Woche besichtigt hätte, wäre sie wahrscheinlich sofort zusammengebrochen. Inzwischen sah es nicht mehr ganz so wüst aus, denn irgend jemand (Fabian?) hatte sich dazu durchgerungen, einen Teil der Sachen, die ständig im Wohnzimmer herumflogen, in die von Roland aufgebauten Schränke und Kommoden zu verfrachten – allerdings ohne bestimmtes System. Sobald ich etwas brauchte, mußte ich mich wie ein Maulwurf durch Schubladen und Schrankfächer wühlen.

»Sie kommen mir bekannt vor, junger Mann«, sagte meine Mutter zu Fabian.

»Ich heiße Fabian.«

In der Ecke stöhnte es laut. Mama schrie entsetzt auf und deutete auf den unförmigen Nylonklumpen. »Was ist das!«

»Das ist Roland«, sagte Fabian. »Roland, du kannst aufstehen. Essen ist fertig.«

Roland kämpfte sich zerknautscht, verkatert und hodenkratzend aus seinem Schlafsack, brummte einen Gruß und verschwand in Richtung Klo.

»Karoline«, sagte Mama mit schwankender Stimme, »bitte sag mir, daß du nicht wieder mit ihm zusammenwohnst!«

»Na ja. Er wohnt sozusagen hier. Aber nicht mit mir.«

246

Mamas stechender Blick fiel auf Fabian. Anscheinend wußte sie jetzt wieder, warum er ihr bekannt vorgekommen war. Anke brachte den Auflauf herein.

»Trink viel Wasser dazu, Kind«, befahl Mama mir. Unter gesenkten Lidern beargwöhnte sie Roland, der gerade gekämmt und flüchtig gewaschen aus dem Badezimmer kam, sich auf einen Stuhl fallen ließ und mechanisch begann, Auflauf in sich hineinzuschaufeln. »Gut«, meinte er mit vollem Mund.

»Danke«, sagte Anke.

»Karo, oben in deinem Schlafzimmer lag ein Manuskript«, sagte Roland.

»Ich weiß«, erwiderte ich mit schlechtem Gewissen. »Ich hab jemandem versprochen, es zu lesen, aber ich bin noch nicht dazu gekommen.«

»Ich hab mal reingeschaut. Es ist gut. Von wem stammt es?«

»Von Karl-Heinz aus Fabians Gruppe. Das ist der große Dünne mit der dicken Brille. Du solltest ihn aber erst fragen, ob du es lesen darfst.«

»Mach ich.« Roland nahm sich einen Nachschlag.

Anke schob mir das Mineralwasser über den Tisch entgegen. »Nimm noch einen Schluck Wasser, Karo.«

Ich fühlte, wie all das Wasser, das ich schon im Badezimmer hinuntergestürzt hatte, in meinem Magen herumschwappte. »Ich habe überhaupt keinen Durst«, murmelte ich.

»Ich wußte gar nicht, daß du schwanger bist, Karo«, meinte Fabian interessiert.

Roland verschluckte sich an einem Bissen Auflauf. »Du kriegst ein Kind?«

»Ich muß erst einen Test machen«, sagte ich wütend.

247

»Und genau das habe ich jetzt vor. Allein und ungestört.« Dann stand ich auf. »Entschuldigt mich bitte.«

Ich ging nach oben ins Badezimmer.

Meine Hand zitterte, als ich das Stäbchen festhielt, doch mein Urinstrahl ließ diesmal nichts zu wünschen übrig. Ich konnte gar nicht mehr aufhören.

Anschließend wartete ich drei Minuten mit geschlossenen Augen. Um mich herum drehte sich alles. Dann riß ich die Augen wieder auf – und sah den blauen Streifen. Der Test war positiv. Benommen kam ich aus dem Bad – und fand mich Auge in Auge Anke gegenüber.

»Und?« rief sie aufgeregt.

Ich nickte langsam.

»Freust du dich?« fragte sie mit leuchtenden Augen.

»Ich weiß nicht so recht«, sagte ich zögernd. Und dann, ganz langsam, merkte ich, wie ein warmes Gefühl in mir aufwallte. Ich bekam ein Baby!

»Ja, ich freue mich«, sagte ich leise.

»Oh, Karo!« Anke umarmte mich in heftigem Gefühlsüberschwang.

Mein Herz klopfte schneller, denn mir war ein bißchen bange davor, was Konrad sagen würde. Schließlich war das Kind nicht geplant, weder von ihm noch von mir. Ob er sich ein Leben als Vater vorstellen konnte? Nun, ich würde es bald wissen.

Mama kam die Treppe hoch, und ihr Gesichtsausdruck verhieß nichts Gutes.

Grimmig betrachtete sie das Teststäbchen. »Demnach werde ich also Großmutter.«

Ich nickte und lächelte albern.

Sie schien es nicht im mindesten komisch zu finden.

Ernst legte sie mir die Hand auf die Schulter. »Du mußt jetzt stark sein, Kind.«

»Stark?« wiederholte ich verblüfft.

»Oh, bitte sagen Sie nicht, daß Karo irgendeine schreckliche Erbkrankheit hat!« rief Anke entsetzt.

Mama bedachte sie mit ärgerlichen Blicken. »Unsere Familie ist gesund wie ein Stall voller Pferde.«

Anke atmete erleichtert auf. »Dann ist ja alles in Ordnung.«

»Nichts ist in Ordnung.« Mama wandte sich zu mir und meinte mit Grabesstimme: »Deine Schwester hatte Geschlechtsverkehr.«

Anke kicherte, doch ich brachte sie mit einem wütenden Blick zum Schweigen. »Woher weißt du das?« fragte ich, mühsam um Beherrschung ringend.

»Sie hat es zugegeben«, erklärte Mama mit bebender Stimme. »Ich habe es ihr auf den Kopf zugesagt, nachdem ich die Kondome in ihrer Handtasche gefunden habe.«

»Da schau her«, sagte Anke lakonisch. Dann setzte sie verärgert hinzu: »Meine Güte, das Mädchen wird doch schon siebzehn! Die meisten fangen doch heutzutage schon mit vierzehn oder fünfzehn an!«

»Das ist nicht das Problem«, meinte ich geistesabwesend. Ich weigerte mich, der Tatsache ins Auge zu schauen, die meine Mutter mir ganz offensichtlich mitteilen wollte. Doch Mama war nicht mehr zu bremsen.

»Ich habe sie gefragt, ob sie es mit dem Bauarbeiter getrieben hat, und sie meinte, er wäre kein Bauarbeiter, sondern BWL-Student.« Sie machte eine bezeichnende Pause, bevor sie schloß: »Da war mir natürlich alles klar.«

Aus Karos Tagebuch

Mittwoch, 19. Januar 2000, 15.00 Uhr

Ich fühle mich, als hätte jemand mich verprügelt. Konrad hat mich belogen, betrogen und geschwängert! Mama sagt, ich soll tapfer sein und meinem Schicksal ins Auge sehen.

»Heutzutage gibt es doch ledige Mütter wie Sand am Meer«, meint sie. Dann eilt sie nach Hause, um zu verhindern, daß Melanie sich heute schon wieder mit diesem Verführer unschuldiger junger Frauen trifft.

Ich lege mich im unteren Schlafzimmer auf die Matratze und starre an die Decke. Fabian teilt mir mit, daß ich kurzfristig in seine Therapiegruppe einsteigen kann. Herr Vogel ist nämlich ausgeschieden, weswegen ein Teilnehmerplatz freigeworden ist.

»Ich würde dir auch nur die Hälfte des regulären Beitrages berechnen«, meint Fabian großmütig.

»Gut«, sage ich matt, »ich erlaß dir dafür auch die Hälfte der Miete.«

»Welche Miete?« fragt er dämlich zurück.

Ich spare mir die Antwort. Mir tut der Kopf weh. Ich kann immer noch nicht klar denken. Was soll ich jetzt tun? Mich gelüstet schrecklich nach Prosecco. Oder Whisky. Egal was, Hauptsache es nebelt mich ein. Doch ich übe hochherzig Verzicht. Mein armes Baby kann ja nichts dafür, daß es von einem notorischen Lügner und Schürzenjäger gezeugt wurde.

Aus einer Kommodenschublade sehe ich einen rosa Zipfel hervorlugen. Ich schleppe mich hin und zerre den

Seidenkaftan heraus. Ich hülle mich hinein und wanke in die Küche. Zum Kühlschrank. Schließlich muß ich jetzt für zwei essen.

Mittwoch, 19. Januar 2000, 18.00 Uhr

Mir ist schlecht. Ich habe eine Tafel Schokolade, drei Becher Joghurt und mindestens fünfzehn saure Gurken gegessen. Zusammen mit den Schinkennudeln von heute mittag ist in meinem Magen eine gräßlich gärende Mischung entstanden, die mich pausenlos aufstoßen läßt. Ich versuche es mit Kamillentee, doch der macht alles noch schlimmer. Ich lege mich wieder hin. Anke wieselt unentwegt mitleidig um mich herum. Sie sagt nichts, doch ich sehe ihr an, daß sie denkt: *Ich hab's ihr ja gleich gesagt! Hätte sie nur auf mich gehört!*

Und dann ist es soweit: Draußen fährt Konrads Wagen vor, und gleich' darauf klingelt es.

Ich habe keine Kraft, aufzustehen, geschweige denn, ihm gegenüberzutreten. Wimmernd fordere ich Anke auf, zur Haustür zu gehen und ihn wegzuschicken.

Ich höre sie debattieren.

Konrad, wütend: »Was meinst du mit *Verschwinde, du Wichser?*«

Anke, noch wütender: »Damit meine ich *Verschwinde, du Wichser!*«

Konrad, fassungslos: »Was zum Teufel ist hier eigentlich los?«

Anke: »Sie hat rausgekriegt, wie du sie von Anfang an eingekocht hast, das ist los.«

Konrad, halb ärgerlich, halb niedergeschlagen: »Ach,

ja, verdammt, diese blöde Sache mit dem bescheuerten Abkommen. Ich wollte das schon die ganze Zeit mit Karo klären.«

Anke, erbarmungslos: »Das hättest du dir vorher überlegen sollen, du widerwärtiges, geiles Schwein.«

Dann wird mit ohrenbetäubendem Knall die Haustür ins Schloß gedonnert.

Ich ziehe mir den Kaftan übers Gesicht und will sterben.

Mittwoch, 19. Januar 2000, 20.00 Uhr

Konrad hat dreimal angerufen. Ich bin nicht drangegangen; Anke hat das für mich erledigt. Beim ersten Mal hat er gedroht, daß er zurückkommen und ein Fenster einwerfen werde, wenn er anders nicht an mich rankommen kann. Die beiden nächsten Male hat Anke sofort aufgelegt.

Sie will die Polizei benachrichtigen, doch Fabian meint, daß das vielleicht überzogen ist. Ich für meinen Teil habe nichts dagegen. Die Vorstellung, daß Konrad verhaftet und in Handschellen abgeführt wird, verschafft mir ein tiefes Gefühl der Befriedigung.

Zum Abendessen nehme ich eine riesige Schüssel Chefsalat zu mir. Den Salat hat Anke gemacht; eigentlich war er für Fabian, doch als er in die Küche kommt, esse ich gerade das letzte Tomatenachtel.

Mittwoch, 19. Januar 2000, 21.00 Uhr

Ich sitze an meinem Schreibtisch und arbeite wie eine Verrückte. Die Szene, in der Erik während einer Seeschlacht verwundet wird, fällt besonders brutal aus. Ich überlege lange, ob ich sein Bein brandig werden lassen soll. Deirdre müßte es ihm dann amputieren. Oder soll ich ihn einen Hoden verlieren lassen? Das wäre besonders schmerzhaft. Er hat es verdient, das Schwein. Warum mußte er auch die arme Deirdre schwängern und sie allein unter Wölfen zurücklassen?

Mittwoch, 19. Januar 2000, 21.30 Uhr

Nebenan im Wohnzimmer – das jetzt wohl eher ein Eß-Gästezimmer ist – ertönt Gezeter. Ich höre, wie Roland Anke und Fabian mit wüsten Beschimpfungen bedenkt. Der Dialog ist so spannend, daß ich mich nicht mehr auf Eriks schwere Verwundung konzentrieren kann.

Roland, erbost: »Ich habe genau gesehen, daß du sie auf den Hals geküßt hast!«

Fabian, mild erstaunt: »Ja, und?«

Roland, brüllend: »Du streitest es gar nicht ab?«

Anke, lässig: »Warum sollte er auch?«

Roland, völlig außer sich: »Warum? Vielleicht weil er mit *mir* zusammen ist, du blöde Kuh!«

Fabian, betroffen: »Aber Rolli, Schatz …«

Anke, empört: »Sag ja nicht Schatz zu ihm, sonst passiert was!« Dann zu Roland: »Er hat Schluß mit dir gemacht. Hast du das etwa schon vergessen?«

Roland, restlos erschüttert: »O Gott … Ich … Fabian, sag, daß das nicht wahr ist!«

Anke, kalt: »Wenn du nicht ständig im Delirium tremens hier rumfallen würdest, hättest du vielleicht schon mitgekriegt, daß Fabian und ich seit zwei Wochen zusammen schlafen. Fabian liebt mich. Finde dich damit ab.«

Fabian, zweifelnd: »Ich weiß jetzt nicht, ob das der richtige Ansatz war, Anke.«

Anke: »Wieso sagst du zu diesem besoffenen Blödmann *Schatz* und zu mir nicht?«

Roland kommt zu mir ins Zimmer getorkelt und wirft sich auf die Matratze. »Ich will nicht mehr leben, Karo.«

»Bring dich bitte nicht in meiner Nähe um«, murmele ich, während ich mit ausgefeilten Formulierungen beschreibe, wie das Blut aus Eriks Bauchwunde strömt. »Ich bin schwanger. Ich will nicht, daß mein Baby traumatisiert wird.«

Donnerstag, 20. Januar, 8.00 Uhr

Ich werde vom Klingeln des Telefons wach. Da ich sicher bin, daß es Konrad ist, gehe ich gar nicht erst dran. Es dauert eine Weile, bis ich mich hochrappeln kann, weil der Kaftan sich um meine Beine verheddert hat. Ich bin wirklich sehr froh, daß ich ihn immer noch habe. Für die Schwangerschaft eignet er sich ausgezeichnet.

Nach einem gewaltigen Frühstück gehe ich online und informiere mich im Internet über meinen interessanten neuen Zustand. Nächste Woche habe ich einen Termin beim Gynäkologen, doch meine Neugier ist unbezähmbar. Die Suchmaschine spuckt eine unübersichtliche Anzahl von Fundstellen aus. Ich klicke auf eine Entwicklungsübersicht und rechne aus, in welcher Schwangerschaftswoche ich mich befinde. Mein Baby ist jetzt so groß wie ein Daumennagel. Bald kann man auf dem Ultraschall seinen Herzschlag sehen!

Ich gehe ins Bad und stelle auf der Waage fest, daß ich seit gestern fast drei Pfund zugenommen habe. Bin ich mit Godzilla schwanger?

Donnerstag, 20. Januar, 8.30 Uhr

In einem Anfall von Arbeitswut nehme ich den letzten Teil meines Buchs in Angriff. Erik wird von seinen Kriegern ins Dorf zurückgebracht, siech und dem Tode nah. Ich brauche fast ein ganzes Kapitel, um seine Hinfälligkeit zu beschreiben. Es tut mir unsagbar gut, daß er so leiden muß. Die Überleitung zu Deirdres Barmherzigkeit fällt mir schwer. Es juckt mir in den Fingern, sie ein bißchen grausam sein zu lassen. Könnte sie nicht beispielsweise Salz in seine Wunden streuen? Hat man nicht im Mittelalter Salz als Desinfektionsmittel für Verletzungen benutzt? Dann hätte sie eine gute Rechtfertigung, es dem Mann, der sie gegen ihren Willen geschwängert und ihr auch sonst so übel mitgespielt hat, tüchtig heimzuzahlen. Er würde sich stöhnend auf seinem Lager winden, während sie hohnlächelnd kiloweise Salz auf seine klaffenden, gräßlich eiternden Wunden kippt.

Zu diesem Punkt ist gründlichere Recherche gefragt. Ich suche zuerst im Schlafzimmer und dann im Wohnzimmer nach einem historisch-medizinischen Lexikon, das ich mir vor Jahren angeschafft habe, doch nach zehn Minuten Wühlerei gebe ich auf.

Roland lebt noch. Der Schlafsack in der Ecke bewegt

sich im Rhythmus seines Schnarchens auf und ab. Ich bin sicher, er wird über den Verlust von Fabian hinwegkommen. Es gibt Dinge, die für ihn viel wichtiger sind, zum Beispiel sein Laptop und sein Whisky.

Sein Kopf liegt auf dem Manuskript von Karl-Heinz. Allem Anschein nach hat Roland es fast ganz durchgelesen. Wenn es so gut ist, wie er sagt, kann ich es vielleicht Annemarie anbieten und damit, quasi einhergehend mit meinem eigenen literarischen Niedergang, einen hoffnungsfrohen neuen Autor etablieren. Dann hätte ich noch ein gutes Werk vollbracht, bevor ich endgültig meinen Hut als Schriftstellerin nehme.

Ich werde mir bald eine Arbeit suchen müssen, wenn ich kein Sozialfall werden will. Vom Schreiben historischer Liebesromane kann hierzulande kein Autor überleben. Vielleicht werde ich Literaturagentin? Ich könnte mit Karl-Heinz' Krimi anfangen! Wenn es ein Millionenbestseller wird, könnte ich von den zwanzig Prozent meines Anteils prima die Hypothek abzahlen.

Vom Gedanken an die Hypothek wird mir flau, und ich fühle, wie das Frühstück in meinem Magen rumpelt und dann unaufhaltsam hochsteigt. Ich rase zur Toilette und übergebe mich, bis nur noch Galle kommt.

Donnerstag, 20. Januar, 13.00 Uhr

Die Magenverstimmung ist zum Glück vorübergehender Natur. Mittags treibt mich Heißhunger in die Küche. Ich stopfe mich mit allem voll, was ich im Kühlschrank finde, obwohl Anke sagt, daß in einer halben Stunde das Essen fertig sein wird. Es gibt indischen Curryreis, von dem ich mir mindestens die Hälfte auf meinen Teller lade, weil ich immer noch Hunger habe wie ein Löwe.

Roland schaufelt seinen Anteil gedankenverloren in sich hinein und sagt kein Wort. Fabian fragt ihn, ob er vielleicht Herrn Vogels Platz in der Trennungsgruppe haben will, für den Fall, daß ich den freien Platz nicht in Anspruch nehme, doch dann fällt ihm ein, daß er ja selbst der Therapeut ist und zieht sein Angebot erschrocken zurück. Anke bemerkt spitz, daß sie sowieso keine Lust hätte, in derselben Gruppe wie Roland Therapie zu machen. Zwei frisch getrennte Leute, die beide mit dem Therapeuten geschlafen haben, sollten sich lieber aus dem Weg gehen, zumindest während der Therapie.

Ich führe gerade die nächste Gabel Curryreis zum Mund, als mich wie ein Blitz aus heiterem Himmel die Erkenntnis trifft, daß ich selbst momentan ebenfalls frisch getrennt bin. Ich springe auf und werfe dabei den Stuhl um. Dann rase ich nach oben, um ungestört heulen zu können.

Donnerstag, 20. Januar, 17.00 Uhr

Ich heule den ganzen Nachmittag. Leider fühle ich mich anschließend kein bißchen besser. Im Gegenteil. Ich schleppe mich mit letzter Kraft auf die Waage und stelle fest, daß ich laut Schwangerschaftstabelle bereits eine Gewichtszunahme wie im sechsten Monat zu verzeichnen habe. Nach meiner überschlägigen Hochrechnung werde ich am Ende des neunten Monats der sprichwörtliche Berg sein, der die Maus gebiert. Ich werde schätzungsweise einen halben Zentner Übergewicht haben.

Auf das Baby werden davon entsprechend dem durch-
schnittlichen Geburtsgewicht sechs Pfund entfallen. Den
mir verbleibenden Rest werde ich mit dem rosa Kaftan
umhüllen. Vielleicht nehme ich dann beim Stillen wieder
ab.

Donnerstag, 20. Januar, 19.00 Uhr

Erik wirft sich im Fieber hin und her. Sein Krankenlager
befindet sich in Deirdres jämmerlicher Hütte am anderen
Ende des Fjords, wohin sie vor den feindlichen Dörflern
geflohen ist. Schamanen huschen draußen herum und
zünden Beschwörungsfeuer an. Deirdre hat eine Brei-
mischung aus heilenden Kräutern zubereitet, die sie auf
seine furchtbare Wunde streicht. Ihr schwangerer Leib
wölbt sich unter ihrem härenen Gewand, und ihre wun-
derschönen grünen Augen blicken sorgenvoll in die Zukunft. Wird sie das Leben ihres Geliebten retten können?
    Ich lege den Kopf neben die Tastatur und heule. Soll
er doch sterben, der Scheißkerl!
    Da klingelt es. Fabian geht aufmachen – mit eindeu-
tigen Weisungen: Wenn es Konrad ist, bin ich nicht zu
Hause.
    Vorsorglich rase ich ins Bad und schließe mich ein.
    Doch zu meiner großen Überraschung erkenne ich
beim Lauschen Hannes' Stimme. Leide ich an schwan-
gerschaftsbedingten geistigen Ausfällen? Wieso kommt
mir der Dialog, der sich zwischen den beiden entspinnt,
so merkwürdig bekannt vor?
    Hannes, wütend: »Was meinst du mit *Verschwinde, du
Wichser*?«

Fabian, noch wütender: »Damit meine ich *Verschwinde, du Wichser!*«

Ich höre Ankes Schritte und dann ihre Stimme. Überrascht? Aufgeregt? Zittrig? Vielleicht von allem etwas. »Hallo, Hannes. Lange nicht gesehen.«

»Ja, es tut mir leid. Ich wäre gern früher gekommen, aber es ging nicht.«

»Du hattest vermutlich viel Arbeit und jede Menge tolle Weinseminare«, meint Anke kühl.

»Nein, ich war im Krankenhaus. Ich hatte einen Autounfall.«

»O nein!« ruft Anke bestürzt. »Was ist dir passiert?«

»Anke, ich weiß jetzt wirklich nicht, ob das der richtige Ansatz ist«, beschwert sich Fabian.

Hannes ignoriert ihn. »Ich hatte eine Gehirnerschütterung. Und der Wagen war Totalschaden. Aber jetzt bin ich wieder fit. Ich wollte dir doch schon die ganze Zeit was wahnsinnig Wichtiges sagen ...«

»Ja?« fragt Anke atemlos.

In diesem Moment weiß ich genau: Wenn Hannes ihr jetzt sagt, daß er sie wie verrückt liebt, hat er die allerbesten Chancen, sie zurückzugewinnen.

»Ich habe Erkundigungen über den Kerl eingezogen«, sagt Hannes triumphierend. »*Das* wollte ich dir sagen! Und jetzt halt dich fest: Er ist stockschwul!«

Das ist mit Sicherheit der verkehrte Ansatz. Anke schnappt hörbar ein. »Nicht zu schwul, um es täglich mit mir zu treiben.«

Dann höre ich nur noch das Krachen der Haustür.

9

Ich kann nicht sagen, wie es dazu kam, aber an diesem Abend hockte ich tatsächlich im Therapiezimmer. Ich hatte mich neben Frau Meise gesetzt, die heute ihre eigene Matratze mitgebracht hatte. Es war nur eine Schaumstoffmatratze, die sie ohne weiteres selbst vom Auto ins Haus schleppen konnte, doch da das Ding bequem zwei Leuten Platz zum Sitzen bot, hatte sie nichts dagegen, es mit mir zu teilen.

Den rosa Kaftan trug ich immer noch. Die teils neugierigen, teils mitleidigen Blicke der anderen Trennungsopfer perlten an mir ab. Für mich war dieses komische, mit Ornamenten bestickte Gewand Schutzhülle und Büßerhemd zugleich. Außerdem mußte ich mir keine Gedanken darüber machen, ob ich zu fett war. Der wallende Stoff kaschierte wunderbar jede Problemzone.

Vinzenz, der als letzter kam, betrachtete mich ungläubig, sagte aber nichts. Das war sein Glück. Hätte er sich auch nur mit einem einzigen Ton über mich lustig gemacht, hätte ich mein Hausrecht in Anspruch genommen und ihn vor die Tür befördert.

Fabian ermunterte mich zu einer kurzen Vorstellung. Ich atmete ein paar Mal tief ein, um mich mental in Therapiestimmung zu bringen.

»Ich heiße Karoline Valentin, bin einunddreißig Jahre alt und schwanger.«

Das ließ ich erst mal einsickern. Vinzenz Gesichtsaus-druck war Balsam für meine Seele. Er sah aus, als hätte er einen Tritt bekommen. An einer besonders empfind-lichen Stelle.

»Sie sind die Schriftstellerin!« rief Frau Meise neben mir aus.

Ich zuckte zusammen und rieb mir das Ohr, in das sie ihre Erkenntnis hineintrompetet hatte.

»Das tut eigentlich nichts zur Sache«, warf Fabian ein.

»Ich hab zwei Bücher von Ihnen!« sagte Frau Meise entzückt. »Können Sie mir vielleicht bei Gelegenheit eine Widmung reinschreiben?«

Anita, die verhuschte Blondine, meinte: »Ich glaub, ich hab auch ein Buch von dir. *Das Superweib*. Fand ich irre witzig.«

»Das ist leider nicht von mir«, sagte ich bedauernd.

»Wieso bist du schwanger?« wollte Vinzenz wissen.

Miriam, die Ex des Masseurs Sven, kicherte albern.

Karl-Heinz nutzte die entstehende Gesprächspause, um sich mit einem wichtigen Anliegen zu Wort zu mel-den. »Haben Sie schon Zeit gehabt, mein Buch anzu-schauen?«

Fabian enthob mich der Notwendigkeit, eine plausible Ausrede zu erfinden.

»Ich finde, wir sollten uns alle einheitlich duzen«, schlug er vor.

»Wieso bist du schwanger?« wiederholte Vinzenz.

»Hattest du schon Gelegenheit, dir mein Buch anzu-schauen?« fragte Karl-Heinz begierig.

»Ich hatte ungeschützten Geschlechtsverkehr«, sagte ich.

»Ach so«, meinte Karl-Heinz, als sei das zugleich ein

261

triftiger Grund, warum ich sein Buch noch nicht gelesen hatte.

»Warum bist du getrennt?« wollte Anita von mir wissen.

Ich zauderte, doch dann wagte ich es. Keine Therapie ohne innere Öffnung.

»Der Vater meines Kindes hat meine minderjährige Schwester verführt.«

Ich blickte betreten in die Runde. So, jetzt hatte ich es gesagt.

Von allen Seiten trafen mich fassungslose Blicke. Anscheinend stach mein persönliches Melodram gegen die popeligen Feld-, Wald- und Wiesentrennungen der anderen ziemlich deutlich ab. Und dabei hatte ich noch nicht mal von dem speziellen Abkommen erzählt.

»Whow«, sagte Miriam atemlos. »Da kann man ja ein Buch drüber schreiben!«

»Vielleicht macht sie das ja auch«, meinte Frau Meise hoffnungsvoll. »Ich würde es mir garantiert kaufen.«

»Von wem bist du schwanger?« wollte Vinzenz wissen. »Von dem Mörtelfritzen?«

»Das tut jetzt eigentlich nichts zur Sache«, sagte Fabian.

»Es geht dich einen Scheißdreck an«, bekräftigte Anke.

Herr Specht meinte: »Wenn die Schwester minderjährig ist, könnte ein Straftatbestand erfüllt sein.« Er nestelte sein Portemonnaie heraus und zog eine Visitenkarte hervor, die ihn als Anwalt auswies. »Falls Sie Fragen zu dem Komplex haben, können wir gern einen Termin ausmachen.«

»Wenn es dir wieder besser geht, schaust du dir aber mein Buch noch an, oder?« fragte Karl-Heinz schüchtern.

»Vielleicht sollten wir jetzt über unsere Trennungsprobleme reden«, meinte Miriam. Sie nestelte ein Tempo aus

262

der Großpackung und fing prompt an zu schluchzen. »Gestern habe ich Sven getroffen. Er hat eine neue Freundin. Sie ist zwanzig Jahre älter als er und fährt einen Bentley. Er hat sie geküßt! Richtig auf den Mund! Und dabei ist sie mindestens fünfundvierzig!«

»Was ist aus der Sekretärin geworden?« fragte Frau Meise.

»Eine Bekannte von Sven hat mir erzählt, daß die jetzt mit einem Fitneßtrainer zusammen ist, den sie schon länger kennt.«

Vinzenz drohten die Augen aus dem Kopf zu quellen. Er schluckte krampfartig, und ich sah seinen Adamsapfel hüpfen.

Herr Specht meinte: »Ich würde auch gern was über meine Trennung erzählen.«

»Moment«, sagte Vinzenz krächzend, »das mit dem Fitneßtrainer interessiert mich jetzt viel mehr.«

»Das ist leider ganz symptomatisch«, meinte Fabian.

»Was? Daß es immer ein Fitneßtrainer ist?« wollte Vinzenz irritiert wissen.

»Nein, das ungesunde Interesse am neuen Partner des anderen.«

Vinzenz' edle Denkerstirn legte sich in nachdenkliche Falten. »Das ist die Frage. Ich meine, ob es ungesund ist. Ich für meinen Teil finde es sehr befriedigend, mir vorzustellen, den neuen Partner zu töten. Besonders den Fitneßtrainer. Den Masseur beispielsweise hätte ich auch sehr gern umgebracht. Genauso den Typ mit dem Zettel. Mit dem Mörtelfritzen ist das auch so eine Sache. Wenn ihm zum Beispiel ein Sack Zement oder so auf den Kopf fällt, hätte ich nichts dagegen.«

»Moment«, protestierte ich. »*Unsere* Trennung ging von

263

dir aus, nicht von mir. Und Konrad ist erst viel später gekommen.«

»Ich möchte auch gern was über meine persönliche Trennungssituation sagen«, erklärte Anke.

»Ich glaube, das tut jetzt nichts zur Sache«, rief Fabian mit hochrotem Gesicht. »Das bereden wir nachher.«

Nachher wurde noch einiges mehr beredet. Gegen zehn rollten die auswärts wohnenden Teilnehmer brav ihre Matten zusammen (Frau Meise klemmte ihre Matratze unter den Arm) und verabschiedeten sich bis zur nächsten Sitzung.

Anke und Fabian waren indessen noch lange nicht fertig. Als alle gegangen waren, lieferten die beiden sich noch eine endlose Diskussion. Fabian war der Meinung, daß Anke noch viel mehr Abstand von Hannes brauchte, wozu unter anderem zwingend erforderlich sei, daß sie *diesen betrügerischen Mistkerl auf keinen Fall noch mal treffen* durfte. Anke wiederum meinte, daß es zum Vollzug einer gesunden Trennung unbedingt notwendig sei, sich jederzeit mit dem Expartner auseinandersetzen zu können, geistig, emotional, und wenn es sein mußte, auch persönlich. Fabian wiederum brachte endlos neue Argumente vor, warum Anke damit völlig falsch lag.

Sie trugen ihren Disput in der Küche aus, doch ich hörte noch zwei Zimmer weiter jedes Wort.

»Ich finde, daß du mir in diesem Punkt mehr vertrauen solltest«, verlangte Fabian erbittert.

»Da lach ich doch nur«, fauchte Anke. »Wenn es um Hannes geht, diktiert dir doch dein Schwanz jedes Wort!«

»Wenn du damit zum Ausdruck bringen willst, daß ich nicht Manns genug bin für dich, sag es mir doch ganz

offen ins Gesicht«, brüllte Fabian in rasender Othello-
manier.

Direkt nebenan unterhielten sich Roland und Karl-
Heinz, der im Anschluß an die Therapiestunde noch da-
geblieben war, nachdem er zu seinem grenzenlosen
Entzücken von einem veritablen Drehbuchschreiber auf
seinen Krimi angesprochen worden war. Auch hier war
die Unterhaltung bestens mitzuverfolgen. Es war fast so,
als hätte jedes Zimmer eingebaute Lautsprecher, so gut
hallten die Dialoge zu mir herüber.

»Ich dachte immer, Fabian ist schwul«, erklärte Karl-
Heinz.

»Ist er«, bestätigte Roland widerwillig. »Seit neuestem ist
er aber auch bi.«

»War er nicht vorher mit dir zusammen?«

»Ja«, versetzte Roland wortkarg. Dann kam er wieder
auf Karl-Heinz' Manuskript zu sprechen, das es ihm so
angetan hatte.

Nach allem, was ich mitbekam, hatte Karl-Heinz einen
ungeheuer spannenden Plot erfunden, den Roland ganz
vorzüglich für sein verkorkstes Drehbuch verwenden
konnte. Er bot Karl-Heinz an, ihn auf Honorarbasis an
seinen Einnahmen aus der Verfilmung zu beteiligen.
Natürlich würde er auch dafür Sorge tragen, daß er im
Vorspann als Co-Autor genannt würde. Karl-Heinz verlieh
seinem Glück durch allerlei unverständliches Gestammel
Ausdruck und hampelte derart herum, daß ständig irgend
etwas um- oder herunterfiel.

»Paß auf, der Whisky«, warnte Roland. Doch zu spät.
Die Flasche krachte im selben Moment zu Boden.

»Das ist … Das ist ja … Ich kann das gar nicht fassen!«
stieß Karl-Heinz freudig erregt hervor. »Ich bin einfach

total überwältigt!« Dann meinte er schüchtern: »Wollen wir vielleicht mal zusammen ins Kino gehen? Da läuft gerade ein unheimlich guter Film zum Thema Coming Out.«

»Von mir aus«, sagte Roland zerstreut. »Aber erst mal fände ich es lieb von dir, wenn du dich jetzt irgendwo still in eine Ecke setzen könntest. Oder vielleicht fährst du schnell zur Tankstelle und holst neuen Whisky. Den darfst du dann auch alleine austrinken.« Ich hörte das Klicken seines Laptops. Wie es aussah, verlor er mit der Änderung seines Drehbuchs keine Zeit.

Erst gegen zwei Uhr nachts wurde es im Haus endlich still, bis auf einen gelegentlichen durchdringenden Schnarcher von nebenan. Roland hatte bis zum Umfallen getippt und dabei keinen Tropfen Whisky angerührt, im Gegensatz zu Karl-Heinz, der sich reichlich die Nase begossen hatte, nachdem er so unversehens zum Starautor avanciert war. Roland hatte ihm um ein Uhr ein Taxi gerufen, weil er keinerlei Anstalten gemacht hatte, von allein aufzubrechen.

Anke und Fabian hatten sich irgendwann gegen Mitternacht wieder vertragen. Da ich keine Tendenzen gezeigt hatte, meinen Arbeitsplatz zu räumen und deshalb zwangsläufig auch ihre Schlafstätte blockierte, hatten sie sich nach oben verzogen und schliefen jetzt auf der Riesenmatratze, die Konrad für mich (und sich) mitgebracht hatte. Der Gedanke an ihn gab mir einen schmerzhaften Stich, und in einer heftigen Aufwallung von Kummer zog ich den Kaftan fester um die Schultern. Doch ich war momentan außerstande, Trübsal zu blasen. Trotz – oder vielleicht auch gerade? – wegen des erlittenen Traumas war ich von rasender Energie erfüllt, wie immer kurz vor

Abschluß eines Romans. Noch in dieser Nacht würde ich das Wörtchen *Ende* schreiben, das war so sicher wie das Amen in der Kirche.

Wie jedesmal, wenn ich das letzte Kapitel eines Buchs in Angriff nahm, fühlte ich sie auch jetzt wieder unaufhaltsam in mir aufsteigen, diese kompromißlose Schaffenswut, diese letzte, stärkste Kraft beim Vollenden einer Geschichte, diese blinde Hingabe an eine Passion, die stärker ist als jede Vernunft.

Deirdre liegt in den Wehen in ihrer schäbigen, frostkalten Hütte und windet sich vor Schmerzen, während draußen bereits die mordlüsterne Nebenbuhlerin lauert, begierig darauf, Deirdre und das Kind, das diese gerade zur Welt bringt, hinterhältig zu meucheln. Erik kommt gerade noch dazu, im letzten Moment kann er die bösartige Attacke verhindern. Die hinterhältige Metze stürzt sich daraufhin wahnsinnig vor Enttäuschung und Eifersucht in eine wilde Schlucht, und Erik, immer noch furchtbar geschwächt von seinen eben erst ausgeheilten Verwundungen, sinkt an Deirdres Lager nieder, just in dem Augenblick, als die Preßwehen beginnen.

Oh, wie er sie liebt, seine grünäugige, wunderschöne Keltensklavin! Er kann den Gedanken nicht ertragen, sie zu verlieren! Er fühlt sich, als reiße man ihm sein Herz heraus, wenn er sie so leiden sieht!

Ich heulte Rotz und Wasser, während ich in blumigen Worten erzählte, wie der verwegene, rauhbeinige Wikinger seiner Liebsten Geburtshilfe leisten muß und wie die beiden anschließend in rettungsloser Liebe zueinander und zu ihrem neugeborenen Sohn zerfließen.

»Oh«, seufzte ich überglücklich und von Liebe zu mir selbst und meinen Geschöpfen durchdrungen.

Der Epilog war eine Sache von einer halben Stunde. Erik und Deirdre brechen gemeinsam zu neuen Ufern auf. Erik hält seinen Sohn in den Armen, und Deirdre ist dicht an seiner Seite. Sie stehen an Deck des Drachenboots und lauschen dem Geräusch des Kielwassers. Über ihnen knattert das rotweiß-gestreifte Segel im Wind. Der Bug durchpflügt schäumend die Wellen, und vor ihnen erstreckt sich die endlose Weite des glitzernd blauen Fjords. Und hinter dem Horizont wartet die Verheißung immerwährender Liebe.

Nach vier letzten Leerzeilen kam anschließend das Wörtchen *Ende*. Kein anderes Wort löst solche Emotionen bei einem Autor aus, soviel köstliche Siegestrunkenheit, soviel schmerzvollen Abschied. In diesen vier Buchstaben verbinden sich Euphorie und Trauer zu einer unauflöslichen Einheit. So stellte ich mir eine Geburt vor – Vollendung und Loslassen in einem.

Ich speicherte das ganze Dokument auf Diskette und taumelte um fünf Uhr früh ins Bett.

Im Traum erlebte ich entsetzliche Dinge. Ich lag in den Preßwehen. Das Lager unter mir war steinhart, nichts weiter als eine uralte, verschimmelte, von Flöhen übersäte Decke auf nacktem, frostkaltem Fels. Die zugige Hütte bot mir kaum Schutz vor dem durch alle Ritzen eindringenden Nordwind. Ich keuchte und schlang die Arme um mich, doch mein fadenscheiniges Gewand war viel zu dünn, um die Kälte abzuhalten.

»Erik« murmelte ich und tastete blind umher, doch er war nicht da, der treulose Schurke. Wer half mir jetzt bei der Geburt?

Mir war entsetzlich schlecht. Die böse Nebenbuhlerin,

die mir nach dem Leben trachtete, lauerte vor der Tür, das blankgewetzte Messer in der hoch erhobenen Faust.

»Tu es nicht«, wimmerte ich, doch vergebens. Sie stürzte sich auf mich, zu allem entschlossen.

»Nein!« kreischte ich. »Hilf mir, Erik!«

»Wer ist Erik?« wollte die Mörderin erstaunt wissen.

Ich fuhr hoch und machte mehrere Feststellungen gleichzeitig. Erstens: Ich lag nicht auf kaltem Felsboden, sondern auf kaltem Parkett. Irgendwie mußte ich es geschafft haben, mich im Traum von der Matratze zu wälzen.

Zweitens: Ich hatte keine Preßwehen, mußte aber dringend aufs Klo, was sich meiner Meinung nach fast genauso anfühlte.

Drittens: Mein fadenscheiniges Gewand war viel zu dünn, um die Kälte abzuhalten. Als Nachthemd taugte der Kaftan nicht viel, vor allem nicht, wenn ich damit stundenlang auf dem zugigen Parkettboden herumlag.

Viertens: Die böse Nebenbuhlerin war Annemarie, und ihr Messer war ein Kugelschreiber. Sie hatte ihn zwischen die Zähne geklemmt und saß an meinem Schreibtisch, wo sie in den sich dort überall türmenden Papierstößen herumwühlte, vermutlich in der Hoffnung, irgendwo ein fertiges Manuskript zu entdecken.

»Hallo«, meinte sie, »ich dachte, ich schau mal bei dir vorbei, nachdem du solange nichts mehr von dir hast hören lassen.«

»Mitten in der Nacht?« krächzte ich.

Annemarie lachte. »Es ist halb zwölf, Karo. Mittags!«

Ich zwang meine klebrigen Lider auseinander und spähte mit einem Auge auf meine Armbanduhr. Tatsächlich. Es ging auch anscheinend schon aufs Mittagessen zu, wie ich an dem Geruch erkannte, der aus der Küche herüberströmte. Es roch durchdringend nach gebratenen Zwiebeln. Anke war mal wieder in ihrem Element.

»Oh, Shit«, würgte ich. Dann war ich auf den Beinen und raste mit Lichtgeschwindigkeit ins Bad, wo ich die nächsten zehn Minuten als erbärmliches Wrack einer werdenden Mutter über der Kloschüssel hing und mein Mageninneres nach außen stülpte.

Irgendwann wankte ich graugesichtig und geschwächt bis auf die Knochen zurück in mein Schlaf-Arbeitszimmer.

»Hast du das Buch schon fertig?« fragte Annemarie, interessiert auf meinem Schreibtisch herumraschelnd.

»So gut wie«, murmelte ich, während ich erschöpft auf meine Matratze fiel.

»Bist du schwanger, Schätzchen?«

Als ich nichts erwiderte, meinte sie: »Das würde deine Ausfallerscheinungen in der letzten Zeit erklären. Ich empfehle dir trockenen Zwieback vor dem Aufstehen. Das hilft für gewöhnlich sehr zuverlässig.«

Ich wußte nicht, ob sich dieser Ratschlag auf meine Übelkeit oder auf meine Schreibblockade bezog, doch es war mir sowieso herzlich egal. Ich wollte nur noch sterben. Oder wenigstens wieder einschlafen.

»Ich hab schon einen Blick reingeworfen«, sagte Annemarie geschäftig. »Dein Einverständnis voraussetzend, natürlich. Schon der Anfang ist exorbitant gut. Ich bin hingerissen, Karo, und das ist keine Schmeichelei.«

Ich öffnete ein Auge. »Echt?«

»Mein Wort darauf.« Sie hatte irgendwo unter den Chaosbergen auf meinem Schreibtisch den Vertrag gefunden, den ich immer noch nicht unterzeichnet hatte. Mit blitzenden Augen und breitem Lächeln legte sie das Formular neben meine Matratze auf den Fußboden und drückte mir ihren Kuli in die Hand. »Ich hoffe, jetzt unterschreibst du endlich. Ich nehme dann das Buch auch gleich mit, wenn du nichts dagegen hast.«

Ich stöhnte abwehrend, aber dann, mit fünf Sekunden Zeitverzögerung, drang endlich zu mir vor, was sie gesagt hatte.

»Es gefällt dir?« stieß ich nervös hervor. »Du willst es nehmen? Unter meinem Autorennamen? Karoline Valentin?«

Sie nickte nachdrücklich. »Es ist herrlich. Das Beste, was du bis jetzt geschrieben hast. Ich betrachte es unbesehen als Erfüllung auf diesen Vertrag, wenn du damit einverstanden bist. Laß dir sagen, wie sehr es mich freut, daß du dich an meine Tips gehalten hast.«

Ich kritzelte zittrig meine Unterschrift auf die punktierte Linie, direkt neben die von Vinzenz. Dabei überlegte ich dumpf, ob seine Unterschrift in unmittelbarer Nachbarschaft zu der meinen ein gutes oder ein schlechtes Omen sei, doch dann sagte ich mir, daß es ja keine Heiratsurkunde war.

Gleichzeitig schoß vage die Frage durch mein überstrapaziertes Hirn, woher Annemarie mein Paßwort wußte, mit dem ich alle meine PC-Programme gesichert hatte. Ach ja, fiel mir dann ein, sie mußte die Diskette gefunden und eingelegt haben. Und die Diskette war es natürlich auch, die sie gleich mitnehmen wollte. Ich schickte ihr immer nur Disketten, um den Ausdruck kümmerte sich stets ihr Büro.

»Ich hab noch keine Rechtschreibung drüberlaufen lassen«, murmelte ich.

»Nicht nötig. Macht alles das Lektorat. Schlaf ruhig noch ein bißchen, das wird dir guttun. Ach ja, wir werden die autobiographischen Details ein bißchen abschwächen, denke ich. Es ist vielleicht eine Spur zu authentisch. Aber das macht es ja andererseits auch so besonders gut.«

Ich hatte keine Ahnung, wovon sie redete, aber da sie diesen Job seit dreißig Jahren machte, wußte sie sicher, was sie tat. Mein Roman gefiel ihr! Wenn er ihr gefiel, würde er sich erstklassig verkaufen, denn Annemaries Placet war eine Garantie für zuverlässige Bestellzahlen des Buchhandels! Was ihr zusagte, begeisterte regelmäßig auch die Leser! Mir war ganz taumelig vor Erleichterung. Ich hatte wieder einen herrlichen, fetten Vertrag! Jetzt war ich aus dem Schneider, zumindest hypothekenmäßig.

»Danke«, flüsterte ich benommen.

»Gern geschehen.«

»Das Buch liegt auf dem Schreibtisch«, sagte ich, den brummenden Schädel im Kopfkissen vergraben. Wenn doch nur endlich diese scheußliche Übelkeit aufhören würde!

»Ich hab's schon gefunden und eingesteckt. Ich kümmere mich um alles. Ruh' du dich nur schön aus und überlaß alles mir.«

Ich seufzte zufrieden und schlief wieder ein.

Als ich das nächste Mal aufwachte, war es fast drei Uhr nachmittags. Ich fühlte mich zwar immer noch zerschlagen, doch die Übelkeit war verschwunden. Statt dessen spürte ich einen Bärenhunger. Ich duschte rasch und zog mich an – ganz normal, mit Jeans und Sweatshirt, denn der Kaftan hatte eine Wäsche mehr als nötig. Ich brachte ihn mit der anderen Schmutzwäsche in den Waschkeller.

Anschließend ging ich mit laut knurrendem Magen immer dem Essensgeruch nach.

Nachdem ich schon das Mittagessen verpaßt hatte, war ich gespannt, was Anke fürs Abendessen vorbereitete. Sie stand in der Küche und war damit beschäftigt, die Zutaten für eines ihrer berühmten Gratins kleinzuschneiden.

»Hm. Ist das für eine auswärtige Feier oder für uns?«

»Für hier und heute abend. Bedien dich.« Sie schob mir ein Brettchen mit frisch aufgeschnittenen Käsescheiben hin. Ich rollte eine davon zusammen und schlang sie in einem Bissen runter. »Kann ich auch was von dem Schinken haben?«

»Wenn du noch was übrig läßt.«

Ich verspeiste nicht weniger als vier Käse- und fünf Schinkenscheiben. Danach gelüstete es mich nach Süßem, und ich vertilgte einen Fünfhundert-Milliliter-Becher Erdbeerjoghurt. Anschließend entwich mir ein gewaltiger Rülpser; es klang wie eine Explosion und kam so plötzlich, daß ich es nicht zurückhalten konnte.

»T'schuldigung«, meinte ich peinlich berührt.

»Macht nix. Außer mir und deinem Baby hört's ja keiner.«

Ich kratzte den Rest aus dem Joghurtbecher. »Wo sind die anderen?«

»Roland hat eine Produktionsbesprechung, und Fabian ist einkaufen.« Sie schlug mit grimmigem Gesichtsausdruck ein Ei auf und begann, es mit Sahne zu verquirlen.

Ich betrachtete Anke unbehaglich von der Seite. Sie sah aus, als litte sie unter schweren inneren Kämpfen.

»Hast du dich wieder mit ihm gekracht?«

Sie zuckte die Achseln. »Ich krache mich andauernd mit ihm. Entweder will er vögeln oder streiten. Er ist ziemlich besitzergreifend. Und vor allen Dingen ist er wahnsinnig eifersüchtig.«

»Ja, das ist mir auch schon aufgefallen. Anscheinend ist das seine Art. Blinde, grundlose Eifersucht.«

»Grundlos würde ich nicht direkt sagen«, meinte Anke. Sie drehte sich mit verzagter Miene zu mir um. »Als er gestern so vor mir stand – das ging mir durch und durch, Karo.«

Ich verschluckte mich an dem letzten Löffel Joghurt. »Wer? Hannes?«

»Wer sonst? Ich habe wahnsinnige Probleme, mit der ganzen vertrackten Sache umzugehen.«

»Du willst ihn zurück«, konstatierte ich.

Sie nickte mit abgewandtem Gesicht. »Eigentlich schon. Aber dann auch wieder nicht. Es ist furchtbar. Ich hasse ihn. Ich liebe ihn. Ich will ihn nicht. Ich will ihn. Alles gleichzeitig. Und ich merke, wie ich schwankend werde. Meine Geschichte mit Fabian hat Hannes' Betrug an mir irgendwie ... relativiert. Ich weiß jetzt, daß alles zwei Seiten hat. Wir sind alle nur Menschen.«

»Das sind wir,« sagte ich nickend, weil ich den Eindruck hatte, als würde sie von mir einen Kommentar erwarten.

Sie schaute mich verzweifelt an. »Fabian ist lieb und süß und nett. Aber Hannes ist ... ist einfach Hannes. Mein Gott, Karo, wir hatten drei wunderbare Jahre! Glaubst du vielleicht, das kann man einfach wegtherapieren?«

Es klingelte an der Haustür. Keine Frage, das war wieder Konrad, der erneut sein Glück versuchte.

Anke und ich sahen uns an.

»Ich bin nicht da«, zischte ich.

»Das kannst du nicht ewig treiben«, meinte Anke mißbilligend. »Irgendwann mußt du dich mit ihm auseinandersetzen. Du kannst der Sache nicht bis zum Sanktnim-
merleinstag ausweichen, Karo. Du solltest mit ihm reden.
Und mit deiner Schwester auch. «

»Aber nicht jetzt«, bettelte ich.

Versteckt hinter der Küchentür lauschte ich, wie sie
öffnen ging.

Es war gar nicht Konrad, sondern – wieder einmal –
Hannes. Ich lugte hinter der Tür hervor. Er sah schlecht
aus. Sein Haar stand zerzaust vom Kopf ab, Bartschatten
wucherte auf seinen Wangen, die Augen waren trüb
und blutunterlaufen, und seine ganze Haltung zeugte von
tiefer Niedergeschlagenheit.

»Anke«, sagte er leise. Dann schwieg er lange. Die beiden starrten einander an wie zwei Verdurstende. Schließlich flüsterte er: »Bitte.«

Nur dieses eine Wort.

»Hannes«, flüsterte sie zurück. Ebenfalls nur dieses eine
Wort.

Im nächsten Augenblick lagen sie einander in den Armen und küßten sich mit einer solchen Leidenschaft, daß
ich bis in die Küche das nasse Schmatzen hörte. Dreißig
Sekunden später sah ich sie eng umschlungen nach oben
stolpern, wo sie als nächstes vermutlich unverzüglich
meine schöne neue Matratze einem extremen metaphysi-
schen Belastungstest unterziehen würden.

Oh, du lieber Himmel, dachte ich in stummer Panik.
Was wird Fabian dazu sagen? Was, wenn sie tatsächlich
von ihrem Zwischenlover schwanger geworden ist? Dann
würden Hannes und Anke gleichzeitig Eltern, und zwar
von verschiedenen Babys!

Wird sie etwa Hannes das Kind unterschieben, so wie *Deren Ruhm wie der Tag leuchtet* es gehandhabt hatte? Oder möchte sie der Einfachheit halber alle beide als Liebhaber behalten, eine klassische Menage à trois?

Mir wurde heiß und kalt, als ich an die Konsequenzen dachte! Vielleicht wollten sie am Ende gar alle hier einziehen!

Ich biß nervös auf meinen Fingernägeln herum. Was für ein Tohuwabohu!

Doch es sollte noch viel schlimmer kommen.

Die beiden hatten sich kaum nach oben verzogen, als Fabian vom Einkaufen zurückkam. Er räumte Milch, Butter und Aufschnitt in den Kühlschrank und betrachtete dann erstaunt die verwaisten Essenszutaten auf der Anrichte.

»Ist Anke nicht da?«

»Uh … nein. Sie mußte mal ganz kurz weg, was besorgen.«

Er nickte leicht befremdet und goß sich ein Glas Saft ein. »Normalerweise läßt sie das Essen nicht so rumliegen.«

»Äh … ja. Sie ist ja sicher gleich wieder da.«

»Weißt du, wo sie hin ist?«

Ich schüttelte stumm den Kopf und starrte ihn an wie das Karnickel die Schlange. Wenn er jetzt auf die Idee käme, nach oben zu gehen, würde es Mord und Totschlag geben. Gegen dieses Drama würde sich alle Shakespeare'sche Phantasie wie die reinste Stümperei ausnehmen.

Er runzelte die Stirn. »Ist was? Du guckst so komisch.«

»M-mir ist nicht gut«, stammelte ich. »Das kommt von der Schwangerschaft!«

Dann klingelte es wieder an der Haustür, und wie erlöst flitzte ich aus der Küche zur Haustür, dankbar für diese unerwartete Gelegenheit, Fabians Inquisition zu entkommen. Erst im letzten Moment fiel mir ein, daß dies sehr gut Konrad sein konnte, und schlitternd kam ich im Vestibül zum Stillstand.

Mißtrauisch äugte ich durch den schmalen Buntglaseinsatz in der Tür, um die Umrisse des Besuchers einzuschätzen. Nein, das war nicht Konrad, es sei denn, er wäre binnen weniger Tage um etwa zwanzig Zentimeter Körpergröße geschrumpft.

Als ich die Tür öffnete, stand meine Schwester Melanie vor mir. Ich sagte kein Wort, sondern musterte mit zusammengekniffenen Augen die Gegenstände, die sie mit sich trug. Es waren eine große Reisetasche und ein Schlafsack.

»Was soll das?« fragte ich – nach außen hin mit kühler Herablassung, doch innerlich zerrissen wie selten in meinem Leben. Melanie hatte geweint. Ihre Augen waren verschwollen, ihre Nase gerötet. In ihrem dicken Anorak und dem braven Rollkragenpulli hatte sie keine Ähnlichkeit mehr mit der süßen Sirene, die ich Silvester zuletzt gesehen hatte, sie sah nicht einmal aus wie der Teenager, der sie war, sondern wie das kleine Mädchen, dem ich vor ein paar Jahren das pechschwarze Haar noch zu niedlichen Rattenschwänzen gebunden hatte.

»Ach, Karo«, sagte sie mit tränenerstickter Stimme. Um meine ablehnende Haltung war es im selben Moment geschehen.

Und dann lag sie in meinen Armen. Sie würde immer meine anbetungswürdige kleine Schwester bleiben, egal was oder mit wem sie es getan hatte. Sie konnte nichts dafür! Wenn jemand Schuld an dem ganzen Durcheinander hatte, dann Konrad, dieser miese, berechnende Schuft!

»Ich halt zu dir«, sagte ich mit bewegter Stimme. »Blut ist dicker als Wasser!«

Sie nickte und schluchzte mir feucht in den Kragen. »Mama ist so gemein! Ich darf überhaupt nicht mehr weg! Und dabei liebe ich ihn über alles! Er ist so wunderbar! Ich will ihn nicht aufgeben! Du kannst dir nicht vorstellen, was er mir bedeutet! Mama verbietet mir, ihn wiederzusehen, und das bringt mich um, Karo! Ich will bei dir bleiben! Bitte, darf ich?«

Ich sagte ja. Was hätte ich auch tun sollen?

»Aber treffen mußt du dich woanders mit ihm«, sagte ich. Meine Stimme zitterte, weil es mich schrecklich mitnahm, so edel zu sein. Gut, ich wußte, daß ich verständnisvoll sein mußte, sie war ja noch so jung und brauchte meine Unterstützung und meine schwesterliche Großmut, und wer war ich denn, daß ich ihr das erste große Liebesglück vermiesen wollte?

Aber alle guten Vorsätze halfen nichts. Allein die Vorstellung, daß Melanie und Konrad … Nein! Ich ließ sie abrupt los und trat einen Schritt zurück. Dann legte ich die Fingerspitzen an die Schläfen, als könnte ich so besser begreifen, was für eine Ungeheuerlichkeit da von mir verlangt wurde, welch himmelschreiende Selbstaufopferung hier von mir erwartet wurde …

Ausgeschlossen! Ich schaffte es nicht! Und wenn ich es noch so sehr wollte – mit soviel Altruismus konnte ich nicht dienen!

»Ich kann es nicht ertragen«, erklärte ich mit Grabesstimme. »Ich dachte gerade noch, ich könnte es, aber ich kann es nicht, Melanie. Es ist zuviel für mich. Es würde mich umbringen.«

Melanie wischte sich die Tränen aus den Augen und musterte mich verblüfft. »Was denn?«

»Daß du und er ... Daß du mit ihm ...«

»Oh, Scheiße«, rief sie wütend. »Jetzt fängst du auch noch an! Du bist ja genau so schlimm wie Mama!«

»Glaub mir, ich will es gar nicht, es ist mir schrecklich, wenn ich dir spießig vorkomme. Aber du mußt wissen ... Du mußt wissen ...« Ich atmete tief aus und beendete den Satz tapfer. »Ich bin schwanger von ihm. Und ich werde das Kind kriegen, Melanie.«

»Du bist ... du hast ...« Sie hielt inne und starrte mich mit großen Augen an. »Du und Knut? Sag, daß das nicht wahr ist, Karo!«

»Äh ... Knut?« Dümmlich erwiderte ich ihren Blick. »Hast du eben *Knut* gesagt?«

»Natürlich habe ich *Knut* gesagt«, schrie sie erbost. »Hast du was mit ihm angefangen, du miese Kuh?«

»Moment«, meinte ich mit ausgestreckter Hand, bevor sie in ihrem Zorn über mich herfallen konnte wie eine Furie. »Das ist ein Mißverständnis. Ich rede die ganze Zeit von Konrad.«

»Und ich von Knut«, sagte sie, anscheinend ein wenig besänftigt. Ein neugieriges Funkeln trat in ihre Augen. »Bist du wirklich schwanger von Konrad?«

»Höchstwahrscheinlich«, antwortete ich geistesabwesend. Die Dimensionen dessen, was ich da eben erfahren hatte, waren noch zu gewaltig, um sie auf einmal erfassen zu können. Das, was ich jetzt am dringendsten benötigte, waren zwei oder drei Minuten Ruhe und Abgeschiedenheit, um gründlich nachdenken zu können.

»Wir reden später weiter«, meinte ich zerstreut. »Zieh die Jacke aus und unterhalt dich mit Fabian.«

»Wer ist Fabian?«

»Das soll er dir selber erklären. Frag ihn, ob er dir Tee machen kann. Sorg dafür, daß er auf keinen Fall nach oben geht.«

»Wieso soll er nicht nach oben gehen?«

»Weil … Äh, darüber reden wir auch später. Tu einfach, was ich sage.«

Aus Karos Tagebuch

Freitag, 21. Januar 2000, 15.30 Uhr

Ich kann mein blödes Tagebuch nicht finden! Ich habe schon überall gesucht, doch bei der allgegenwärtigen Unordnung ist es nicht aufzuspüren. Komisch, die ganzen letzten Wochen war mein Tagebuch stets präsent, egal wie chaotisch es im Haus zuging. Immer war sie da, diese zuverlässige, zerfledderte Kladde, in die ich mit meiner braven Schuldmädchenhandschrift meine gesammelten persönlichen Dramen eingetragen habe. Jetzt ist sie spurlos verschwunden!

Egal, nehme ich eben Papier aus dem Drucker. In mir brodelt es derartig, daß ich es schriftlich niederlegen muß.

Ich kann nicht mehr klar denken. Melanies Eröffnung, daß nicht Konrad, sondern Knut *derjenige, welcher* ist, läßt meine Welt auf einen Schlag ganz anders aussehen. Ich habe ihm bitter unrecht getan, dem armen Konrad! Wie kann ich das je wiedergutmachen?

Dann denke ich gründlicher nach. Ich erinnere mich, daß er im Zusammenhang mit unserem Abkommen ein schlechtes Gewissen hatte. Ein deutlich schlechtes Gewissen. Wieso?

Ich gehe zu Melanie, die in der Küche sitzt und mit Fabian Tee trinkt. Vielleicht kann sie mir bei des Rätsels Lösung helfen. Ich will sie gerade fragen, ob sie über Konrad etwas weiß, was ich nicht weiß, als es wieder an der Haustür klingelt. Es ist Roland, der von der Produzentenbesprechung zurückkommt und glücklich wie ein

Honigkuchenpferd dreinschaut. Er weiß zu berichten, daß die Leute von der Produktionsfirma ganz begeistert sind von den unerwarteten Wendungen, die er kurzfristig in das Drehbuch eingebaut hat. Dann geht er ans Telefon, um gleich Karl-Heinz von der wunderbaren Neuigkeit zu berichten. Und sich mit ihm fürs Kino zu verabreden.

Freitag, 21. Januar 2000, 15.45 Uhr

Ich bitte Melanie in mein Zimmer und frage sie nach ihrer Beziehung zu Konrad. Sie schaut über alle Maßen verblüfft drein und behauptet im Brustton der Überzeugung, daß es zwischen ihr und Konrad keine Beziehung gibt und auch niemals eine gegeben hat.

Ich bin skeptisch. »Du wolltest ihn doch für dein erstes Mal!«

Sie lacht und erklärt, daß sie *Knut* gewollt hat – und ihn auch bekommen hat! Dann wird sie ganz ernst. Ihre Augen nehmen einen verträumten Ausdruck an. »Ich liebe ihn, Karo!«

Ich bin restlos verdattert. »Aber was ist mit Konrad? Warst du nicht erst in ihn verliebt?«

»Im Leben nicht! Er ist ganz in Ordnung, man kann sich gut mit ihm unterhalten und so. Aber als Mann ist er doch viel zu alt für mich! Hat er etwa das Gegenteil behauptet?«

Nein, das nicht, denke ich in plötzlich aufkeimender Wut. Er hat nicht direkt behauptet, daß sich zwischen ihm und Melanie etwas anbahnt. Aber er hat auch nichts getan, um meinen diesbezüglichen Irrtum aus der Welt zu räumen. Im Gegenteil. Er hat nach Kräften ausgenutzt, daß ich von falschen Voraussetzungen ausging! Ich habe mich ihm in selbstloser Aufopferung hingegeben, weil ich glaubte, nur so meine unschuldige kleine Schwester vor seinen lüsternen Avancen retten zu können! Er hat mich, und das wird mir jetzt auf einmal sonnenklar, unter Vorspiegelung falscher Tatsachen ins Bett gelockt!

»Oh!« stoße ich voller Empörung hervor.

»Was ist denn?« will Melanie wissen.

»Nichts«, lüge ich.

»Wie ist es eigentlich so, wenn man schwanger ist?« erkundigt sie sich neugierig.

Ja, wie ist es? Bis jetzt kann ich nicht viel darüber sagen, außer, daß mir schon jetzt im Anfangsstadium ab und zu gräßlich übel wird. Und daß ich das Gefühl habe, permanent auf einer Achterbahn der Gefühle zwischen Himmel und Hölle hin- und herzurasen.

Freitag, 21. Januar 2000, 16.30 Uhr

Ich liege auf meiner Matratze und starre an die Stuckdecke, die Konrad eigenhändig und mit gekonntem Pinselstrich verziert hat, zarte goldene Linien und hauchfeine Schnörkel, die in vollendetem Schwung dem Muster der Gipsrosetten folgen.

Er kann vieles sehr gut, dieser Mann.

Ich gebe mir Mühe, meine Gefühle zu analysieren. Insgesamt, so stelle ich fest, bin ich jetzt viel besser dran als noch heute mittag. Meine Niedergeschlagenheit ist hellem Zorn gewichen. Ich gebe mich dieser heilsamen Wut eine Weile hin, doch dann reiße ich mich zusammen und überlege, warum ich wütend bin.

Konrad hat mich ins Bett gelockt, na schön. Aber ich bin ja ganz wild darauf gewesen! So wild, daß ich mich nicht mal an der Verwerflichkeit seiner vorgeblichen Motive gestoßen habe – das Abkommen beruhte ja auf meiner irrigen, von ihm gestützten These, wonach ich nur eine Art Ersatz-Jagdopfer wäre! Immerhin hat er sich mit dieser Methode als Opportunist ersten Ranges erwiesen. Wenn überhaupt, dann hätte mich *das* aufregen müssen!

In Wahrheit bin ich aber nicht zweite, sondern erste Wahl für ihn gewesen! Weshalb also ärgere ich mich überhaupt noch?

Und tatsächlich, mein Zorn legt sich wie ein Großbrand, dem die Sauerstoffzufuhr abgedreht wird. Doch das heißt nicht, daß es mir plötzlich wieder gut geht. Im Gegenteil. An die Stelle der Wut tritt jetzt erneut Niedergeschlagenheit. Mir wird klar, daß Konrads Vorgehen in der Silvesternacht nur einen Schluß zuläßt: Er hat von Anfang bloß Sex von mir gewollt!

Von seiner Seite aus ist alles nur körperlich! Wenn es anders wäre, hätte er sich schon längst wieder gemeldet! Aber er hat heute kein einziges Mal angerufen, und gekommen ist er schon gar nicht! Das ist der beste Beweis, daß er kein Interesse mehr an mir hat! Er wird sich eine andere, bequemere Frau suchen, die jederzeit willig mit ihm ins Bett springt und ihm nicht mit Querelen in Form von Eifersuchtsszenen daherkommt oder mit ungeplanten Schwangerschaften den Tag versaut.

Ich fühle mich wie ein lästiges Überbleibsel. Geschmäht und schwanger leide ich still und einsam vor mich hin, und er, dieser Sexprotz, ist längst auf der Suche nach frischer, unverbrauchter Weiblichkeit!

Anke hat zu diesem Thema neulich erst gesagt, daß es

zwischen Mann und Frau immer dasselbe alte Lied ist: Sie will in sein Herz, er in ihre Muschi.

Ich frage mich düster, wie ich das alles meinem Kind erklären soll.

Freitag, 21. Januar 2000, 17.00 Uhr

Langsam werde ich unruhig. Anke und Hannes sind jetzt schon weit über zwei Stunden oben. Fabian ist entnervt wegen ihres Ausbleibens und spielt sogar schon mit dem Gedanken, die Polizei zu benachrichtigen oder in den umliegenden Krankenhäusern anzurufen, um sich zu erkundigen, ob sie etwa einen Unfall gehabt hat. Wenn er wüßte! Ich frage mich besorgt, wie er reagieren wird, wenn Anke und Hannes gleich metaphysisch erleuchtet die Treppe runterkommen. Gerade erwäge ich, Melanie heimlich mit einer Warnbotschaft nach oben zu schicken, als wieder das Telefon läutet. Atemlos rase ich an den Apparat, in der wilden Hoffnung, daß es endlich Konrad ist, der mich um eine allerletzte Chance anfleht. Oder, wenn er das schon nicht tut, mir wenigstens Gelegenheit gibt, *ihn* um eine allerletzte Chance anzuflehen!

Doch es ist bloß Annemarie. Ihr Kichern und Giggeln tönt aus dem Hörer.

»Karo, ich mußte dich einfach noch mal schnell anrufen, bevor ich Feierabend mache! Wir sind hier alle hin und weg! Das wird ein Millionenseller, ich schwöre es dir! Ich lese meinen Leuten seit zwei Stunden dein neues Manuskript vor, und wir wälzen uns förmlich! Ich habe schon Rippenschmerzen, weil es so herrlich witzig ist!«

Ich halte den Hörer vom Ohr weg und betrachte ihn irritiert. Witzig? Was meint sie denn damit? Ob sie was getrunken hat?

»Dieses Buch ist der größte Brüller aller Zeiten! Du solltest öfter mit der Hand schreiben. Offenbar entwickelst du dabei ganz neue komödiantische Fähigkeiten!«

Hat sie eben *komödiantisch* gesagt? Und *mit der Hand schreiben*?

Mir schwant Fürchterliches. Sie hat mein Tagebuch mitgenommen und hält es für mein neues Manuskript!

Völlig außer mir teile ich ihr mit, daß alles ein schrecklicher Irrtum ist, doch sie hört gar nicht richtig zu, weil sie mir gerade eine wahnsinnig komische Stelle vorliest, die das ganze Lektorat am anderen Ende vor Zwerchfellkrämpfen erzittern läßt. Es geht dabei um eine Frau, die tagelang völlig schlaff in einem rosa Kaftan auf einer Matratze herumhängt und abwechselnd Prosecco säuft und den Kühlschrank leerfrißt.

Annemarie wiehert derart durchs Telefon, daß ich um mein Trommelfell fürchte.

Ich lege auf, weil man mit ihr kein vernünftiges Wort mehr reden kann.

Freitag, 21. Januar 2000, 17.15 Uhr

Dieser Nachmittag hat es in sich. Wieder klingelt es an der Haustür. Das ist bestimmt endlich Konrad! Doch auch diesmal hoffe ich vergebens. Mir sinkt das Herz, als ich öffne und meine Mutter sehe. Sie hat mir gerade noch gefehlt.

»Ich weiß genau, daß deine Schwester hier ist«, ruft sie,

bevor ich irgend etwas von mir geben kann. »Es hat keinen Zweck, mir was vorzulügen!«

Und schon hat sie sich an mir vorbei in die Halle gedrängt, wo sie sofort einen Riesenkrach mit Melanie anfängt, die sich standhaft weigert, mit ihr nach Hause zu gehen.

Aus Melanies Augen schießen zorngrüne Blitze. »Du hast kein Verständnis für mich!«

Mama behauptet, für sie hätte auch kein Mensch Verständnis, und sie könne es auf keinen Fall dulden, daß Melanie in diesem Sodom und Gomorrha zwischen Alkoholikern, Päderasten und Sodomiten ihr Leben verpfuscht.

Melanie ist nicht bereit, klein beizugeben. Sie will nicht eher nach Hause kommen, bis Mama Knut endlich ohne Vorbehalte und mit allen Konsequenzen akzeptiert hat. Dann rennt sie ins Badezimmer und sperrt sich dort ein.

Mama wendet sich zu mir um, blankes Entsetzen im Blick. »Mein Gott, Karoline, sag mir eins: Wer um alles in der Welt ist Knut?«

Freitag, 21. Januar 2000, 17.30 Uhr

Mama bedient sich an unserem Sherry, um ihre überstrapazierten Nerven zu beruhigen. Ich fühle mich ernsthaft versucht, auch ein kleines Glas zu mir zu nehmen, nur ein paar Schlucke, doch meinem daumennagelgroßen Baby zuliebe widerstehe ich heldenhaft der Verlockung des Alkohols.

Auch mit einem schnellen Snack zur Beruhigung ist es nicht weit her, denn in der Küche dräut Fabian und beargwöhnt die von Anke so achtlos liegengelassenen Essenszutaten. Bei seinem Anblick vergeht mir nachhaltig der Appetit.

Er schwankt zwischen Sorge und Mißtrauen und will alle zwei Minuten wissen, was genau Anke zuletzt gesagt hat, bevor sie gegangen ist.

Ich erinnere mich natürlich genau an ihr letztes Wort – *Hannes!* –, doch solange Fabian sich in der Nähe der Messerschublade aufhält, wäre es der Gipfel der Leichtfertigkeit, ihm das zu verraten.

Mir fällt leider auch sonst nichts ein, um meine scheußliche Nervosität zu bezwingen, und schon erfaßt mich der heftige Drang, ausgiebig zu baden oder mich wenigstens zu wiegen, doch auch das geht nicht, weil ja Melanie das Badezimmer blockiert.

Die Situation ist an Absurdität nicht zu überbieten, und ich bekomme einen ungefähren Eindruck davon, was Annemarie so ungeheuer witzig findet. Dieses Haus ist seit vielen Wochen Schauplatz aller möglichen skurrilen Vorfälle und chaotischer Begegnungen. Vielleicht bin ich nur deshalb noch nicht verrückt, weil ich alles treu und brav in mein Tagebuch geschrieben habe.

Oder irre ich mich und bin längst übergeschnappt?

Freitag, 21. Januar 2000, 18.00 Uhr

In meiner Verstörtheit überlege ich, eine Tasche zu packen und auszuziehen, aber wohin? Vielleicht sollte ich Mama anbieten hierzubleiben. Dann kann ich in mein altes Kinderzimmer ziehen. Papa ist ein ruhiger, friedlicher Zeitgenosse. Er wird jeden Abend über seinen griechischen Studien brüten und mich nicht stören. Ab und zu werde ich ihm vielleicht ein Spiegelei braten, und damit hätte es sich auch schon.

In meiner Not gehe ich in den Keller und fische den rosa Kaftan aus der Schmutzwäsche. Ich lege ihn um und fühle mich geringfügig besser.

Wenig später, um kurz nach sechs, ertönt die Türglocke, und das Herz hüpft mir vor lauter Aufregung fast aus dem Hals, denn diesmal ist es wirklich und unwiderruflich Konrad! Er kommt nicht allein. Hinter ihm steht, mit besorgtem Gesichtsausdruck, Melanies blonder Knut.

Und dann ...

Aber ich will alles der Reihe nach erzählen, denn der letzte Akt dieses häuslichen Dramas ist ein Kapitel für sich.

10

Konrad schaute mich grimmig an. Von dem sich im Hintergrund anbahnenden Debakel ahnte er allem Anschein nach nichts.

»Ich wäre schon eher gekommen, aber Knut hatte erst jetzt Zeit. Ich wollte, daß er auch mitkommt, damit dieses blöde Mißverständnis mit dem Knutschfleck und dem ganzen Drum und Dran endlich ein für alle Mal aufgeklärt wird.«

Ich betrachtete ihn mit klopfendem Herzen. Wie ungeheuer attraktiv er doch war! Jedesmal, wenn ich ihn wiedersah, wunderte ich mich darüber, wie blau seine Augen waren und wie verstörend sinnlich sein Mund!

Und, was noch viel besser war: Er war gekommen! Wäre er, wie ich mir eingebildet hatte, nur auf Sex aus gewesen, hätte er diese ganze Aktion mit Knut sicher nicht auf sich genommen!

Ich riß mir den blöden Kaftan herunter und wollte mich soeben in seine Arme werfen, als ich aus den Augenwinkeln sah, wie zuerst Fabian aus der Küche kam – und dann Mama, die Knut mit stechenden Blicken bedachte.

»Sie sind also Knut.«

Knut, der nette junge BWL-Student im vierten Semester, duckte sich beim eisigen Klang ihrer Stimme, doch schon im nächsten Moment strahlte er übers ganze Gesicht, denn Melanie mußte im Badezimmer mitbekommen haben, daß

290

er hier war. Ich hörte das Geräusch des sich drehenden Schlüssels, dann flog die Tür zum Bad auf, und Melanie schoß wie eine Rakete durch die Halle – in Knuts Arme. Die beiden küßten sich in seliger Selbstvergessenheit.

Mama schaute ihnen zuerst fassungslos, dann erbost, dann wehmütig zu. Auch sie schien endlich begriffen zu haben, was nur zu offensichtlich war. Gegen die erste große Liebe ist bekanntlich jede elterliche Autorität machtlos.

Konrad räusperte sich. »Zu unserem Abkommen, Karo«, begann er in gesetztem Tonfall, doch dann geriet er unvermittelt ins Stocken, denn in der Halle war urplötzlich der Teufel los: Just in diesem Augenblick kamen Anke und Hannes die Treppe runter. Gemeinsam. Und – für jeden gut sichtbar – bis über die Ohren gesättigt von hervorragendem Sex.

»O mein Gott«, ließ Fabian in klagendem Ton hören.

»Ach du Scheiße«, sagte Hannes.

»Fabian«, begann Anke.

»Sag nichts!« rief Fabian. »Ich sehe dir an, was du getan hast! Du hast nur dein grausames Spiel mit mir getrieben!«

»Nein, so war es nicht!« rief Anke verzweifelt.

Hannes mischte sich verärgert ein. »Sag dem schwulen Typ, daß er seine Sachen packen und verschwinden soll.«

»Was fällt dir ein?« fuhr Anke ihn empört an.

Ich meldete mich aus gegebenem Anlaß zu Wort. »Das ist mein Haus. Wer hier seine Sachen packt, bestimme ich.«

»Was ist denn eigentlich hier los?« erkundigte Konrad sich.

Mama schnaubte voller gerechter Entrüstung. »Was hier *immer* los ist, in diesem Sündenpfuhl der Verderbnis und Verdammnis!«

291

Fabian ließ sich kraftlos gegen die Wand sinken. »O mein Gott! Das ist … Das ist … Ich weiß nicht, was ich sagen soll!«

Knut ließ Melanie los und trat besorgt näher. »Soll ich Sie zum Arzt fahren? Mein Wagen steht draußen.«

»Fabian, bitte nimm das nicht persönlich«, flehte Anke ihn an.

»Wie soll er es denn sonst nehmen?« wollte Mama wissen.

»Ja, da haben Sie völlig recht«, pflichtete Hannes ihr sofort bei. »Nimm das persönlich und hau ab«, befahl er dann dem armen Fabian.

»Hannes!« schrie Anke wütend.

»Was willst du denn noch von dem Kerl?« empörte Hannes sich. »Wir haben es gerade eben länger als zwei Stunden da oben getrieben, und du hast gesagt, du liebst mich, wir wollen einander alles verzeihen und neu anfangen! Und jetzt scharwenzelst du schon wieder um den Kerl rum!«

Anke war mit zwei Schritten bei dem trostlos an der Wand lehnenden Fabian. »Schatz! Sag doch was! Ist dir nicht gut?«

»Du hast es mit ihm getrieben«, flüsterte Fabian mit ersterbender Stimme. »Oben auf der Matratze. Über zwei Stunden lang. Ich habe mich fast umgebracht vor lauter Sorge, wo du bleibst! Und du … du hattest Sex mit ihm!«

»Ja, aber mit Ihnen auch, junger Mann«, sagte Mama streng. »Hier in diesem Haus treibt es sowieso jeder mit jedem. Ich verstehe die ganze Aufregung nicht.«

Konrad schüttelte den Kopf. »Das alles kommt nur daher, weil Karo die Weichherzigkeit in Person ist. Sie ist so gutmütig, daß es schon ans Neurotische grenzt.«

»Sekunde mal«, sagte ich verärgert. »Wer ist hier neurotisch?«

»Wenn du nicht diese ganzen kranken Typen hier aufgenommen hättest, wäre dieser ganze Wirrwarr niemals zustandegekommen«, belehrte Konrad mich.

Ich haßte es, wenn er diese besserwisserische Tour herauskehrte. »Halt du bloß die Klappe«, fuhr ich ihn an. »Wegen meiner blöden Gutmütigkeit wollte ich auch meine kleine Schwester beschützen. Und zu was ich mich deswegen habe hinreißen lassen, wissen wir ja wohl beide! Ich sage nur: *Wildsau!*«

Konrad besaß den Anstand, betreten dreinzuschauen. »Deswegen bin ich ja hier.«

Ich merkte, wie es in mir zu sieden begann. »Deswegen? Du meinst … *deswegen?*«

Also war er doch nur wegen Sex gekommen! Eine schnelle Nummer oben auf der Matratze – oder auch zwei oder drei – und alles war bestens. Aber nicht mit mir!

»Nein, nicht deswegen.« Er legte dieselbe zweideutige Betonung auf das letzte Wort wie ich vorhin. »Wegen des Abkommens.«

»Aber das ist doch dasselbe!« schrie ich erbost.

»Welches Abkommen?« wollte Melanie neugierig wissen.

»Das geht euch alle überhaupt nichts an«, fauchte ich.

Konrad bestätigte es eilfertig. »Das betrifft nur mich und Karo. Karo, komm, wir gehen rauf und bereden das.«

Das könnte ihm so passen! Hier unten war die Hölle los, und er wollte oben auf die Matratze!

»Kommt nicht in Frage«, schnaubte ich. »Zu so was bin ich momentan nicht in Stimmung!«

Er wirkte beleidigt. »Ich will doch nur reden!«

»Das sagen sie immer«, warnte mich Mama.

»Moment mal«, meldete sich Hannes. »Was läuft hier in diesem Irrenhaus eigentlich? Anke, laß den schwulen Kerl los!«

Anke wandte sich mit wutsprühenden Augen zu ihm um. »Hau bloß ab! Verschwinde! Kauf dir ein paar Erdbeerkondome und geh zu deiner blöden Dagmar!«

Hannes Miene gefror in jähem Entsetzen. »Anke!« rief er kläglich.

»Anke«, wimmerte Fabian.

»Du liebe Zeit«, meinte Mama angewidert. »Dieses widerwärtige Schauspiel hier ist gewiß nicht für die Augen und Ohren Minderjähriger bestimmt!«

»Komm, Melanie«, sagte Knut rasch, »wir gehen ein bißchen spazieren.«

Mit dieser Anregung hatte er, wie unschwer zu bemerken war, bei Mama sofort beträchtlich an Boden gewonnen. Sie gewährte ihm einem Blick, der sogar so etwas wie Wohlwollen auszudrücken schien.

»Auf keinen Fall«, versetzte meine Schwester mit glitzernden Augen. Um keinen Preis wollte sie sich auch nur eine Sekunde das anregende Beziehungsspektakel entgehen lassen, das ihr soeben live und kostenlos feilgeboten wurde.

»Dagmar?« fragte Knut verwirrt. »Wer ist das schon wieder?«

»Vinzenz' Sekretärin«, informierte ihn Melanie flüsternd. »Die mit dem Schwangerschaftsstäbchen. Die hatte auch was mit Hannes. Und mit einem Masseur. Aber jetzt ist sie mit einem Fitneßtrainer zusammen.«

»O Gott«, stöhnte Mama angesichts dieses Übermaßes an Perversitäten.

Ich fragte mich, woher Melanie das mit dem Masseur

und dem Fitneßtrainer wußte. Ging sie auch ins Kosmetikstudio? Nein, eher war anzunehmen, daß sie und Miriam sich aus der Disco kannten. Oder sie hatte sich vorhin alles in der Küche von Fabian erzählen lassen. Leute auszuhorchen war eine ihrer besonderen Begabungen.

»Karo«, mahnte Konrad. »Ich möchte mich unter vier Augen mit dir unterhalten.«

Ich zuckte zusammen. Genau das wollte ich ja eigentlich auch! Schon deswegen, weil ich ihm etwas mitteilen mußte, was für uns beide von geradezu existentieller Bedeutung war! Ich schloß die Augen und horchte in mich hinein. Klein wie ein Daumennagel, aber jeden Augenblick präsent. Ich war mir der Anwesenheit dieses winzigen Lebens plötzlich so überdeutlich bewußt, daß ich mir einbildete, alle anderen um mich herum müßten es auch bemerken.

Doch die waren zu sehr mit ihren eigenen Sorgen beschäftigt.

»Wie soll es jetzt weitergehen?« fragte Hannes verbittert.

»Ja, wie?« flüsterte Fabian niedergeschmettert.

»Wenn ich das wüßte!« rief Anke verzweifelt aus.

»Das müßt ihr schon unter euch ausmachen«, sagte Konrad, inzwischen sichtlich ungeduldig. Er trat auf mich zu, faßte mich am Arm und zog mich zur Treppe.

»Wir regeln jetzt erst unsere Sache.«

»Moment«, protestierte ich. »Warte doch mal! Jetzt kommt's auf drei Minuten auch nicht mehr an!«

Mich interessierte brennend, wie es in der Halle weiterging, doch Konrad war im Moment nur darauf aus, mit mir allein zu sein. Er brachte ohne zu zögern seine größere Körperkraft zum Einsatz, um mich die Stufen hochzuzerren.

295

»Glaub doch nicht, daß die in drei Minuten fertig sind.«
Er hielt mich unnachgiebig fest und hatte mich binnen
weniger Augenblicke ins Obergeschoß befördert.

»Du mußt mir hinterher aber alles erzählen«, rief ich
Anke zu, bevor die Szenerie am Fuße der Treppe außer
Sicht geriet.

Das letzte, was ich dort unten sah, war, wie Mama Fabian ein randvolles Glas Sherry reichte.

Dann hatte mich Konrad in das große Matratzenzim-
mer geschleppt.

»Endlich allein!« Er schloß die Tür hinter sich, lehnte sich
dagegen und betrachtete mich mit leuchtenden Augen.

»Ich frage mich, wen sie nimmt«, überlegte ich halblaut.
»Ich hätte geschworen, daß sie zu Hannes zurückgeht,
aber wie sie gerade eben Fabian angeschaut hat …«

»Wir können ja Wetten abschließen.« Konrad stieß sich
von der Tür ab und kam auf mich zu. Dicht vor mir blieb
er stehen, groß, massiv und wie immer irritierend männlich. »Gott, ich hab dich so vermißt, Karo.«

Ich wich zurück, bis ich mit den Fersen gegen die Matratze stieß. »Warte. Ich muß dir erst was erzählen.«

»Nein, zuerst ich. Karo, die ganze Sache mit dem Abkommen tut mir schrecklich leid. Ich bitte dich um Entschuldigung.«

»Du bittest …« Ich schluckte betroffen. »Es tut dir *leid*,
daß du und ich … daß wir …«

»Nein, das nicht.« Er lächelte reumütig. »*Das* ganz bestimmt nicht.«

»Was denn dann?« fragte ich, obwohl ich es längst
wußte.

»Die Art und Weise, wie ich dich dazu gekriegt habe.
Du wolltest da was zwischen mir und Melanie verhin-

dern, das sowieso nur in deiner Einbildung existiert hat. Und das habe ich schamlos ausgenutzt. Kannst du mir verzeihen?«

Natürlich konnte ich das. Selbst wenn er nur Sex von mir gewollt hatte – um dasselbe war es mir anfangs ja auch gegangen.

Doch er hatte noch eine Überraschung für mich auf Lager. »Ich war seit Monaten in dich verknallt«, sagte er mit belegter Stimme.

Ich war so perplex, daß ich über den Rand der Matratze stolperte und auf meinen Allerwertesten plumpste. Zum Glück fiel ich weich. So wie damals zu Silvester.

»Du warst … äh … wirklich?« äußerte ich krächzend.

Konrad kniete sich neben mich auf die Matratze und nahm meine Hand.

»Was glaubst du wohl, wieso ich so oft hier war? Die Arbeit am Haus hätten die Handwerker auch sehr gut alleine machen können. Aber ich wollte gern in deiner Nähe sein, weil … weil ich dich von Anfang an einfach toll fand. Und dann hab ich mich selbst auf deine blöde Verlobungsfeier eingeladen, weil ich geahnt habe, daß irgendwas passiert.« Er runzelte ernst die Stirn. »Ich hab Vinzenz einmal mit seiner sogenannten Sekretärin in der Stadt gesehen, und das war mir nicht gerade beruflich vorgekommen. Und als dann wirklich zwischen euch Schluß war, bin ich am Ball geblieben. Ich hätte noch länger Geduld gehabt, Karo. Aber nur ein Heiliger hätte diese einmalige Chance, die du mir Silvester geboten hast, nicht ausgenutzt. Und ich bin wirklich kein Heiliger.«

Nein, das ist er wahrhaftig nicht, dachte ich, ganz schwach von seiner Nähe.

»Ich habe dir doch gesagt, daß du die Frau meines Lebens bist. Willst du mir das jetzt endlich glauben?«

Ich nickte stumm und überwältigt. Er lächelte sanft, dann fing er an, meine Fingerspitzen zu küssen, eine nach der anderen. Mir wurde heiß. Dann landete er beim Zeigefinger, schob ihn sich in den Mund und begann sanft zu saugen. Ich sank ohne mein Zutun wie langsam zerfließendes Wachs auf die Matratze. Er legte sich auf mich und ließ seine Lippen über meinen Hals wandern.

»Was wolltest du mir denn Wichtiges sagen?« fragte er, zärtlich an meinem Ohrläppchen nagend.

»Ich weiß nicht«, flüsterte ich benommen, und das war die reine Wahrheit, denn ich war von einer akuten Denkschwäche übermannt. Und dann küßten wir uns, bis mein Verstand völlig aussetzte. Unsere Kleidung schien sich wie von selbst in Luft aufzulösen. Ich stöhnte, denn Konrads Hände und Lippen waren überall. Erst, als er schweratmend in seine Hosentasche langte und ein frisches Kondompäckchen zutageförderte, fiel mir siedendheiß alles wieder ein.

»Warte«, stieß ich hervor. »Ich habe zwei Nachrichten. Eine gute und eine, von der ich nicht weiß, ob du sie gut findest.«

Konrad vergrub erregt das Gesicht zwischen meinen Brüsten. »Zuerst die gute«, stöhnte er. »Aber mach schnell!«

»Die gute Nachricht ist, daß wir keine Kondome mehr brauchen.«

Er stützte sich über mir auf. »Wieso? Verhütest du jetzt anders?«

Ich blickte ein wenig kläglich zu ihm hoch. »Nicht direkt.«

Er lachte. »Kann man auch indirekt verhüten?«

Ich starrte ihn bloß an, halb trotzig, halb bange. »Das ist jetzt die andere Nachricht.«

Im nächsten Moment begriff er, und die Kinnlade fiel ihm herab. »Äh ... du meinst ... äh ... du bist ...« Er hielt in seinem Gestammel inne, und dann, ganz plötzlich, zog ein breites Grinsen über sein Gesicht, und ich wußte, daß alles gut werden würde.

Seine große Hand fuhr sacht über mein Gesicht. »Habe ich dir schon gesagt, daß ich dich liebe?«

»Gerade eben«, sagte ich. »Ich dich übrigens auch.«

»Das will ich hoffen.« Seine Augen funkelten mutwillig, als er hinzusetzte: »Wenn es ein Junge wird, nennen wir ihn Silvester.«

Der Rest ist rasch erzählt.

Fabian und Hannes haben bei Anke noch eine Weile für Gefühlskrisen gesorgt. Sie war zum Glück nicht schwanger, denn das hätte das ganze sicher noch weiter verkompliziert. Auch so war es für alle Beteiligten nicht gerade ein Spaziergang.

Wenn Konrad und ich Wetten darauf abgeschlossen hätten, wen Anke sich als neuen – oder alten – Beziehungspartner auswählen würde, hätten wir beide verloren, denn sie hat weder den einen noch den anderen genommen. Sie hat kurz entschlossen mit beiden Schluß gemacht! Anschließend hat sie noch ein paar Wochen heulend auf meiner Matratze zugebracht, aber dann hat sie sich entschlossen in die Arbeit gestürzt und war kurz darauf wieder mit sich und der Welt im reinen.

Ihr Partyservice läuft immer besser, und sie kann sich mittlerweile vor Aufträgen kaum retten. Neuerdings ist sie mit einem Koch namens Hubert liiert, und die beiden

planen ernsthaft, ein kleines Feinschmeckerlokal aufzumachen. Dieses Vorhaben kann ich nur unterstützen.
Hubert (*Der im Denken Glänzende*) ist Chef de Cuisine
in einem Nobelhotel, und er hat wirklich ein goldenes
Händchen, denn er macht nicht nur göttliche Gnocchi,
sondern ist auch ausgesprochen begabt für alle geschäft-
lichen Angelegenheiten. Ich glaube, Anke hat die richtige
Wahl getroffen. Neulich hat sie mir anvertraut, daß sie
und Hubert ernsthaft über ein Kind nachdenken, und
dabei hat sie sehr, sehr glücklich ausgesehen.

Fabian hat nach der kurzen, aber heißen Affäre mit
Anke ebenfalls nicht lange Trübsal geblasen. Im Frühjahr
hatte er in kurzer Folge hintereinander drei Freundinnen,
doch diese Beziehungen gingen jedesmal rasch in die
Brüche, wegen seiner rasenden Eifersucht, wie man hört.
Danach hat er wieder kurzfristig das Ufer gewechselt,
denn letzte Woche erst habe ich ihn mit Frédéric, meinem
Friseur, Hand in Hand durch die Einkaufszone bummeln
sehen. Was aus Markus, Frédérics Ehemann, geworden
ist, kann ich nicht sagen.

Roland treffe ich noch gelegentlich. Nach allem, was
ich so mitbekomme, sind er und Karl-Heinz ein ziemlich
erfolgreiches Autorengespann. Sie wohnen und arbeiten
und trinken zusammen. Ihre Fernsehkrimis bringen gute
Quoten, und allem Anschein nach funktioniert auch die
Beziehung, denn bis jetzt hat sich noch keiner der beiden
hier mit Schlafsack oder Reisetasche blicken lassen.

Hannes sehe ich manchmal in der Stadt. Ihn hat die
ganze Geschichte mit Anke sehr mitgenommen, doch seit
neuestem ist er mit einer nett aussehenden Rothaarigen
zusammen, die ab und zu bei ihm im Restaurant aushilft.

Deren Ruhm wie der Tag leuchtet hat eine Tochter namens Irene (*Der Frieden*) bekommen, und hier trifft vielleicht wirklich das gute alte lateinische Sprichwort *nomen est omen* zu, denn seitdem scheinen sich endgültig alle Beziehungswogen geglättet zu haben. Von der Schmach, daß Dagmar mit dem Fitneßtrainer zusammengezogen ist, der jetzt offiziell als Kindsvater gilt, hat Vinzenz sich rasch erholt. Er lebt allein, was nicht das schlechteste ist, wie er neulich erst meinte. Keiner wirft sein Schachspiel durcheinander oder legt nervende Rockmusik auf. Außerdem sitzt er beruflich fester denn je im Sattel, was nicht zuletzt mit meinem neuen Roman zusammenhängt, der sich für den Verlag als veritable Goldgrube zu entpuppen scheint. Annemarie lag natürlich mit ihrer Prognose wie immer richtig, weshalb ich auch nach kurzer Bedenkzeit – und einer ausreichenden Verfremdung der betroffenen Personen und Ereignisse – einer Veröffentlichung meines Tagebuchs zugestimmt habe, eine Entscheidung, die sich in jeder Beziehung als Volltreffer erwiesen hat. Die Bestellzahlen des demnächst erscheinenden Titels brechen alle Rekorde. *Aus dem Tagebuch einer Chaosfrau* wird unter den Frauenromanen vermutlich der Hit der nächsten Saison werden. Die Verträge für einen Kinofilm sind bereits unter Dach und Fach, und ich kann mich schon jetzt vor Anfragen für Lesungen kaum retten. Das Haus haben Konrad und ich angesichts dieser glänzenden finanziellen Aussichten natürlich behalten. Dafür teile ich wie versprochen meine Einnahmen aus dem neuen Buch mit ihm. Und auch sonst alles – wir haben im Sommer geheiratet.

Im Rausch der Ekstase, mein wunderbarer, parallel zu meinem Tagebuch entstandener Wikingerroman, ist ebenfalls erschienen, natürlich unter einem klangvollen

Pseudonym. Der Verlag hat mir dafür großmütig und ganz kurzfristig einen Programmplatz in der Romantikreihe eingeräumt. Wie erwartet hat die Anzahl der Remittenden die Bestellzahlen schon bald überstiegen, so daß spätestens nächstes Jahr die Restauflage verramscht wird, doch mich ficht es nicht an. Erik und Deirdre werden immer ihren Platz in meinem Herzen haben. Sie sind meine Kinder.

Genau wie Silvester (*Der Waldmann*). Er kam an einem sonnigen Nachmittag im letzten September auf die Welt. Konrad und ich weinten Tränen des Glücks und können bis heute nicht fassen, daß dieses wunderbare kleine Wesen mit den flaumweichen dunklen Haarfransen und den himmelblauen Augen unser Sohn ist. Er ist gut bei Stimme, unser kleiner Silvester, und wenn er mit seinem Gebrüll die Nacht zum Tag macht, ist es oft Konrad, der seinen Sohn aus der Wiege holt und herumträgt. Er hält ihn in seinen großen Händen, wandert mit entrückter Miene durch unser Schlafzimmer und gibt tröstliche, gemurmelte Worte von sich. In solchen Momenten steigt bisweilen eine Vision in mir auf, es ist wie ein goldener Traum, in dem wir drei auf einem Drachenboot über das glitzernd blaue Meer den unendlichen Weiten des Horizonts entgegensegeln.

Lucia ist blond, klein, tough – und notorisch pleite. Nichts liegt also näher, als endlich bei ihrem geschiedenen Mann die Unterhaltsrückstände einzufordern, zumal dieser als Zahnarzt nicht gerade am Hungertuch nagt. Fragt sich nur, wer dieser gutaussehende, aber ziemlich bleiche Typ ist, dem sie an diesem Winterabend in der Praxis ihres Ex zum erstenmal begegnet und den sie später unter merkwürdigen Umständen vor einem Kühlschrank mit Blutkonserven wiedertrifft! Prompt stürzt der geheimnisvolle Fremde Lucia in einen Aufruhr der Gefühle, denn er ist nicht nur verheerend attraktiv, sondern kann allem Anschein nach auch durch Wände gehen ...

Pressestimmen zu Eva Völler:
»*Viel amüsanter als der gängige Quark über erfolgreiche Superfrauen!*« BRIGITTE

» *Herrlich durchgeknallt!*« FÜR SIE

ISBN 3-404-16216-1

Das Buch für die beste Freundin!

Ein Leben zwischen Pumps und Pampers: Lulu Knospe ist alleinerziehende Mutter und schreibt Filmkritiken über Gruselschocker. Unterstützt wird sie von ihrem Ex-Lover und von einem verwirrend attraktiven Babysitter. Mitten in das turbulente Alltagschaos kommt eines Tages noch Robert, der weltgewandte Fernsehmanager.
Lulu wird auf der Stelle zum Star. Mit Tochter Lilli auf dem Arm und frechen Sprüchen auf den Lippen muss sie sich entscheiden: Kind oder Karriere. Lulu geht – wie nicht anders zu erwarten – einen unkonventionellen Weg.

ISBN 3–404–16220–X